젊은 정치,
새로운 시작

이시성을 바라보는 84인의 시각

이시성 지음

젊은 정치, 새로운 시작
: 이시성을 바라보는 84인의 시각

초판 : 1쇄 2024년 1월 3일
지은이 : 이시성
디자인 : 권순문
펴낸곳 : 도서출판 CWC
주소 : 서울 금천구 독산로 67길 16, 301호(독산동)
전화 : 02-2266-1490
팩스 : 02-2266-3018
등록 : 제 2019-000034호
ISBN : 979-11-967092-3-5 (03810)

젊은 정치,
새로운 시작

이시성을 바라보는 84인의 시각

이시성 지음

차례

서문

선택의 순간

말에는 힘이 있다. 또한 글에는 깊이가 있다. 그래서 정치인은 말로 사람을 설득하면서도 깊은 고민과 생각은 글로 남겨야 한다. 내가 이 책을 집필하게 된 이유다.

나는 2008년 입법보조원으로 국회에 입성해 2023년 1월 초까지 여의도에서 정책을 담당하는 국회의원 보좌진을 했다. 입법보조원에서 시작해 인턴, 9급, 6급, 5급, 4급까지 차근차근 승진하며 보좌진으로서의 내공을 쌓았다.

그러면서 일반 보좌진이 경험하기 힘든 많은 일들을 겪었다. 그래서 여의도 인근에 있는 사람들은 나를 스타 보좌관으로 부른다. 만 29세 사실상 최연소 보좌관, 유치원 3법 기획자, 정무위원회 금융전문가 등 나를 상징하는 키워드는 많다.

이런 내 경험을 글로 남기고 싶었다. 내가 여의도에서 10여 년 동안 정책 전문가, 국회의원을 보좌하는 스텝, 그림자로 살아오며 어떠한 생각을 가지고 임했는지, 고민은 무엇이었는지 이제는 사람들에게 알리고 싶었다.

특히 이를 정리해 책으로 남기는 것은 후배 보좌진을 넘어 '이시성이 누구인지?' 혹은 '여의도 정책의 막전막후'를 알고 싶은 사람에게도 필요할 것으로 생각했다.

인생을 살아가다 보면 반드시 선택의 순간이 찾아오고 갈림길 앞에 서게 된다. 이러한 순간이 찾아왔을 때 어떤 길을 가는 것이 올바른 선택이 될지 미래를 알 수 없기에 사람들은 늘 두려운 마음으로 선택을 한다.

선택의 순간이 찾아왔을 때 이시성이 선택하는 기준은

무엇일까? 나는 그 갈림길이 두 개일 수도 있고, 세 개일 수도 있지만 가장 후회가 적을 것 같은 길을 선택하려고 노력한다. 어떠한 길을 가더라도 후회는 남기 때문이다.

위기는 언제나 찾아온다. 하지만 준비된 사람에게는 위기가 곧 기회가 된다.

나는 국회에서 생활하며 이러한 일을 많이 겪었다. 갑자기 초고속 승진을 해서 4급 보좌관이 되었을 때, 사립유치원 비리 폭로로 인해 여론이 들끓었을 때, 금융 관료들이 해박한 지식과 경험으로 무장해 의원실에 조목조목 반격을 가하려 할 때 나는 그 위기를 기회로 만들었다.

누구의 보좌관으로 살아왔던 내가 이제는 당당하게 세상에 '이시성' 석 자를 알리며 살아가고 있는 지금이 나에게는 새로운 선택의 순간이자 위기의 순간이라고 생각한다. 가장 후회가 적은 길을 선택해 위기를 기회로 만들고자 한다.

현재 나는 인하대 정치외교학과 겸임교수, 더불어민주당 국민소통위원회 상임부위원장, 더불어민주당 인천광역시당 수석대변인, 김대중재단 청년위원회 부위원장으로 활동하며 2024년의 새로운 시작을 준비 중이다.

나는 이 책을 통해 여타 정치 서적처럼 단순히 본인의 자랑을 늘어놓으려는 것은 아니다. 이 책은 나를 비롯해서 '이시성과 인연을 맺었던 84인'도 함께 집필에 참여했다. 그들의 시각을 통해 이시성을 객관적으로 조명하고자 했다. 이 책을 읽고 나면 이시성이 어떤 사람인지 알 수 있을 것이다.

글을 쓰는 것이 쉽지 않은 일인 것을 알기에 주변에 부담을 크게 드리기는 싫었다. 나는 한번 원고를 부탁하고 그 이후 재차 부탁하거나 상기시키지는 않았다. 그래서 최초 기획안은 100인의 원고를 모으는 것이 목표였지만 최종적으로 84인의 사람들이 책의 집필에 참여하게 되었다.

인천대 정치외교학과 은사님, 유치원 3법을 함께 했던 교육부 고위 공무원, 같은 의원실에 근무했던 후배들, 나와 상임위를 같이했던 동료 선후배 보좌진들, 국회 인연 등 값진 시간을 내어 정성스레 원고를 써 주신 분들에게 이 자리를 빌려 다시 한번 감사의 말씀을 전한다.

이 책을 통해 인생의 한 페이지를 정리하지만, 나는 이제 만 38세 청년이기에 앞으로 내가 이룰 일들이 더 많다고 생각한다. 향후 이시성의 행보에 독자들께서 많은 관심과 응원 주시길 부탁드린다.

마지막으로 내가 이 자리까지 올 수 있도록 사랑과 기도를 아끼지 않으신 사랑하는 부모님과 외할머니께 감사하다는 말과 내가 너무나 사랑하는 나림이, 두성이 그리고 미래의 우리에게 사랑한다는 말을 전하고 싶다.

2023년 12월 13일
여의도 사무실에서
이시성이 쓰다.

1부

보좌관 이시성의 경험과 생각

초고속 승진, 20대 보좌관

나는 2008년 11월, 국회의원실 입법보조원으로 정계에 입문했다. 그 이후 보좌진 생활을 10여 년 했다. 보좌진 생활을 하면서 나는 정책을 담당했다. 그러면서 중앙행정부처 등 피감기관에서는 저승사자로 불렸다. 피감기관에 내 이름 석 자가 인식되었다는 것은 그만큼 입법부의 행정부 견제 감시 역할을 충실히 했다는 의미이다. 그러면서 나에게는 이시성 하면 떠오를 수 있는 크게 3가지의 상징이 생겼다.

첫째는 만 29세에 국회 4급 보좌관이 되었다는 것이다. 국회의원실에는 4급 보좌관부터 5급 선임비서관, 6급, 7급, 8급, 9급, 인턴 비서관 등 총 9인의 보좌진이 있다. 여기에 출입증이 발급되는 2인의 무급 입법보조원까지 더하면 의원실에는 총 11인의 보좌진이 근무할 수 있다. 나는 만 23세의 어린 나이에 국회 입법보조원이 되어 이후 9급, 6급, 5급을 거쳐 2015년 1월, 4급 보좌관이 됐다.

오직 실력으로 승부했고, 정책적인 능력을 인정받아 단기간에 또 어린 나이에 보좌관이 된 것이다. 나는 이 과정에서 엄청난 노력을 했다. 사무실 바닥에 누워 쪽잠을 자거나 밤을 새워 일하기를 수없이 했다. 침낭 안에서 기재부 예산서를 베개 삼아 잠을 청하기를 숱하게 했다. 물론 노력의 대가가 모두에게 균일하게 주어지는 것은 아니다. 그렇기에 나는 관운이 좋았을 뿐이라는 생각으로 늘 겸손한 자세를 유지하려고 노력해 왔다.

그리고 늘 감사한 마음으로 국민을 위해 더 열심히 일하기 위해 최선을 다했다.

2012년 국회 인턴 시절

영입의 정치를 넘어 발탁의 정치가 필요

나는 어린 나이부터 지금까지 국회 4급 보좌관을 하면서 다양한 경험을 했다. 국회 보좌관으로서 정책적인 경험뿐만 아니라 대선과 총선, 지방선거 등 선거를 포함해 정당정치를 몸소 경험했다. 공무원, 언론인, 정당인, 경제인, 노조, 시민단체, 지역구 주민 등 여러 사람과 소통을 해 왔다. '경험 많은 청년'이라는 슬로건이 나에게 어울리는 이유다.

보통 총선이 임박해 오면 각 정당에서는 인재 영입이라는 것을 한다. 우리 사회에서 명망이 높고 각 분야를 대표할 수 있는 분들을 영입해 외연을 확장하는 것은 매우 의미 있는 일이다. 하지만 그동안의 인재 영입 과정에서 안타까웠던 것은 정당을 모르는 사람들이 영입되는 사례가 많았다는 사실이다. 인재 영입 과정을 할 때 당대표가 당 색깔에 맞는 목도리를 둘러주면서 당헌·당규집을 전달하는 퍼포먼스를 벌이기도 한다. 입당과 동시에 국회의원으로 공천받는 영입 인재들이 많았다. 이런 인재 영입은 앞으로도 계속될 것으로 예상된다. 그런데 당헌·당규도 모르는 사람에게 그것도 지역구 국회의원 공천을 준다니? 뭔가 문제가 있다는 생각이 든다. 나는 우리나라 정당 민주주의가 발전하기 위해서는 정당 활동을 오랫동안 성실하게 해 온 정당을 잘 아는 당내 전문가들의 발탁이 중요하다고 생각한다.

최근 국민의힘 총선 인재 영입 1호로 불리는 인사는 한 라디오 프로그램에 나와 "평상시에도 기본적으로 비례는 관심이 별로 없었다"며 "비례가 할 수 있는 역량이라는 게 사실은 정당인이지 적극적으로 본인 입법의 의지를 불태우기는 좀 어려운 그런 위치"라는 주장을 했다. 황당한 주장이다. 지역구 의원이든 비례대표 의원이든 대한민국 국회의원 300인 중의 한 명으로 모두가 헌법기관이다. 비례대표 의원도 법안이나 정책에 성과를 많이 내고 있다. 예를 들어 비례대표였던 유민봉 의원의 경우 2018년에 국정감사 스타로 손꼽히기도 했다.

또 국회의원은 무소속 의원이 아닌 이상에야 정당의 영향에서 벗어날 수 없다. 만약에 정당의 당론과 본인의 소신이 충돌한다면 고민해야 하는 위치인 것은 지역구나 비례대표를 떠나 모든 의원이 마찬가지다. 나는 이런 의회와 정당에 대해 사실상 기본적인 이해가 없는 사람이, 현실 정치를 사실상 전혀 모르는 사람이 정당에 영입되어 국회의원이 된다면 얼마나 우리나라 의회민주주의 발전에 도움이 될지 의문을 가질 수밖에 없다.

우리나라는 정치를 전문 분야로, 정치를 전문가로 인정하지 않는 경향이 있다. 이는 큰 문제다. 정치는 생물과 같다거나 고도의 종합예술이라는 말이 괜히 나온 것은 아니라는 점을 되새겨야 한다. 더불어민주당과 국민의힘 계열 정당에서 모두 당대표급 역할을 한 분의 자서전을 읽으며 인상 깊었던 부분이 있다. "교수님은 독일의 경제 대가인데 왜 정치를 하지 않습니까?"라고 물었던 부분이다. 우리나라의 경우 그 정도 사회적 명망가라면 국회의원에 충분히 도전하고도 남을 정도의 위치에 있었기에 물었던 질문이었다. 그 교수는 "정치는 정치인이 해야지요. 저는 정치를 모릅니다."라는 취지로 답변했다고 한다. 너무나 당연한 답변이지만 질문하는 사람을 부끄럽게 하는 답변이었다.

독일의 경우 어렸을 때부터 정당 활동을 하고 정당과 의회에서 훈련받은 사람에게 선출직의 기회가 주어진다. 그렇기 때문에 어린 나이의 국회의원이 탄생하더라도 전혀 놀랍지 않다. 또한 그 어린 나이의 국회의원은 경험이 있기에 의회에 진출해서도 일을 잘할 수밖에 없다. 의회와 정당민주주의의 메커니즘을 충분히 이해하고 있는 사람이 정치를 해야 하는 이유다.

타인의 말을 빌리자면 나는 정책으로는 대한민국에서 최고봉을 찍었던 사람이다. 그런데 나도 후배들에게 항상 하는 말이 있다. "정책은 3할이고 정무가 7할이다." 국회의원의 정책은 정치와 무관할 수가 없다. 사안을 명확하게 이해하고 판단하는 것도 중요하지만 거미줄처럼 얽혀 있는 이해관계를 풀어나가는 능력이 더 중요하다. 교수와 전문가가 국회의원이 되었을 때 예전만큼 힘을 못 쓰는 경우가 바로 정무력, 정치력이 부족해서이다. 똑똑하기만 해서는 문제를 해결하기 어렵다. 정치를 전문가가 해야 하고, 오랫동안 훈련받은 사람이 해야 하는 이유다. 정치를 어설픈 아마추어가 하면 국민의 삶이 고달파진다.

우리나라에서 영입의 정치는 한계에 봉착했다고 본다. 영입을 통해 반짝 퍼포먼스를 벌이는 것만으로는 이제 정당의 지속 가능한 발전과 유지는 어렵다. 앞으로 우리나라 정당에서는 발탁의 정치가 있어야 한다. 민주당만 놓고 봐도 그동안 386 운동권, 학계, 시민단체, 기업인, 전문직 등 다양한 분야의 인원들을 당내로 영입하며 당의 외연을 확장해 왔다. 하지만 당 내부에서 발탁이 되어 정치적으로 성장한 경우는 거의 없었다. 고갈된 외부에서 인적 자원을 찾기보다는 이제는 내부로 눈을 돌려야 한다.

민주당과 국민의힘 거대 양당들은 그동안 청년층 지지를 받기 위해, 새로운 이미지를 위해, 기타 여러 가지 목적을 달성하기 위해 청년을 영입하고 실제 국회의원까지 만들어줬다. 하지만 그 국회의원들이 의회에 진출해서 얼마나 뛰어난 역량을 발휘했는지는 의문이 든다. 내가 알기로 정당, 의회 경험을 10년 이상 쌓은 청년을 발탁해 공천한 경우는 많지 않다.

우리나라 대기업에서는 이미 발탁을 통해 80년대생 젊은 임원이 탄생하고, 이들이 성과를 내고 있다. 또 정당 민주주의 역사가 깊은 주요 선진국에서는 80년대생 30대 총리도 이미 수년 전에 등장했다. 과거에는 40대 기수론, 386 정치인 등 정치가 우리나라의 성장을 주도해 왔다. 그런데 지금 우리나라의 정치는 변화와 혁신의 측면에서 본다면 기업보다 뒤처져 있는 것이 현실이다. 작고한 어느 대기업 총수의 말대로 우리나라 정치는 한참 뒤처진 4류일지도 모른다. 우리나라의 정치가 변화와 쇄신을 하기 위해서는 정당이 당 내부의 전문가 그룹인 보좌진들을 발탁하는 시스템을 갖춰야 한다. 젊은 나이에 당에서 오랫동안 활동을 해 온 또 정책적으로 성과를 많이 내 온 그런 실력 있는 사람이 정치권에 많이 진입해야 한다.

나는 인천에서 초중고교 대학까지 나온 사람으로서, 또 인천 지역구 의원실에서 보좌관을 지낸 전문가로서 내 나름대로는 인천을 잘 안다고 자부하고 있다. 내가 볼 때 인천은 정치가 너무 올드하다. 그래서 참신하고 역동적인 정치적 행위들이 일어나지 않는다. 단순히 나이만 봐도 민주당 인천 의원의 막내 의원이 67년생이다. 호적상으로 67년생이지 실제 나이는 65년생이라고 한다. 즉 인천 민주당 국회의원의 막내는 50대

후반이다. 타 시도에서는 80년대생 국회의원까지 활동하고 있는 상황임을 보면 인천은 한참을 뒤처져 있는 것이다. 앞으로 대한민국 정치의 현장에는 경험 많고 실력 있는 젊은 정치인이 더 많아져야 한다. 마찬가지로 인천도 정치가 젊어져야 한다. 정치와 지역이 함께 늙어가서는 안 된다. 그러기 위해서는 기존의 방식을 탈피해야 한다. 이제 정당에서는 영입을 넘어서는 발탁이 필요하다.

2018년 국회 예결위 자료 검토

　　물론 "정치권에서 오랫동안 활동을 하면서 경험을 쌓아 국회의원이 된 경우가 더 많지 않으냐?"라고 반문하는 분들도 계실 것이다. 아마도 그분들은 국회의원이 되기 위해 너무나도 힘들고 길었던 각고의 시간을 보냈을 것이다. 그 노력의 부분은 인정해야 한다. 청년이라는 이유로 편하게 국회의원을 시켜줘야

한다는 소리를 하려는 것이 아니다. 하지만 이제는 버틸 수
있는 사람만이, 재력이나 체력이 되는 사람만이 정치를 할 수
있는 기존의 시스템만으로는 한계가 있으니 다른 루트도 만들어
보자는 것이다.

정치의 힘

　지금 정치의 양극화를 걱정하는 분들이 많다. 요즘 정치가
제 역할을 못한다는 이야기도 많이 나온다. 국회나 국회의원의
신뢰도는 바닥을 치고 있다. 나는 우리나라 국회의원 숫자가
기타 선진국과 비교할 때 인구수 대비 너무 적다고 생각하는
사람인데, 우리나라는 국회의원에 대한 불신이 심해 오히려
의석수를 200석으로 줄이자는 사실상 포퓰리즘적 발언을 해야
인기가 더 많아지는 웃지 못할 상황이 정치에서 벌어지고 있기도
하다. 여론조사에서 20대 젊은 청년들이 민주당이나 국민의힘을
모두 지지하지 않는다고 하는 비율이 더 높아지고 있다. 소위
말하는 무당층이 많아지고 있다. 이럴 때마다 나는 정치의
기능이 회복되어야 한다고 주장한다.
　정치에는 힘이 있다. 세상을 바꾸고 국민의 삶을 변화시킬
힘이다. 실제 역사적으로 좋은 정치에 의해 한 나라가
부강해졌다거나 부패한 정치로 인해 잘 살던 나라가 후진국으로
몰락했던 사례를 쉽게 찾을 수 있다. 그래서 정치는 중요하고

아무나 함부로 해서는 안 된다. 하지만 정치는 참 어렵다. "사회적 가치의 권위적 배분이다"라는 미국의 정치학자 데이비드 이스턴의 정의가 있듯이 정치는 제한된 사회적 가치를 협치와 숙의를 통해 해결해야 하는 고도의 종합예술과도 같다. 또한 정치는 정해진 것이 없기에 생물과도 같다고도 한다.

정치는 어렵지만 잘해야 한다. 그런데 최근 우리나라 정치를 보면 아쉬운 부분이 참 많다. 요즘의 정치는 민생이나 정책 혹은 성과보다는 상대방을 비난하고 깎아내리면서 정쟁에 치중하는 치킨게임 같은 모양새를 보인다. 물론 정치에서 상대의 잘못을 들춰내고 감시자 역할을 하는 것도 중요하다. 그런데 국민들이 바라는 정치의 힘은 이런 역할에 국한되지 않는다. 국민들은 상대만을 공격하는 그런 정치를 더 이상 보고 싶지 않아 한다.

이제는 정치가 바뀌어야 한다. 가장 풀기 힘들지만 꼭 해결해야 하는, 그런 문제들을 정치가 해결해야 한다. 정치의 힘이 발휘되어야 할 때다. 과거에는 정치의 힘이 발휘되었던 사례가 왕왕 있었다. 대표적인 사례가 제19대 국회에서 있었던 철도파업 해결 사례다. 2013년 정부와 철도노조는 팽팽하게 맞서며 사상 최장기 철도파업으로 치닫고 있었다. 그때 사태를 해결한 것이 정치였다. 당시 민주당과 새누리당 양당은 철도노조 지도부와 협상을 통해 국회에 철도발전소위원회를 구성하는 조건으로 철도노조 파업 철회 합의를 이끌어 냈다. 당시 언론은 "이런 것이 정치다", "정치 회복을 바라는 국민에게 주는 깜짝선물이다"라는 기사를 쓰며 협상 과정을 일제히 보도했다.

정치가 힘을 발휘해 문제를 해결한 것이다.

유치원 3법 사례도 정치의 힘이 발휘된 사례다. 뒤에서 더 이야기하겠지만 나는 유치원 3법을 주도했기 때문에 생생히 당시 상황을 기억하고 있다. 사립유치원 비리가 폭로되고 국민적 여론이 들끓자 민주당은 소속 의원 전원의 동의를 받아 당론으로 유치원 3법을 발의했고, 2020년 초 해당 법안을 통과시켰다. 문제가 지적된 이후 입법까지 성공시킨 것이다. 정당이 정책적 성과로 국민의 전폭적인 지지를 받은 사례이기도 하다.

2016년 의원실 회의

사람들은 공정함, 팀워크, 존중, 인내심과 끈기 이 다섯 가지를 스포츠 정신이라 일컫는다. 만약에 운동선수가 상대의 실책과 분열에 기대고 조롱하는 태도로 경기에 임한다면 금메달을 획득하더라도 관중에게 박수받기는 어렵다. 정치는 스포츠와 분야는 다르지만 요즘 정치권에서 일어나는 일들을 보고 있자면 우리나라 정치에서도 스포츠 정신에 준하는 모습들이 나타났으면 하는 생각이 든다. 때로는 국회의원들이 인내심과 끈기를 가지고 정치를 한다면 얼마나 좋을까? 국민들은 국민의 삶이 더 나아지고 행복할 수 있도록 하는, 성과를 내고 선의의 경쟁을 하는 모습을 정치권에 기대하고 있다. 지금 우리 정치에 필요한 것은 신뢰 회복과 협치다.

이시성이 기획하고 진두지휘한 유치원 3법

두 번째 이시성의 상징은 유치원 3법(유아교육법, 사립학교법, 학교급식법)을 기획했다는 것이다. 보좌진이 정책으로 대한민국을 떠들썩하게 하기는 쉽지 않다. 정책으로 홈런을 친 경험은 대부분의 보좌진이 일생에 한 번도 해 보지 못하는 경우가 많다. 나는 그러한 경험을 했다는 측면에서 복 받은 사람이라 생각한다. 2018년 국정감사는 사립유치원의 비리가 폭로되며 대한민국 국정감사 역사에 큰 획이 그어졌던 한 해였다. 그동안 대다수의 언론, 시민단체는 국정감사가 끝나면 국정감사 무용론, 맹탕 국감을 지적하면서 국회를 향해 비난의 목소리를 높여왔다. 하지만 2018년은 달랐다. 사립유치원 비리 사태에 대해서는 모두가 잘했다고 칭찬을 했다. 지금도 2018년 국정감사는 국정감사의 우수 사례로 거론이 되고 있다.

우스갯소리로 지역구에서 유권자들을 만날 때 꼭 3가지 말씀이 따라오는데 하나는 코빼기도 안 보인다는 소리, 둘은 목에 힘이 들어갔다는 소리, 셋은 도대체 한 일이 뭐냐는 소리다. 유치원 3법 이후 나는 지역구에서 한 일이 뭐냐는 소리를 들어본 적이 없다. 그만큼 대한민국 국민들이 인정하는 큰 정책적 성과를 낸 사건이 바로 유치원 3법이라는 소리다. 나는 이 유치원 3법의 사립유치원 비리 폭로부터 이후 법이 발의되고 통과되기까지 모든 일련의 과정을 기획하고 이끌었다.

사립유치원 비리 폭로와 유치원 3법 발의는 우연히 발생한 결과물이 아니다. 내가 10여 년 보좌진으로 활동을 해 오면서 경험한 모든 것을 쏟아내어 만든 집성체, 마스터피스 같은 것이다. 다른 말로는 정책을 하는 사람이 할 수 있는 모든 역량을 다 발휘해 만든 종합예술 같은 것이라고도 말할 수 있겠다. 나는 그동안 단 한 번도 공개되지 않았던 자료들을 각 시도교육청으로부터 받아냈다. 이 과정에서 공무원에게 자료를 받아내기 위해 다양한 노하우와 기법들이 사용되었다. 사립유치원 비리 근절 토론회를 개최하고 성공적으로 행사를 이끌 수 있었던 것도 국회에서 수십, 수백차례 행사를 기획하고 마무리했던 경험이 바탕이 됐다. 참고로 해당 토론회는 훗날 유치원 사태의 역사가 시작된 날로 평가되고 있다.

국정감사 도중에 유치원 3법을 성안하고 통과까지 이뤄낼 수 있었던 것 역시도 그동안 수차례 법안을 발의했던 경험이 있었기 때문에 가능했던 것이다. 나는 서울대 국정감사를 앞두고 그

전날까지 유치원 3법의 성안 작업에 매달려 법안을 완성함과 동시에 국정감사 질의서도 작성했다. 이런 멀티플레이는 내공이 있었기 때문에 가능했던 일이다. 그 과정에서 교육부 공무원과 수없이 소통하며 공무원들의 반대를 논리적으로 격파하기도 했고, 국회의원회관 4층 법제실에 직접 찾아가 법제실 공무원들과 테이블에 나란히 앉아 법안 자구 하나하나에 밑줄 쳐 가며 검토를 신속하게 이끄는 등 법안의 성안을 주도했다.

또 왜 유치원 2법 혹은 유아교육법 단일 1법이 아니라 유치원 3법이어야 했냐고 묻는 분들도 있다. 내가 유아교육법, 사립학교법, 학교급식법 이 3가지 법을 개정해야겠다고 마음먹은 것은 정무적 판단 때문이었다. 당시 학교급식법은 빼고 발의하자는 의견도 있었는데 나는 3법으로 해야 한다고 강하게 밀어부쳤다. 법안이 발의된 이후에도 법안을 통과시키는 과정에서 국회사무처 교육위 입법조사관과의 소통, 상대당 보좌진과의 소통, 교육부와의 소통이 필요했다. 이 역시 내가 보좌진 생활을 하며 만들어 놓은 역량과 네트워크를 십분 활용했기에 긴박한 상황에서 실무를 이끌어 올 수 있었다. 나는 이러한 경험을 통해 내가 직접 플레이어로 나서더라도 잘할 수 있다는 자신감과 확신을 가지게 되었다.

유치원 3법이 있었던 해를 제외하면 위에서 언급한 것처럼 언론에서 국감 무용론이 제기된다. 그러면서 상시 국감, 감사원 감사 연계 등 매년 나왔던 해결책이 또 제시된다. 나는 이럴 때마다 국정감사 기능 회복을 위해서는 국회의원 자료요구권을 강화해야 한다고 주장했다. 그러면서 들었던 사례가 유치원 3법 사례였다. 국감의 매우 잘된 사례로 매년 거론되는 유치원 3법 성공의 핵심은 '면책특권'과 '자료확보'였다. 현재 의정자료시스템을 통해 국회의원 1인이 자료요구를 할 수는 있지만, 이는 법적 근거가 없는 행위여서 현재는 행정부가 배 째라 식으로 나오면 그만이다.

2018년 유치원 3법 후속 토론회

이 때문에 나는 당시 교육부, 시도교육청으로부터 자료를 받는 것이 매우 어려웠다. 현행법상 피감기관들은 위원회 의결과 위원 1/3의 동의로 요구하는 것만 자료 제출을 할 의무가 있다. 이마저도 피감기관이 작정하고 부실 제출로 끝낸다면 처벌할 근거가 사실상 없다. 이에 보좌진이 공무원에게 갖은 말과 협상을 통해 사실상 임의로, 관행적으로 자료를 받아내야 하는 것이 현실이다. 지금 국회의원실은 행정부로부터 자료를 잘 받아내는 것을 보좌진의 능력으로 평가한다. 보좌진 1인 개인기에 의존해 자료를 확보하는 시스템이 유지되는 상황에서는 상시 국감으로 가더라도 자료에 대한 근본적인 문제는 해결되지 않는다. 따라서 국정감사 무용론을 탈피하기 위해서는 먼저 자료요구권을 강화해야 한다. 국회의원 1인이 자료를 요구할 수 있도록 하고, 자료 제출 거부나 허위 제출 시의 처벌을 강화해야 한다. 이러한 생각은 내가 십수년간 경험한 노하우에서 나올 수 있는 것이다.

유치원 3법이 탄생하기까지

앞서 유치원 3법을 만든 것에 대해 내가 보좌진 10여 년 생활 동안 축적된 노하우를 모두 살린 집성체, 마스터피스와 같은 것이라고 이야기했다. 유치원 비리 폭로부터 유치원 3법의 성안, 통과까지 뚝딱 만들어진 것이 아니기 때문이다. 나 같은 준비된 사람에게 좋은 기회가 온 덕분이다. 물론 선거에서 인물, 구도, 바람 이 세 가지가 맞아야 승리할 수 있듯이 정책도 좋은 아이템, 시의성, 민심 혹은 여론, 추진력 이 네 가지가 맞아야 바람을 일으킬 수 있는데 유치원 3법 사태는 모든 것이 절묘하게 맞아떨어졌기 때문에 가능했던 일이기도 하다.

나는 교육문화체육관광위원회 위원장실에서 근무했던 경험이 있었다. 이 경험을 살려 정무위원회에서 교육위원회로 상임위가 변경되었던 시점에 내가 보좌를 하고 있었던 국회의원에게 "교육위에는 연구 비리, 사학 비리, 유치원 비리가 교육계에서 척결해야 할 3대 고질적인 병폐입니다. 교육위에 가면 이 부분을 하나하나 해결해 보시지요."라고 제안을 했다. 실제 나는 유치원 3법만큼 히트를 치지는 못했지만 연구 비리와 사학 비리도 다뤄 성과를 냈었다. 나의 제안 이후에 마침 경기도교육청과 MBC에서 유치원 비리에 대해 공동으로 일을 해 보자고 연락이 왔다. 타이밍이 참 좋았다. MBC 기자는 나에게 최초 제안을 할 때 경기도 유치원 감사 자료만 분석하자고 말했다. 나는 "경기도도 받고 전국 시도도 다 받자. 일을 크게 벌려 자료를 받아 내겠다"고 답했다. 해당 기자는 놀라면서 그것이 가능하겠냐며 반문했다. 이제까지 단 한 차례도 공개되지 않은 자료를 그것도 17개 시도교육청으로부터 받아 낼 수 있겠냐는 의문이었다. 나는 웃으며 가능하다고 했다.

　의원실에서 정책을 하던 사람은 나를 비롯해 조대희 비서관, 이재혁 비서였다. 우선 내가 각 교육청들을 압박해 자료를 받아냈다. 자료는 생각보다 방대했다. 우리 셋은 밤을 새가면서 사립유치원 감사결과를 취합하고 분류하고 통계를 내기 시작했다. 얼마나 방대한지 국회에서 지급된 컴퓨터는 사양이 모자라 자료를 열면 컴퓨터가 버벅였다. 자료를 모으고 감사 결과를 들여다보니, 문제가 얼마나 심각한지 다시금 느낄 수 있었다. 우리가 확인한 일부 사립유치원들의 비위 내용은 충격적이었다. 유치원을 학교가 아닌 돈벌이 수단으로 생각했던 일부 사립유치원 원장과 운영자들은 교비인 유치원 회계에서 사적 사용이나 목적 외 사용 등을 일삼았다.

가족끼리 운영하면서 생기는 비리는 기본이었고 유치원 교비에서 명품백 구입, 술값 계산, 성인용품 구입, 홍어회 계산 등 아이들이 사용했을 것으로는 보이지 않는 부정사용이 있었다. 그 규모는 드러난 것만 수백억 원 수준이었다. 2013~2018년 8월까지의 감사결과를 취합한 결과 2,325개 유치원에서 6,908건, 316억 618만 원 규모의 비리가 각 시도교육청에 의해 적발되었다. 나는 사립유치원 망신주기식, 폭로가 목적이 아니었다. 그래서 우선 제도개선도 함께 모색하기 위해 폭로 이전에 유치원 비리 근절을 위한 토론회를 열 것을 의원에게 제안했다. 사실 내가 한 제안은 국정감사를 앞두고 보좌진으로서는 부담스러운 제안이었다. 하지만 나는 문제를 폭로하는 것에 그치는 것이 아니라 반드시 제도개선이 병행돼야 한다고 생각했다. 이제 와서 후일담으로 밝히는 것이지만 이 토론회는 유치원 비리 사태의 서막이 시작된 아주 중요한 토론회였다.

"2018년 10월 5일에 사립유치원 비리 근절 토론회가 열립니다." 포스터가 국회에 게재되었고 보도자료도 배포되었다. 이를 보고 한국유치원총연합회와 소속 유치원들은 즉각 반발했다. 먼저 의원실에 제목을 수정할 것을 요구했다. 나는 요구를 받아들이지 않았다. 국회의원이 당연히 할 수

있는 일이기에 강하게 나가야 한다고 생각했다. 이 요구가
받아들여지지 않자 국회 토론회에 한유총 소속 원장 수백 명이
몰려와 난장판을 만들어 무력 시위를 했다. 이 행위는 오히려
국민 여론에 불을 지피는 신호탄이 되었다. 당시 MBC의 취재
카메라도 와 있었기 때문에 난장판이 벌어지는 상황은 고스란히
지상파에 방송이 될 수 있었다. 이 영상은 나중에 두고두고
쓰였다. 국민들은 교육자라고 생각했던 사립유치원 원장
선생님들의 폭력적인 실력 행사에 경악을 금치 못했다.

2018년 사립유치원 비리근절 토론회

토론회 이후 교육위원회 국정감사에 국민적 관심이 집중됐다.
우리가 폭로를 예고했기 때문이다. 나는 밤새 사립유치원 비리
자료를 준비했다. 그리고 10월 11일 국정감사 당일, 의원은
국회의원의 면책특권을 활용해 국정감사장에서 이 자료를 전격

공개했다. 국민 여론은 완전히 들끓었다. 후속 보도가 이어졌고, 대한민국은 난리가 났다. 나는 이슈를 계속 이어나가기 위해 KBS, SBS를 통해 추가 폭로를 이어갔다. 국정감사가 끝나고 11월 갤럽에서 국정감사에서 활약한 의원을 주관식으로 설문했는데 의원 인지도가 16%가 나왔다. 초선 3년차 무명 의원에겐 엄청난 수치였다. 아마도 2018년 국정감사 히트가 그분의 재선에 도움이 되었으리. 내가 의원실에서 빠진 이후 이제 그분은 갤럽에서 이름을 감췄다. 계속 얘기하지만 내가 보좌관으로 정책에서 정점을 찍었던 시절의 2018년은 그냥 나온 게 아니다. 2008년 국회 입법보조원으로 입성해 수년간 내공을 쌓아왔던 경험이 빛을 발한 것이다.

폭로 이후 나는 10월 23일 '유치원 3법'을 발의했다. 그것도 단독 발의가 아니라 더불어민주당 소속 국회의원 전원의 동의를 받은 당론 발의였다. 법안을 발의하기 위해 국회 본관 의안과로 가던 도중 민주당 정책위의장실 보좌관에게 전화가 왔다. 아침에 교육부 담당 국장으로부터 보고를 받았는데 학교급식법의 설명이 제대로 되지 않아 정책위의장이 법안의 발의를 잠시 보류하라고 했다는 통보였다. 타이밍이 참 기가 막혔다. 국회 의원회관에서 본관까지 걸어가는데 10분이 채 걸리지 않는데, 가는 그 와중에 보류하라는 전화가 오다니. 10분만 전화가 늦게 왔으면 좋았을 텐데 했다. 하지만 나는 정신을 차리고 천천히 설명했다. "설OO 국장은 유아교육법과 사립학교법만 담당하는 국장입니다. 학교급식법은 그 국장의 소관이 아니라 잘 모를 수도 있는데 우리가 만든 법안은 문제가 전혀 없는 법안입니다. 저를 믿고 일단 법안을 발의할 수 있도록 해주십시오. 타이밍이 중요합니다."라며 해당 보좌관을 설득했다. 다행히 해당 보좌관은 "내가 정책위의장님에게 잘 설명할 테니 발의하십시오."라며 내 발언에 수긍해 주었다. 우여곡절 끝에 법안은 발의가 됐다. 국정감사 첫날 비리 유치원 명단을 공개한 이후 불과 12일 만이었다.

보통의 경우에는 국정감사에서 문제를 지적하고 국정감사가 끝난 이후 제도를 개선하는 것이 일반적이다. 나도 10월 5일 토론회를 개최했고, 11일 국정감사 당일에 비리를 공개했으니 남은 국정감사를 잘 마친 이후 11월 즈음 법안을 발의할 계획이었다. 하지만 당시 상황이 너무나도 급박하게 돌아갔고 변화에 대한 여론의 관심은 너무나도 높았다. 때문에 나는 제도적 개선까지 빨리 내놓는 것이 좋다고 판단했다. '물 들어올 때 노 저으라'는 말처럼 이슈를 지속적으로 밀고 나가기 위해 유치원 3법의 입법을 서둘렀다.

유치원 3법의 골자는 사립유치원의 회계투명성 확보다. 나는 유치원 관련 자료를 수집하며 많은 전문가들로부터 사립유치원의 회계투명성 확보를 위한 방안에 대한 의견청취를 충분히 했었다. 때문에 어떤 내용을 유치원 3법에 담아야 할지는 잘 숙지하고 있었다. 하지만 전문가들이 제시하는 것들은 이런저런 방향만 있었을 뿐 실체는 없었다. 따라서 이를 법제화 혹은 자구화하는 것은 나의 몫이었다. 나는 낮에는 국정감사를 하고, 밤에는 다음 날의 국정감사 준비와 유치원 3법 성안을 병행하며 그 어느 때보다 바쁜 시간을 보냈다. 국정감사 동안 계속해서 질의를 통해 사립유치원 비리 이슈를 이어가야 했지만, 또한 유치원 비리와 관련이 없는 교육부 소관기관, 유관기관이나 서울대학교 등 대학에 대한 국정감사도 준비해야 했기 때문이다. 여담이지만 당시 밤낮을 가리지 않고 업무를 할 수 없을 정도로 기자들에게 연락이 쏟아졌는데 기자들은 내 사정을 모르니 내가 전화를 잘 받지 않는다는 볼멘소리가 나왔다고 한다.

10월 22일, 법안의 초안이 완성되었을 때 나는 먼저 교육부 담당 공무원들을 만났다. 유아교육법, 사립학교법, 학교급식법으로 구성된 유치원 3법 초안을 놓고 공무원들은 예상대로 강하게 반발했다. 이 법안이 통과될 경우 발생할 애로사항에 대해 설파하며 나를 적극적으로 설득했다. 심지어는 교육부에 임기제공무원으로 채용된 변호사까지 대동해서 법적인 문제점도 함께 지적했다. 실제 교육부는 유치원 에듀파인(국가관리회계시스템) 도입에 대해 국정감사 전부터 사실상 반대 입장을 보여온 터였다. 교육부는 사실상 반대 입장을 담은 보도자료를 배포한 적도 있었다. 관료들의 거센 반발에도 불구하고 나는 내가 만든 초안을 강력하게 밀고 나갔다. 결국 토론을 통해 교육부 공무원들을 설득시킬 수 있었다.

유치원 3법 중 '유아교육법'은 '유치원 설립, 경영자의 결격사유'를 신설하고 모든 유치원이 회계투명성 프로그램인

에듀파인 사용을 의무화하는 내용을 담고 있다. 당시 에듀파인은 모든 국공립 및 사립 초중고교와 국공립 유치원이 사용하고 있었음에도 오직 사립유치원만 예외적으로 사용하지 않고 있었다. 그래서 사립유치원은 회계 관리를 수기로 하는 곳이 있을 정도로 사실상 회계가 제대로 관리되지 않는 것이 현실이었다. 사실 사립유치원만 예외로 둔 것 자체가 이상한 일이었다. 한유총의 입김, 정치적 영향력이 얼마나 큰지 짐작할 수 있는 부분이다. 나는 에듀파인이 사립유치원에도 도입되면 수입과 지출이 전산에 기록되기 때문에 회계투명성을 확보할 수 있을 것이라 생각했다. 유치원 3법이 통과된 이후 이제는 전체 유치원에 에듀파인이 도입되었고 회계 투명성은 확보되었다.

2019년 사립유치원 에듀파인 도입 설명

'사립학교법'은 '회계 부정 시 처벌'이라는 내용을 담고 있다. 사립유치원의 교비 회계에 속하는 수입 또는 재산에 대해 목적 외 사용을 금지하고 이를 위반할 경우 2년 이하의 징역 또는 2천만 원 이하의 벌금에 처하도록 했다. 유치원의 재원은 정부보조금과 지원금, 학부모부담금으로 구성되어 있는데 사립학교법을 통해 이 모든 재원이 투명하게 사용되도록 했다. 나중에 한유총과 당시 야당이었던 자유한국당(현 국민의힘)은 코너에 몰리자 이중 회계를 두자는 주장을 했다. 지원금과 학부모부담금은 따로 두어 이 부분만이라도 사실상 마음대로 사용할 수 있게 해달라는 말도 안 되는 내용이었다. 또 처벌을 1년 이하의 징역 또는 1천만 원 이하의 벌금으로 낮추려는 시도도 마지막까지 있었다. 나는 정부 지원금이든 학부모부담금이든 모두 아이들을 위해 사용되는 것이 옳다고 생각했다. 이 역시도 사립유치원 설립자나 원장 쌈짓돈으로 사용되어서는 안 된다며 의원에게 힘들겠지만 버티셔야 한다고 조언했다. 이에 최종적으로 통과된 유치원 3법에서는 '교비 목적 외 사용 금지'와 '2년 이하의 징역 또는 2천만 원 이하의 벌금' 부분을 지킬 수 있었다.

'학교급식법'은 '유치원을 학교급식 대상에 포함시키는 내용'을 담고 있다. 일정 규모 이상의 유치원에 대해서는 초중고교와 동일한 수준의 급식시설 및 설비 그리고 위생관리 기준을 적용받도록 했다. 안산의 한 유치원에서 원아들이 햄버거병에 걸리는 안타까운 일이 발생한 적이 있다. 유치원 3법이 조금 더 빨리 통과되었더라면 하는 아쉬움을 남긴 사건이다.

이렇게 만들어진 유치원 3법을 당에서는 당론 법안으로 추인해서 밀고 나갔다. 그러나 금방 해결될 것 같았던 사립유치원 문제는 뜻밖의 보수 야당 의원들의 반대와 억지에 발목이 잡혔다. 2018년 정기국회 내내 야당 의원들의 시간 끌기와 버티기로 일관했다. 이러한 답답한 상황에 당시 민주당 원내대표는 이를 해결하는 방법으로 신속처리안건 지정, 일명 패스트트랙을 제안했다. 본인이 환노위원장 시절 '사회적 참사법'을 패스트트랙 제도가 생긴 이래 1호 법안으로 지정하며 통과시킨 경험을 기억한 것이었다.

패스트트랙으로 지정이 된다면 당장 통과는 어려웠지만 돌파하려면 그것밖에 없었다. 의원도 나와 같은 생각이었다. 패스트트랙에 올린 법안은 그 순간부터 관련 상임위원회에서 180일, 법사위원회에서 90일, 본회의에서 60일 동안 시간을 끌 수 있지만 그 기간이 지나면 자동으로 처리 과정을 밟게 되어 있다. 숙려기간이 지나면 본회의 표결을 할 것이고 그러면 자유한국당이 반대하더라도 통과될 수 있을 것이라는 관측이었다. 하지만 뜻밖의 상황이 발생했다. 당시 정국은 굉장히 어지러웠는데 유치원 3법보다 늦게 패스트트랙에 올려진 공수처법과 선거법 등이 상임위원회와 법사위원회에서 빠르게 처리되면서 유치원 3법과 동시에 본회의에 올라왔다. 자유한국당은 공수처법과 선거법 처리를 막겠다는 명분으로 유치원 3법마저 처리하지 못하겠다는 입장을 보였다.

자유한국당은 유치원 3법을 포함한 200여 개의 모든 법안에 대한 처리 반대를 위해 무제한토론, 이른바 '필리버스터'를 신청했다. 더불어민주당은 국회 회기를 쪼개 필리버스터를 무력화하는 일명 '살라미 전술'을 썼다. 이러한 우여곡절 끝에 유치원 3법은 통과됐다.

2019년 유치원 3법 통과 촉구 시위

법안이 통과되는 날 과거의 시간이 주마등처럼 지나갔다. 나는 국회의원을 보좌하는 사람이었기 때문에 세상에 내 이름이 드러나지는 않았다. 그럼에도 불구하고 나는 국가 정책에 기여할 수 있었다는 사실 하나만으로도 큰 성취감과 보람을 느꼈다. 물론 여의도에서 정책을 하는 사람이라면 내가 유치원 3법의 통과에 아주 큰 지분이 있다는 사실은 모두가 인정한다.

복기를 해 보면 유치원 3법의 통과는 여러 가지 상황이 맞아떨어졌기에 가능했었다. 당시에 나를 믿고 마음껏 정책을 펼칠 수 있도록 해주었던 의원과 굳은 일 마다하지 않고 함께 정책을 밀고 나갔던 의원실 후배들의 팀워크가 정책을 이끌어 나가는데 큰 도움이 됐다. MBC 방송사의 협력 플레이도 여론을 이슈화하는데 역할이 있었다. 이후 담당했던 MBC 기자는 '한국 기자상'을 받았는데 나에게는 꼭 연락하는 것이 맞는 것 같다며 고맙다는 메시지를 보내기도 했다. 또 대외적인 상황도 맞아떨어졌다. 당시 교육부장관은 인사청문회가 끝난 직후였는데 자유한국당은 국정감사에서 인사청문회 시즌2를 하겠다고 선언한 상황이었다. 이러한 프레임을 타개하기 위해 청와대와 당에서도 새로운 이슈인 유치원 3법을 적극적으로 지원해야 할 명분이 있었다. 실제 교육부장관의 자격 논란은 유치원 3법 이후 사라졌다. 이후 되레 오랜 기간 동안 장관직을 유지하며 교육부 수장으로 자리매김할 수 있었다.

정무위 저승사자, 금융전문가 이시성

세 번째 이시성의 상징은 금융 전문가라는 것이다. 나는 국회 보좌진을 하며 국회 정무위원회, 교육문화체육관광위원회, 교육위원회, 복지위원회를 경험했다. 그중 국회 정무위 보좌진을 가장 오래 했다. 그러면서 자연스럽게 금융 전문가가 됐다. 아마 이 글을 읽는 분들 중에는 정무위와 금융 전문가가 어떤 연관이 있는지 의아해하는 분들도 계실 것이다. 나도 의원이 정무위로 복귀한다고 할 때 정무위가 뭐 하는 곳인지 몰랐다. 보통 국회 상임위를 잘 모르는 사람들도 국방위, 외통위, 국토위, 복지위 등 상임위원회 이름만 보면 어떤 업무를 하는지 금세 파악을 할 수 있다. 그런데 정무위는 처음 단어를 들었을 때 '정무? 정무가 뭐하는 곳이지?'라는 의문을 품게 한다. 나중에 알고 보니 정무위는 사실상 경제 상임위였다. 그 이유는 금융위원회, 공정거래위원회 등 경제부처를 피감기관으로 두고 있기 때문이다. 나는 금융위, 공정위 등의 정책을 햇수로 7년 동안 담당하며 자연스럽게 금융 전문가가 됐다.

누군가 나에게 대한민국의 고질적인 병폐, 해결해야 할 문제를 꼽으라고 한다면 나는 첫째는 검찰개혁, 둘째는 언론개혁, 셋째는 경제관료 개혁이라고 말한다. 그중 나는 경제관료 개혁에는 최적화된 사람이다. 오랫동안 국회에서 경제 상임위를 담당하며 경제관료와 어떻게 싸워야 하는지, 무엇을 다뤄야 하는지를 몸소 체득했다. 한때는 경제관료가 가장 무서워하는 보좌관으로 이름을 떨치기도 했다. – 아이러니하게도 나는 이 시기 경제부 출입 기자들에게는 가장 인기가 많았다. – 경제를 잘 아는 사람, 대한민국의 고질적 병폐 중 하나인 경제관료의 개혁을 잘할 사람이 이시성인 것이다.

나는 금융 정책을 담당하며 국회 정식등록 직원연구모임인 '국회금융정책연구회'도 만들었다. 약 4년간 회장(대표)으로 활동하며 단체를 이끌었다. 이 단체는 여야 보좌진 15인 이상이 모여야 만들 수 있는 단체이다. 다른 단체에 중복으로 가입도 안 된다. 내가 이 단체에서 수년간 회장으로 활동한 것은 여러 보좌진들에게 전문성을 인정받는 보좌관이었기 때문이다. 여담이지만 후배 보좌진들로 구성된 '최측근 모임'도 있는데 이 역시도 내가 선배, 동료, 후배 보좌진들에게 신망받는 보좌관이라는 사실을 방증한다.

2022년 국회 금융정책연구회 세미나

정책 신조어 제조기 이시성

내가 금융 등 관련 정책을 오래하다 보니 신조어도 여럿 만들어냈다. 엄밀히 말하면 아는 사람만 알던 것을 대중들도 알게 했다고 해야 맞을 수도 있겠다. 재미있는 에피소드 몇 가지를 소개하자면 하나는 '순수고정금리'라는 용어의 탄생이다. 20대 국회 초반 박근혜 정부의 금융위원회는 고정금리 비율을 높였다며 대대적인 정책홍보를 했다. 당시에는 고정금리, 변동금리 비율만 발표했는데 금융위에서 제시한 수치만 보면 변동금리 비율은 낮아지는 추세였고, 고정금리 비율은 제법 많이 올라간 것처럼 보였다. 이 수치는 국회 정무위 상임위원회 업무보고 자료에도 들어갈 정도로 성과가 있어 보였다. 하지만 나는 이 수치가 과장돼 있고, 금융위가 발표한 고정금리에 '혼합형금리'도 포함됐음을 파악했다. 이 혼합형금리라는 말은 일반인들이 잘 쓰지 않던 말이다. 나는 이 혼합형금리를 제외한 '순수고정금리'는 몇 퍼센트인지를 파악해 보았다. 그랬더니 주택담보대출에서 순수고정금리는 5%에 불과했다. 이 사실을 확인하자마자 나는 전격적으로 보도자료를 배포했고, 대대적으로 문제점을 지적했다. 금융위는 당황해했다. 당시 해명 보도자료까지 내는 등 내부적으로 난리가 났다. 그 이후 최근에는 순수고정금리, 혼합형금리라는 말이 국회업무보고 자료에도 등장하게 됐다.

당시에는 해명하기에 급급했지만 이제는 세월이 지나 금융위도 금리의 종류를 구분할 때 순수고정금리, 혼합형금리, 변동금리 이렇게 세 가지 범주로 분류를 한다. 최근 금융위가 순수고정금리를 늘리겠다는 발표까지 했을 정도다. 순수고정금리라는 신조어를 만들었을 당시만 해도 금융위는 자신들의 치적이 가려질까 사실상 이를 인정하지 않으며 의원실과 난타전을 벌이기도 했는데, 이제는 금융위가 나서서 순수고정금리를 독려하고 나선다. 이런 것이 정치, 의원실 정책의 힘이라는 생각이 든다.

2016년 의원실 정책팀

둘은 '강제리콜', '자발적리콜'이라는 신조어다. 이는 정무위가 공정위를 소관하고 있기 때문에 소비자 피해 문제에 초점을 맞춰 만들어 낼 수 있었다. 2016년 현대차는 세타2엔진 리콜을 실시했다. 하지만 해당 리콜에는 문제가 많았고, 실제 현대차로부터 리콜을 받고도 다시 고장이 나는 사례가 적발되었다. 그래서 나는 국토부로부터 리콜현황 자료를 받아봤다. 자료 분석 결과 미심쩍은 정황이 많았다. 여기서 탄생한 용어가 '강제리콜'과 '자발적리콜'이다. 현행 자동차관리법상에 위 두 용어는 없다. 그냥 리콜은 리콜이다.

그런데 나는 이 둘을 구분해야 한다고 봤다. 이 리콜을 국토부에서 명령했느냐, 제조사에서 스스로 했느냐에 따라 엄연한 차이가 있었기 때문이었다. 자발적리콜은 제조사가 리콜의 범위와 방식을 정하기 때문에 사실상 부실 리콜이 될 가능성이 컸다. 나는 그 점을 문제 삼았다. 이후 검찰에서 현대차 세타2엔진 리콜 은폐 사건을 기소했고, 사안이 계속 이슈화되면서 이제는 언론에서도 리콜을 '강제리콜', '자발적리콜'이라는 용어로 구분해 사용하고 있다. 자동차 결함은 국민의 안전과 생명에 직결된 문제인 만큼 국토부가 직접 지시한 강제리콜인지 제조사가 자진납세한 자발적리콜인지를 구분하는 것은 의미가 크다. 추후 이 리콜의 용어 구분은 2017년 32건의 현대차 제작결함 문제를 해결할 때도 활용되었다.

국민의 눈높이로 금융 정책의 변화를 이끈 이시성

신조어 말고도 정책을 하면서 금융권의 고질적 문제를 해결하기 위해 했던 사건들이 많이 있다. 가장 최근 사례는 '공매도 전산화'를 이룬 사례다. 이는 내가 언론사 칼럼을 통해서 일화를 공개하기도 했다. 2020년 11월 27일, 나는 국회의원회관에서 금융위원장을 만났다. 우리나라에서 불법인 무차입 공매도를 근절하기 위해 공매도 전산시스템의 도입을 주문하기 위함이었다. 당시 경제는 코로나19로 인해 비상상황이었고, 여전히 공매도 금지가 유지되고 있었다. 전산시스템 도입 주장에 금융위원장은 난색을 표했다. 기술적으로 구현이 쉽지 않고, 업계 부담이 가중되는 등 현실적인 어려움이 많다는 이유였다. 그러면서 전산시스템 도입은 아니지만 개인투자자들이 공매도에 가지고 있는 기울어진 운동장이라는 이미지를 해소하기 위해 공매도 제도개선 방안을 마련하겠다고 약속했다.

하지만 나는 금융위원장의 답변이 사실상 면피성 발언이었다는 사실을 알고 있었다. 나는 면담 이전에 한국거래소 자회사인 코스콤 담당자와의 수차례에 걸친 간담회를 진행했었고, 이미 공매도 전산시스템의 기술적 구현이 가능하다는 사실을 확인했다. 또 국회입법조사처를 통해 해외사례를 수집하며 주요 선진국에서는 공매도 전산시스템을 이용하고 있다는 사실도 확인했다.

면담 이후 의원실의 계속된 주문에도 불구하고 결국 금융위는 공매도 전산시스템 도입을 하지 않았다. 금융당국이 의지를 내지 않으니 어쩔 수 없이 법으로 해결하는 방법밖에 없었다. 그래서 나는 급하게 자본시장법 개정안을 만들었다. 일명 '공매도 전산시스템 도입' 법안이었다. 개정안은 공매도 전산시스템 사용 의무화와 공시요건 강화 및 처벌 조항 마련 등을 골자로 했었다. 법안은 2021년 2월 4일에 발의됐다. 요즘 같은 정보화 시대에 공매도도 당연히 전산으로 기록을 남기면서 일처리를 하고 있을 것이라고 생각하겠지만 지금도 증권사들은 공매도를 수기나 전화 혹은 메신저로 진행하고 있다.

해당 법안에 대해 국회 정무위원회 전문위원은 검토보고서를 통해 "개정안의 취지대로 자동화된 대차 플랫폼이 한국 시장에 안정적으로 정착되어 상용화될 경우, 거래비용의 감소와 거래의 안정성 제고, 거래정보의 저장 및 확인 가능 등 긍정적인 효과가 있을 것으로 기대된다"고 밝히기도 했다. 굉장히 긍정적인 검토였다. 하지만 아쉽게도 이 법안은 통과에 속도를 내지 못한 채 상임위에 아직도 계류되어 있다. 그런데 굉장히 재미있는 것이, 최근 공매도 관련 문제가 이슈가 되자 금융위는 입장을 바꿨다. 그러면서 공매도 전산시스템을 도입하겠다고 발표했다. 결국 내 주장이 옳았던 것이다. 한 기자 선배는 나에게 "공매도 전산화는 네가 한 것이나 다름없다. 네 이름으로 칼럼이라도 써서 기록으로 남겨 놓으라"며 호의를 베풀어 주었고 다행히 내 성과는 칼럼을 통해 기록으로 남겨질 수 있었다. 앞으로 공매도 전산화가 꼭 빠른 시일 내에 이뤄져 천만 개미투자자들의 기울어진 운동장이 해소되고, 우리나라 자본시장의 투명성이 확보될 수 있길 기대해 본다.

그 밖에 '중도상환수수료 인하', '서민형 안심전환대출 탄생', '국민행복기금 연체 방지', '직장 단체실손보험의 개인실손보험으로의 연계', '신용평가 체계 개선', '삼성증권 100억대 불법 신용공여 확인' 등도 내가 정무위에서 일하며 만들었던 정책이다. 중도상환수수료는 지금은 인터넷전문은행의 대출 등에서는 내지 않는 경우도 있어 생소한 개념일 수도 있다.

하지만 과거에는 그렇지 않았다. 과거에는 대출 약정 기간 이전에 대출 상품을 해지할 때 1.5%의 중도상환수수료를 냈다. 그런데 나는 이 부분에 문제가 있다고 생각을 했다. 과거 저금리 기조가 이어지면서 주택담보대출, 신용대출 등 서민대출의 금리 하단이 1%대까지 떨어지는 시기가 있었다. 하지만 2015년에 내가 정무위에 와서 보니 금리는 떨어졌지만 중도상환수수료는 1.5%로 과거와 그대로였다. 12년 전 고금리 때 책정되었던 중도상환수수료가 그대로 쓰이고 있었던 것이다. 그래서 나는 금융감독원에 자료요구를 해서 2011년 ~ 2013년 3년간 은행이 벌어들인 수수료가 얼마인지 확인했다. 자료분석 결과 은행들이 벌어들인 수익이 3년간 1조 원에 이르렀다. 확실히 문제가 있었다. 나는 질의서를 작성해 이 부분을 상임위 전체회의를 통해 의원이 지적할 수 있게 준비했다. 이후 기업은행은 최대 0.5%까지 낮추는 방안을 발표했다. 서민들이 1%까지 혜택을 볼 수 있도록 한 것이다.

서민형 안심전환대출의 탄생은 2015년 박근혜 정부에서 있었던 안심전환대출과 관련이 있다. 박근혜 정부 당시 금융위는 고정금리 비중을 높이기 위해 안심전환대출이라는 상품을 출시했다. 이는 정책자금을 활용한 정책금융 상품이었다. 금융위는 이 안심전환대출의 성과를 보도자료 등을 통해 대대적으로 홍보했다. 나는 대학원에서 정치과정을 전공했기 때문에 통계에 능했다. 금융위 보도자료를 보고 느낌이 왔다. 통계를 보니 나눈 구간이 미심쩍었다. 그래서 통계의

원자료(로우데이터)를 자료요구를 해서 받았고 이를 재가공했다. 역시나 통계의 마법이 있었다. 금융위 발표와는 달리 전체 신청자의 5%에 달하는 사람들이 억대연봉자였던 것이다. 금융위는 구간을 묶어 발표해서 억대연봉자들의 신청현황은 드러나지 않게 했었다. 나는 정책금융이라는 것은 재원의 한계가 있기 때문에 적재적소에 공급되는 게 중요하다고 생각한다. 더 정책금융이 필요한 서민들에게 우선적으로 공급이 되어야 한다고 봤던 것이다. 나는 억대연봉자에게도 안심전환대출이 이뤄졌다며 대대적으로 보도자료를 배포했다. 경제부 출입 기자들에 따르면 이날 금융위는 난리가 났다고 한다. 금융위 부위원장까지 기자실에 내려와서 해명할 정도로 파급력이 어마어마했다는 전언을 들었다. 그도 그럴 것이 정권에서 잘했다고 대대적으로 홍보하고 있는 정책인데 금융위 입장에서는 내가 다 된 밥에 재를 뿌리는 격으로 보였을 것이다. 들리는 소문에 따르면 금융위원장이 간부회의에서 이시성 보좌관만 없으면 좋겠다는 소리를 했다고 하기도 했다.

어찌되었든 금융위원회는 문제점에 대해 인식을 했고 추후 개선이 됐다. 문재인 정부는 2019년 안심전환대출을 정책을 실시했는데 이 안심전환대출 앞에 서민형이라는 단어를 추가해 출시했다. 정책금융을 신청할 때 연소득이 8,500만 원 이하여야 한다는 소득의 제한을 두면서 내가 바라던 대로 정책의 방향이 수정되었다. 이 서민형 안심전환대출은 2020년에 금융위원회의 6대 적극행정 우수사례 중 장려로 선정되기도 했다. 이는 내가 기지를 발휘해 철저히 견제 감시하고 지적한 결과로 이뤄낸 성과이다.

국민행복기금 역시도 박근혜 정부에서 중점적으로 밀었던 사업이다. 저신용자들의 채무조정을 통해 사실상 빚을 탕감해 주는 정책이었다. 나는 2014년 정무위에 오자마자 이 부분에 대해 문제를 제기 했다. 먼저 자료를 통해 전체 채무조정자의 6.9%가 또다시 채무불이행자로 전락한 사실을 지적했다. 아무리 국가가 부채를 탕감해 준다 해도 또다시 채무불이행을 하는 구조에서는 똑같은 문제가 다시 발생하게 되는 것이기에 좀 더 원천적인 해결이 있어야 한다고 봤다. 그러면서 국정감사에서 채권추심회사에 지불한 수수료가 1,017억 원에 달한다는 사실을 지적했다. 국가가 매입한 채권의 추심을 다시 민간회사에 맡기는 문제와 과잉추심 의혹도 제기했다. 국민행복기금이 그 취지와는 다르게 추심회사가 서민들에게 추심을 많이 할수록 이득을 보는 구조로 가는 것은 문제가 있다고 봤다. 해당 지적에 금융당국은 나에게 보고하며 제도개선 방안을 약속했다.

'직장 단체실손보험의 개인실손보험으로의 연계'는 내 개인적인 경험에서 나온 정책이다. 내 주변 사람들을 보니 보험료를 이중으로 납부하고 있는 경우가 허다했다. 예를 들면 개인실손보험을 들고 직장 단체실손보험에도 가입하는 경우였다. 왜 이렇게 하는지 들어보니 많은 사람들이 본인이 퇴직을 하고 나이 먹어서는 실손보험에 가입하기 어렵기 때문에 울며 겨자 먹기로 젊은 나이부터 유지를 하고 있다는 것이었다.

이에 나는 금감원에 이러한 문제를 지적했다. 직장 단체실손보험에 가입된 사람이 직장을 퇴직한 경우 개인실손보험으로 전환하는 방안을 마련하도록 주문했다. 직장 단체실손보험을 들었을 경우 개인실손보험은 잠시 중지 혹은 유예하거나 직장 단체실손보험에 제외신청을 할 수 있었지만 이 방법들은 직장실손보험에만 가입한 사람의 경우 퇴직 후 개인실손보험을 들 수 없다는 문제가 있었다. 나는 금융소비자들에게 선택권이 필요하다고 봤다.

지금은 제도가 개선되어 일정 부분 요건을 갖추면 퇴직 후 직장 단체실손보험을 개인실손보험으로 전환을 할 수 있는 제도가 마련되었다. 하지만 이 제도는 그 전환 요건이 까다로워서 활용이 잘 안 되고 있다. 이 부분은 내가 추후에 더 개선하고 싶은 문제이다.

'신용평가 체계 개선'은 신용카드를 합리적으로 활용하고 싶은 금융소비자가 한도를 줄일 경우에 신용등급이 하락하는 사례를 개선한 것이다. 예를 들어 과거에는 1,000만 원 한도에서 200만 원으로 줄일 경우 소비를 할 때 한도 소진율이 높아져 신용등급이 하락하는 일이 발생했다. 이 신용등급 하락은 금융소비자가 신용에 특별한 문제가 없는데도 발생한 것이기에 문제가 있다. 어떤 사람은 이로 인해 신용대출에서 금리를 더 내는 등 피해를 보기도 했다. 나는 이러한 사례 등을 개선하도록 했다. 이 문제는 SBS의 방송으로도 나왔다. 지금 이러한 황당한 신용평가는 사라졌다.

신용평가체계 개선과 함께 중금리 대출 확대도 우리나라 금융당국이 중점적으로 보는 부분인데, 신용등급과 금리산정은 떼려야 뗄 수 없는 관계다. 금융에서 혁신이 일어나기 위해서는 이 평가 체계가 기존의 관행에서 탈피되어야 하는 측면이 있는데 우리나라 금융은 그렇지 못하다. 예를 들어 대출이 많으면 신용등급이 떨어진다고 치자. 그런데 같은 신용등급의 사람이 같은 규모의 대출을 같은 금리로 일으켰다고 하더라도 저축은행이나 캐피탈, 대부업, 온라인투자연계금융업 등에서 받으면 은행에서 대출을 받은 것보다 신용등급이 더 떨어진다. 어떤 업권에서 대출을 받았는지에 따라 신용등급의 하락폭이 달라지는 것이다. 나는 이러한 상황에서는 혁신이 일어날 수 없다고 생각한다. 지금의 신용평가 체계에서는 중금리 대출 확대를 위해 아무리 은행보다 더 낮은 이자를 제시한다 하더라도 이들 업권에서 받은 대출이 신용등급의 급락으로 이어지기 때문에 금융소비자 입장에서는 이용을 꺼릴 수밖에 없다. 나는 금융당국이 중금리 대출 확대라는 정책적 목표를 달성하기 위해서는 인터넷전문은행에 의존하는 것이 아니라 다양한 상품이 출시되고 이를 이용할 수 있는 환경이 조성되어야 한다고 생각한다. 혁신 없는 신용평가체계는 이제 개선이 되어야 한다.

'삼성증권 100억대 불법 신용공여 확인'은 계열사 임원에게 신용공여, 일명 대출을 하지 못하도록 한 것을 위반해 100억대의 불법 신용공여를 한 사실을 적발한 정책이다. 이 불법신용공여 건은 동양증권 사태 등과 유사하게 금산분리 원칙을 위배했다는 면에서 그 자체만으로도 굉장히 큰 문제이다. 하지만 나는 그 이면에 어떤 더 큰 문제가 있을지도 모른다는 보좌관의 정무적 감이 발동을 했다. 문제를 지적하는 과정에서 상황이 여의치 않아 아쉽게도 더 큰 문제에는 접근을 하지 못했다. 그렇지만 나는 후속 과제로 이를 마음속에 계속 두고 있다.

요즘 나는 국민적 눈높이에서 금융권 제도개선을 위해 은행의 금리인하요구권에 관심을 두고 있다. 금리인하요구권은 소득이나 부채상황이 개선되었을 경우 금융 소비자들이 금융사에 금리를 인하해 달라고 요구를 할 수 있는 제도이다. 최초에 금융 당국에서 이 제도를 홍보할 당시만 해도 은행들은 수용과 거절 이 두 단계로 구분을 했다. 하지만 국회의원실 자료나 언론보도 등을 통해 수용율이 낮은, 거절율이 높은 은행들이 줄세워지게 되었다. 그러다 보니 은행들은 수용율을 높이기 위해 꼼수를 쓰기 시작했다. 금리인하 신청 자체를 받지 않도록 제한하기 시작한 것이다. 이제는 금리인하 신청 자체를 은행에서 받아주지 않는다. 참 황당하다. 남발을 막기 위해 분기에 한 번 등 횟수를 제한할 수는 있어도 아예 은행에서 자체적으로 신청을 거절하는 것은 문제가 있다. 좋은 정책이라도 꾸준히 제도를 보완하고 노력해 정책의 완결성을 높여야 한다. 이 부분 역시도 향후 내가 개선하고 싶은 부분이다.

나는 그 밖에 카드사, 증권사 등의 문제점도 지적하며 국민들의 삶을 개선하기 위한 정책적인 노력을 기울였다. 증권사에서 20년을 근무하고 지금은 국회 보좌관을 하고 있는 한 선배는 나에게 이렇게 말을 했다. "이 보좌관은 별것 아닌 것을 크게 만드는 재주가 있어. 이 보좌관이 보도를 하면 언론에 크게 이슈화가 되네." 아마도 전문가의 입장에서 봤을 때 기존 관행상으로는 너무나 당연한 것인데 언론과 국민에게는 큰 호응을 받는 것이 의아했던 것 같다. 나는 전문가의 입장에 더해 국민의 눈높이에서 정책을 했다. 그러다 보니 전문가의 입장에서는 당연해 보일지 모르는 것들도 국민의 눈높이에서 개선을 요구할 수 있었다. 나는 국민과 서민에게 도움이 되는 정책을 많이 했고 성과도 좋았다.

2018년 의원실 정책회의 발언

김대중 대통령께서 정치는 초등학생도 이해할 수 있도록 해야 한다고 말씀하셨다는 말을 들은 적이 있다. 나는 누구나 납득할 만한 시각으로 또 국민들에게 실질적인 도움을 줄 수 있도록 쉽고 정확하게 정책을 하는 것이 맞다고 생각한다. 사실 전문가라면 금융위에는 200명이 넘는 공무원들이 있고 금감원은 2,200명이 넘는 인력이 있는데 내가 어떻게 수천 명의 인원이 하는 일들을 혼자서 다 알고 감당할 수 있겠는가? 현실적으로도 정책을 국민적 눈높이로 할 수밖에 없다. 한 가지 더 덧붙이자면 국회에서의 국정감사는 감사원의 국정감사와 다른 점이 하나 있다. 감사원 감사는 일이 다 끝난 다음에 잘잘못을 따지는 사후형 감사이지만 국회는 현재 진행형인 정책도 함께 감사해서 그 정책의 궤도를 바꿀 수 있는 정무형 감사라는 점이다. 나는 행정부를 사후적으로 견제 감시하는 것도 중요하지만 현재 진행 중인 정책이 올바르게 더 발전할 수 있도록 하는 정무형 정책을 많이 했다.

대한민국의 금융이 세계적 수준이 되기를 바라며

나는 정무위에서 금융, 비금융을 가리지 않고 정책을 총괄해서 담당했지만 지금에 와서 복기를 해 보면 금융에 더 애정을 많이 가지고 정책 업무를 수행하지 않았나 싶다. 금융 정책을 담당했던 사람으로서 내가 바라는 목표나 지향점이 있다. 우리나라의 금융이 세계적인 수준으로 성장하는 것이다. 매년 국회 정무위에서는 지적이 되는 사안이 하나 있다. 그것은 바로 우리나라 금융시장의 수준이 후진국 수준이라는 지적이다.

"우간다보다 낮은 대한민국 금융시장" 2016년의 한 언론사 기사 제목이다. 국회의원들은 우간다보다 낮은 우리나라 금융시장 성숙도에 대해 질타를 하며 금융당국이 거시적인 안목을 가지고 이를 발전시켜야 한다고 주문을 한다. 하지만 2024년을 바라보는 지금, 우리나라의 금융이 획기적으로 좋아졌느냐? 그렇지 못하다.

최근 은행들은 과도한 수익을 거둬들이고 성과급 잔치를 벌였다는 사실이 알려져 여론의 거센 비판을 받았다. 정치권에서는 횡재세를 도입해야 한다는 주장도 나왔다. 나는 이러한 은행권을 향한 여론의 부정적인 시각이 비단 이번 사태만을 놓고 형성된 것은 아니라고 본다. 우리나라의 은행들은 과거부터 꾸준하게 예대마진으로 엄청난 수익을 거둬들였다. '땅 짚고 헤엄치기 식'의 영업으로 손쉽게 수익을 창출해 왔던 것이다. 또한 금융소비자 보호를 위한 제도적 보완에는 사실상 손을 놓고 있었다. 영업이익을 이유로 은행 점포를 폐쇄한다거나 ATM기 숫자를 줄여왔다. 이는 스마트, 인터넷뱅킹으로 금융 업무를 처리하기 어려운 금융 약자들의 배려와는 거리가 먼 정책이다. 또한 과도한 실적경쟁으로 인해 점포를 방문해 노후자금 등을 운용하려고 하면, 은행에 의해 나도 모르는 새 "공격적투자 성향"을 가진 투자자가 되어 노후자금을 사실상 날리는 사례도 빈번하게 일어났다. 요즘은 기술이 발전하면서 비대면 업무가 많아지면서 은행들이 신분증 확인 기술을 발전시키지 않거나 소홀히 하여 금융사기 피해사례가 늘어나고 있다. 오랫동안 이러한 영업 관행을 바라봐온 국민들은 은행을 불신할 수밖에, 혹은 미워할 수밖에 없는 이유가 있는 것이다. 금융사들은 정치권에서 횡재세 신설 논의가 나오자 부랴부랴 금리를 인하하겠다는 등의 목소리를 내며 어떻게든지 횡재세의 신설을 막아 나서고 있다. 나는 은행들의 이러한 '땅 짚고 헤엄치기 식'의 영업 관행, 과도한 실적경쟁 등은 이제 바뀌어야 한다고 본다. 그러기 위해서는 금융당국이 이를 지도해야 하는데 국회가 역할을 해야 금융당국에 힘을 실어주거나 잘못된 부분을 올바르게 바꿀 수 있다.

더 나아가서는 지금 포화상태가 되어 레드오션으로 전락한 우리나라 금융시장이 '제살 깎아먹기 식'의 경쟁에서 벗어나려면 금융사들이 해외진출을 해서 자본을 벌어오는 시대가 이뤄져야 한다. 나는 금융사의 해외진출에 우리나라 금융 발전의 해법이 있다고 본다. 이를 위해 해외에 점포를 내어 교민들 대상으로 송금 업무에 그치는 것이 아니라 과감한 투자와 인프라 구축을 해서 세계 유수의 IB(Investment bank)들과 경쟁할 수 있어야 한다. 물론 지금 금융위에서도 이를 위해 초대형 IB 인가를 실시해 미래에셋증권, 한국투자증권, NH투자증권, KB증권, 삼성증권 총 5곳이 인가를 받았다. 이 초대형 IB는 한국판 골드만삭스 육성을 목표로 2017년 시행이 됐다. 하지만 현재 초대형 IB로 지정된 5개 업체들이 지난 6년간 우리나라 자본시장의 발전에 얼마나 기여했는지는 미지수다. 여전히 제살 깎아먹기 식의 경쟁에 매몰되어 있지는 않은지 모르겠다. 나는 초대형 IB 인가를 받은 모 증권사의 한 관계자와 대화를 나눌 기회가 있었다. 그 자리에서 왜 우리나라 증권사들이 해외진출에 소극적인지 물어봤다. 중국, 홍콩 등에 진출을 했지만 크게 실패한 담당 임원들은 경질이 됐고 이후 회사와 직원들 모두 해외진출에 소극적 태도를 보인다는 답변이 나왔다. 나는 속으로 '그럴 것이면 왜 초대형 IB 인가를 받았을까?'하는 답답한 마음을 가졌다.

2018년 예결위 회의장

2022년 정무위를 통해 싱가포르에 출장을 갔던 경험이 있다. 나는 싱가포르의 자본시장을 경험하고 진출한 해외 기업들의 모습을 보며 상당히 놀랐다. 금융당국은 신속했고, 규제도 빠르게 개선되었다. 금융사들도 싱가포르 경제와 자국민 일자리 창출에 충분히 기여를 하고 있었다. 우리나라에서 규제개혁을 외치며 손톱 밑 가시를 제거하겠다고 하거나 규제샌드박스를 만들거나 하는 현란한 구호에서 사실상 되는 것은 거의 없는 것을 오랫동안 봐 왔던 나로서는 신선한 충격을 받았다. 나는 금융당국이 적극적으로 움직일 수 있도록 국회에서 역할을 해야 한다고 본다. 기존의 금융 관행에 찌들어 있는 전문가 말고 국민의 눈높이에서 새로운 시각으로 접근을 할 수 있는 정치권에서 훈련받은 금융 전문가가 국회에는 필요하다.

한국은행에서 근무했던 내 지인의 이야기를 소개한다. 이분이 젊었을 때 98년도 즈음 한 번은 강원도에 있는 지점에서 근무했다. 이때가 금강산 관광이 한창 활성화되었을 때였는데 지점 근무를 하며 '금강산 관광 효과가 강원도 경제와 대한민국 경제에 미치는 영향 분석' 리포트를 쓰고자 윗선에 기획안을 올렸다. 경험이 많은 윗선에서는 이런 걸 어떻게 하냐며 핀잔을 줬다. 그러면서 "그래, 네가 무식하니까 일을 벌이지"라며 어떤 문구를 추가해야 나중에 비난이 있을 때 빠져나갈 구석을 만들 수 있는지를 알려주면서 리포트 작업에 착수할 수 있게 해 주었다. 그런데 막상 리포트가 나오고 나니 소위 말하는 대박이 터졌다. 국내 언론은 물론 외신까지도 앞다투어 보도를 했고, 인터뷰 요청이 쇄도했다. 이후 한동안 타 시도에서 내 지인의 분석툴을 그대로 활용해 지자체의 경제효과를 분석하는 리포트가 계속 나오기도 했다. 나는 이분과 대화를 하며 "국회에서는 제가 그럽니다. 전문가들이 보기에는 안 되는 것들을 나쁘게 말해서 무식하면 용감하다고 제가 정책을 만들어서 히트를 친 사례가 꽤 됩니다"라고 답했다. 나는 후배들에게 "모르고 하는 거다"라는 말을 많이 한다. 이게 진짜 모르고 해야 한다는 소리가 아니다. 내가 후배들에게 하는 말은 국민의 눈높이에서 새로운 시각으로, 그렇지만 날카롭게 사안을 분석하고 이끌어야 한다는 의미가 내포되어 있는 말이다. 국회의 역할로 인해 우리나라의 금융도 세계적인 수준으로 성장해서 대한민국 경제 발전에 효자 역할을 할 날을 기대한다.

2부

청년 이시성이 살아온 길

꼿꼿한 청년 이시성

　나는 38년 인생을 보좌진으로만 살아온 것은 아니다. 초중고교 학창 시절에는 친구들에게 반장으로 불렸다. 대학 시절에는 술을 한 잔도 마시지 않으면서 술자리에 자연스럽게 참여하는 친화력 좋은 사람으로 불렸다. 군대에서는 까만 몸에 근육이 많아서인지는 몰라도 섹시시성, 일명 렉송으로 불렸다. 32사단 505여단 6대대에서 1소대 분대장, 화기소대 분대장을 하며 나 나름대로는 두 개 소대의 분대장을 역임한 역사도 만들었다.

2011년 서강대 대학원 행사

　대학원에서는 서강대 석사학위를 4학기 만에 졸업하며 나름대로는 공부에 자부심을 가질 수 있을 정도로 열심히 하는 학생이었는데, 박사 때는 직장과 병행하며 간신히 박사수료까지 하고 아직까지도 박사논문을 쓰지 못한 상태의 학생으로 남아 있다. 본 저서를 통해 청년 이시성에 대해 구체적으로 차근차근 소개하고자 한다.

영원한 반장, 권한이 있는 자리

"고3 때 반장이 영원한 반장이다"라는 담임선생님의 말씀에 학창시절 마지막 반장선거에 도전했다. 선생님은 성적표를 보고는 반에서 1등이었던 나에게 반장을 권유하셨다. 고2 때도 마찬가지로 담임선생님은 내가 반장을 했으면 좋겠다고 권유하셨다. 담임선생님들은 내가 반장을 하길 원하셨다. 그런데 나도 반장이 되는 것이 좋았다. 친구들 사이에서 리더십을 발휘하는 것이 좋았다. 그래서 초중고교 나는 늘 반장을 하고 싶어 했다. 나에게 반장이라는 타이틀은 리더십을 발휘할 수 있는 '권한이 있는 자리'였다. 나는 반장을 하며 학급의 방침을 정하고, 약자를 보호할 수 있는 룰을 정했다. 친구들에게 리더십을 더 발휘하기 위한 자리가 나에게는 반장이었다. 나는 고2 때도 반장을 했다. 초등학교, 중학교 때도 고배를 마신 적이 많지만 늘 반장선거에 도전했다. 어려운 친구들을 돕는 것이 좋았고, 학급을 면학 분위기로 만드는 것이 좋았다.

예를 들어 중2 시절 반장을 할 때는 나는 쉬는 시간 종이 치면 큰 목소리로 30초를 셌다. 1초, 2초, 3초⋯⋯ 내가 앞에 나가 초를 세면 학급 친구들은 30초 안에 자리에 앉아야 했다. 나는 쉬는 시간에 늘 초를 세었다. 어린 마음에 나도 1층 매점에서 친구들이랑 간식을 사먹고, 복도에서 더 뛰어놀다가 종이 치면 부랴부랴 뛰어서 교실에 오고 싶었지만 그러지 못했다. 친구들에게 늘 의젓한 모습을 보이며 솔선수범했다. 그런데 선생님의 영원한 반장에 대한 말씀이 있으셨지만, 고3은 좀 부담이었다. 수능 준비에 몰입해야 하는 상황에서 이것저것 학급을 위해 솔선수범을 해야 하는 자리였기 때문에 고민이 많았다. 하지만 학급을 위해 헌신하기로 결심을 했다. 결국 나는 반장선거에 나갔고 학급 친구들의 전폭적인 지지를 받아 친구들에게 '영원한 반장'이 되었다.

나는 학창시절 친구들에게 형 같다는 소리를 많이 들었다. 리더십이 많다는 소리였다. 늘 주변 친구들을 챙겼고, 친구들에게 솔선수범하는 모습을 보였다. 친구들은 집에서 각자의 부모님께 내 얘기를 많이 했던 것 같다. 한 사례로 학부모 참관수업이 있던 날이었다. 김희성이라는 친구가 있었는데, 그 친구의 어머니께서 희성이가 집에서 내가 형 같다고 했는지 "시성이가 누구니?"라며 나를 찾으셨다. 나는 "전데요"라고 답을 했는데, 그 어머니의 처음 나온 답이 "작네"였다. 내 키는 174cm로 큰 편이 아닌데, 내가 형 같은 이유는 키가 커서일 거라고 생각을 하셨던 것 같다. 지금도 친구들에게 나는 의젓한 반장으로 기억되고 있다.

강동운, 조우영, 이성장, 박준용, 김일중, 정종훈 등 나와 절친하게 지내고 있는 친구들은 다 고등학교 때 만났다. 물론 최준석, 송정권 등 초등학교, 중학교 친구들도 있다. 모두 나의 소중한 친구들이다. 이후 뒤 페이지에서 이들이 생각하는 이시성에 대해 직접 작성한 글이 있으니 관심 있게 읽어보시면 좋을 것 같다.

2003년 계양고 반장 시절

부러질지언정 휘지 않겠습니다.

고3 시절 담임선생님께서 교무실로 나를 불렀다. 내가 너무 올바르고 꼿꼿하다며 술도 좀 마시고 해도 된다고 조언을 해 주셨다. 아마도 융통성 없이 너무 고지식하게 살아가는 내 모습이 안쓰러워서 조언을 해 주셨던 것 같다. 나는 담임선생님에게 "저는 부러질지언정 휘지 않겠습니다"라고 말씀을 드렸다. 고지식한 성격에 '어떻게 선생님이 학생에게 술을 권하지'라는 반발심이 생겼던 것 같다.

그 이후 '부러질지언정 휘지 않겠다'는 말은 내 인생의 좌우명이 되었다. 보좌관 생활을 하면서, 군대에서, 대학과 대학원에서 내 결심을 흔드는 일이 생길 때마다 부러질지언정 휘지 않겠다는 좌우명을 꺼내어 곱씹었다. 또 다른 내 좌우명은 '소나무처럼 푸르게, 바위처럼 단단하게, 대나무처럼 곧게'다. 나는 원래 학창 시절에는 융통성, 회색지대라는 것이 거의 없는 사람이었다.

2003년 고등학교 졸업사진 촬영

과학영재반에 발탁

초등학교 6학년 때 나는 학교 대표로 뽑혀 수업을 따로 들었던 적이 있다. 전교생이 IQ 테스트를 진행했고 4명 정도가 후보로 지목되었는데 제비뽑기에서 내가 당첨되었다. 선생님께서 제비를 주셨는데 다른 친구들은 의욕적으로 뽑았고, 나는 다른 친구들에게 제비를 양보하고 맨 마지막에 남은 것을 뽑았는데 그 제비가 당첨 제비였다.

1998년 작전초등학교 졸업식에서 성적우수상 수상

당시 인천 북부권에서는 교육청 주도로 한 학교에서 1명씩을 뽑아 그 학생들을 한데 모아놓고 수업을 따로 진행했다. 지금은 기억이 흐릿하지만 아마도 과학영재반이었던 것 같다. 나는 일주일에 한 번 부평에 있는 학교로 이동해 수업을 들었다.

71

기존의 학교 수업에서 벗어나 새로운 커리큘럼으로 수업을 듣는 것에 흥미를 느꼈던 기억이 있다. 이를 통해 다른 학교 친구들도 사귀게 되었다. 친구들에게 늘 먼저 양보하는 학생이었기에 친구들에게 나는 착하다는 수식어가 늘 붙었다.

이등병도 PX를 이용하게 해 주십시오.

나는 2005년 12월 군대에 입대했다. 그때 훈련병일 때부터 만나 자대까지 같이 배정받은 군대 동기들이 있다. 안태민, 이경묵, 허성수, 조성조가 동기들이다. 운이 좋았던 것이 군대에서는 나이가 천차만별인데 우리 동기들은 모두 나이가 85년생으로 동갑이었다. 또 지역이 인천과 수원으로 일정했다. 우리는 휴가를 나와서도 같이 만났으며 지금까지도 서로의 경조사를 챙기고 연락하며 돈독한 관계를 유지하고 있다. 군 생활 2년이지만 2년 내내 가족보다 더한 시간을 붙어있다 보니 2년의 우정은 20년 우정과 다름이 없었다. 우리는 늘 서로를 돌봐주었다. 내가 군 생활을 하며 이 12월 군번 동기들에게 큰 도움을 받았던 사건이 하나 있다. 나는 군대에서 가장 힘들었던 것이 수직적인 인간관계였다. 내가 훈련병 때, 이등병 때 친구들과 주고받았던 편지를 보면 이 부분이 많이 드러난다. 나는 우선은 힘든 이등병 생활을 견뎠다. 부조리가 있어도 일병이 될 때까지 기다려야지 하는 마음으로 버텼다.

2006년 6월, 나는 드디어 일병이 되었다. 일병이 된 순간 나는 이등병에게 차별적으로 행해지던 다양한 부조리들을 해결하고자 했다. 이제 와서 생각해 보면 일병이 단독으로 그런 일을 벌이려 했다니 참 무모했다. 이등병은 PX를 가지 못한다거나 바디샴푸를 쓰지 못하고 비누로 머리와 몸을 씻어야 하는 것, 외박과 외출을 사용하지 못하게 하는 것 등 내가 생각했을 때 부조리하다고 여겼던 부분을 개선하고자 했다. 그런데 일은 내 마음처럼 흘러가지 않았다. 행정반에 이 사실을 알리고 문제를 함께 해결하고자 했는데 행정반에 있던 김OO 상병은 오히려 행정반을 공격했다고 오해했다. 이 김 상병은 20대 후반 늦깎이로 군에 입대했기 때문에 중대장과 나이 차이가 얼마 나지 않아 사석에서는 중대장과 형동생 한다는 소문이 있던 사람이었다. 중대장에게 굉장히 신임을 얻고 있었고 부대 내에서도 영향력이 상당했다. 김 상병은 나를 소위 말하는 왕따시키기 위해 노력을 했다.

나는 다행히 선임과 후임에게 일 잘하는 것으로 인정받고 있었기 때문에 모두가 동조하지는 않았다. 하지만 나와 가장 가까웠던 홍OO 상병이 김 상병과 화해하지 않으면 나도 더 이상 너를 지켜줄 수가 없다고 이야기하는 등 이탈 세력들도 있었다. 참 힘들었다. 공익적인 일을 하기 위해 노력을 했는데 칭찬을 받기는커녕 도리어 내가 공격을 받다니. 지금에 와서 생각해 보면 22살 어린 나이에 아주 좋은 경험을 했던 것 같다. 하지만 나중에 김 상병이 병장이 되어서야 나와 화해했다. 화해 전까지

약 3개월간의 시간은 나에게 굉장히 힘든 시간이었다. 이때 12월 군번 동기들이 나에게 큰 힘이 되었다.

나는 이후 고참이 되어 이등병도 PX를 이용할 수 있게 했으며 내무실에서 충분한 휴식을 취할 수 있게 한다거나 외박이나 외출도 원하는 시기에 나갈 수 있도록 하는 등 군대 부조리를 개선시켰다. 물론 나는 후임병들에게 양보하느라 10일간 주어지는 피 같은 외박과 외출(외박은 2일 차감, 외출은 1일 차감) 중에서 2일밖에 사용하지 못하기는 했지만 당시에도 사용할 생각이 없었고 지금도 후회는 없다.

2006년 혹한기 훈련 마치고

군대 겸직왕 이시성

　나는 군대에서 많은 비공식적 직책을 맡았다. 공식적으로 나는 주특기 번호 1112 기관총 사수로 제대했다. 그 이외에도 많은 직책을 맡았다. 먼저 나는 파견 전문이었다. 이는 파견에 가서 좋은 성적을 많이 받았기 때문이다. 나는 부대에서 기관총사수 이외에 보조의무병, 군종병, 고충상담병을 병행했고 나중에는 1소대 분대장과 화기소대 분대장을 했다. 특히 분대장을 두 번 역임할 때, 당시 김호경 15중대장은 "대한민국 육군에서 분대장을 두 번 역임한 사람은 너밖에 없을 것이다"라며 나를 추켜세웠다. 사실 화기 소대 분대장은 전역을 한 달여 앞두고 부대 평가를 위해 다시 직책을 받게 되는 상황이 벌어진 것인데 나에겐 말년에 불필요한 일을 맡게 된 것이었다. 하지만 나는 끝까지 최선을 다하자는 생각으로 직에 임했다.

　앞서 이야기한 것처럼 나는 파견도 많이 다녔는데 국군대전병원으로 보조의무병 파견을 가기도 했고, 오산리 기도원으로 파견을 간다거나 배제대학교에서 열렸던 군인 가족 수련회에 교사로 참여하기도 했다. 또 분대장 파견이나 사단 웅변대회 같은 곳에 나가서 순위권에 오르며 좋은 성과를 냈다. 그러면서 나는 파견에서 주로 사단장 포상이나 여단장 포상을 받아왔다. 부대에서는 병사가 좋은 성적을 거두면 좋았고, 나도 포상휴가를 나갈 수 있으니 좋았다. 또한 탤런트 지성 씨나 가수 김범수 씨가 나와 같은 시기 군 복무를 했는데 파견을 가서 이들을 바로 앞에서 보거나 노래를 들을 수 있는 나름대로 추억에 남는 상황도 생겼었다.

고충상담병은 대대장이 나를 특별히 불러 월 1만 원을 더 줄 테니 그 돈으로 부대원들 커피를 사주면서 고충을 들어주고 애로가 없게 하라는 특명을 내려 맡게 되었다. 지금 생각하면 상담 경험도 없는 나에게 그런 일을 맡긴 것이 좀 황당하지만 당시 나는 직을 열심히 수행하기 위해 심리상담 관련 서적을 구매해 독학했다. 그때 깨달은 것이 있는데 내가 해결책을 제시하려 하기보다는 먼저 상대방의 의견을 많이 들어줘야 한다는 것이었다. 그러면 대부분은 그 사람이 자문자답의 격으로 대화하다가 자연스럽게 해결 방법을 찾아갔다. 즉 본인 문제에 대한 해결 방법을 이미 본인의 마음속으로 알고 있었던 경우가 많았다.

2007년 군대 동기들과

대통령이 되고 싶습니다

나의 대학생활은 즐거운 추억으로 남아 있다. 그 즐거운 추억에는 나의 영원한 은사님이신 이준한 교수님이 계신다. 내가 군대에 갔을 때 개인 정비 시간을 낭비하고 싶지 않았다. 그래서 교수님에게 편지를 썼다. "교수님 제가 대통령이 되려면 어떤 준비를 해야 합니까?" 지금에 와서 생각해 보면 당돌하면서도 황당한 질문이었다. 이준한 교수님은 이 질문에 허투루 답변하지 않으셨다.

교수님은 나에게 이메일을 써 주셨다. 그런데 내가 수일간 이메일을 확인하지 않자, 나의 가장 친한 친구이자 ROTC로 군대에 가지 않고 남아있던 신동식에게 시성이가 이메일을 확인하지 않는데 어디 있냐고 물으셨다고 한다. 동식이는 교수님께 "시성이 군대에 갔습니다"라고 알려주었고 교수님은 직접 나에게 편지를 써주셨다. 요지는 3가지를 준비하라는 것이었다. 첫째는 시사상식 함양을 위해 신문을 많이 읽으라고 하셨고, 둘째는 영어 원서를 읽을 수 있도록 영어 공부를 하라고 하셨고, 셋째는 몸 건강을 잘 챙기라고 하셨다. 나는 교수님의 답장에 큰 감동과 위로를 받았다. 2년 군 생활을 마치고 3학년으로 복학하자마자 나는 이준한 교수님을 찾아갔다. "제가 교수님께서 말씀하신 것을 2년간 잘 지켰습니다"라고 말씀을 드렸다. 교수님은 기뻐하며 나를 응원해 주셨다.

이후 교수님은 '국회 인턴십 프로그램'을 만드셨다.

나는 망설임 없이 인턴십 프로그램에 지원했다. 이 인턴십 프로그램은 내가 국회에 처음 입성할 수 있게 등용문이 되어준 프로그램이다. 현재 이준한 교수님은 내가 이 세상에서 가장 존경하고 사랑하는 은사님이시다. 이 자리를 통해 이준한 교수님께 정말 감사하다는 말씀을 드리고 싶다.

2008년 인천대 대학생 인턴십 프로그램 시작

양보 끝에 인천 계양을 의원실로

앞서 이야기한 것처럼 2008년 여름, 인천대 정치외교학과 이준한 교수님은 학생들의 국회 진출을 위해 국회 인턴십 프로그램을 계획했다. 나는 이 공고를 보자마자 즉시 지원했다. 모집 결과 10여명이 넘는 학생들이 지원했다. 정외과뿐만 아니라 행정학과 등 다른 과 학생들도 지원을 했다. 나는 송영길 의원실에 배정을 받아 간단한 면접을 보았고, 면접을 통과해 2008년 11월 중순 첫 출근을 하게 되었다. 이 인턴십 프로그램은 사실상 최초로 시도된 생소한 사례였기에 지역지에도 사진과 함께 크게 보도가 되었고, 나는 "대학생 인턴의 하루"라는 주제로 아리랑TV에 출연을 하기도 했다.

　내가 송영길 의원실로 가게 된 일화가 있다. 원래 나는 인천 계양구 작전동 동보아파트에 거주 중이었다. 작전동은 송영길 의원의 지역구가 아니라 신학용 의원의 지역구였다. 그래서 교수님은 신학용 의원실로 나를 보내려고 했다. 그런데 신학용 의원실은 입법보조원 신분인 대학생 인턴 과정 이후 정식 국회 인턴으로 채용까지 연계가 가능한 의원실이었다. 굉장히 좋은 기회였다. 다른 의원실은 인턴십 이후 정식 인턴으로의 채용 가능성이 거의 없었다. 한편 내 대학 동기 중에 집안이 어려운 친구가 있었다. 이 친구를 염두에 두고 교수님은 나를 따로 불러서 "시성아 네가 신학용 의원실로 가는 것이 맞지만 이번에 네가 양보해서 윗 지역구인 송영길 의원실로 가주련, ○○이가 국회에서 생활을 하면서 거기서 숙식을 해결할 수도 있고, 또 정식 인턴으로 채용이 된다면 집안의 어려움을 극복하는 데 도움이 될 것 같다."는 말씀을 하셨다. 나는 흔쾌히 알겠다고 했다. 당연히 나는 친구가 우선이었다. 그렇게 나는 송영길 의원실에서 처음 정치 입문을 하게 되었다.

　송영길 의원실에서 근무하며 참 많은 경험을 했다. 하루는 출근했는데 선배 보좌관이 나보고 얼른 외통위로 오라고 했다. 나는 영문도 모른 채 외통위 상임위원회 회의장 앞으로 뛰어갔다. 아침에 한나라당 의원들이 기습적으로 외통위원회 회의장 문을 걸어 잠그고 한미FTA 비준안을 날치기 통과하려 했던 것이었다. 민주당 국회의원과 보좌진, 당직자들은 전원이 나서 이를 저지하려고 했다. 이 과정에서 소화기가 뿌려지기도 하고 해머도 등장했다. 그 유명한 '해머 국회'라는 말이 여기서 처음으로 등장했다. 나는 이날 출근 이후 해를 넘겨 집에 가게 될 줄은 꿈에도 생각을 못 했다. 나는 매년 교회에서 송구영신 예배를 드렸었는데 2008년 12월 31일에는 예배는커녕 국회 본관 밖을 나가지 못했다. 본회의장 앞 로텐더홀에서의 점거가 길어져 해를 넘긴 것이다. 국회 본관은 경찰들이 둘러싸고 있어서 본관을 나갈 수는 있어도 나가면 다시 들어올 수는 없었다. 그래서 농성의 인원수 유지를 위해 내부에 있던 사람들은 계속 자리를 지켜야 했다.

MB 4대 악법 저지라는 현수막을 본회의장 앞에 내걸고 농성하는 과정에 나도 참여했다. 책상에서 정치학을 공부하다가 처음을 현실정치의 현장에 참여했던 귀하고 값진 시간이었다. 나는 송영길 의원실에서 근무하며 10년이 넘는 시간 동안 나의 멘토이자 친구 같은 존재가 된 병곤이형과 영승이형을 만나게 되었다. 이 역시도 귀하고 값진 인연이다. 이들도 나와 같이 집에 들어가지도 못하고 농성했다. 몸은 힘들었지만 즐거운 시간이었다. 농성 마지막 날에 당시 원혜영 원내대표가 농성했던

보좌진 당직자들과 둥그렇게 서서 한 명 한 명과 악수를 했는데
그 순간도 나에게는 뜻깊은 기억이다.

2008년 국회 로텐더홀 농성

또 송영길 의원과 인연을 맺었던 것도 내 인생에서는 큰
의미가 있었다. 송영길 의원은 내가 대학생임에도 불구하고
거시경제 대가 스터디, 기자 오찬 등 일정이 있을 때마다
나를 배석시켜 주었다. 내가 처음 출근한 날이었다. "시성아
가자"라고 송영길 의원이 나를 불렀던 순간이 아직도 눈에
선하다. 나는 제주나라라는 음식점에서 다른 보좌진 배석 없이
나 혼자 배석하여 의원, 기자 10여 명과 함께 오찬을 했다.
그 밖에도 송영길 의원은 본인이 사법고시를 준비할 때 썼던
일기장을 복사해 주시며 내가 큰 꿈을 키울 수 있게 해 주었다.
감사한 인연이다.

2008년 송영길 의원과 계양산에서

서강대 대학원 4학기 만에 졸업

보통 대학원이라고 하면 대부분의 사람은 2년 만에 졸업한다고 생각한다. 1년에 두 학기씩 있으니 4학기를 다니면 졸업하는 것인데 내가 졸업을 한 서강대학교는 4학기 만에 졸업하는 것은 굉장히 대단한 일이었다. 5학기 만에 졸업하면 준수하게 졸업했다고 여길 정도였다. 내가 서강대에 처음 입학했을 때 두 명의 선배가 울면서 짐을 싸고 있었다. 나는 주변에 저 사람들 왜 울고 있느냐고 물었다. 그랬더니 종합시험을 두 번 떨어져서 학과에서 제적당했다는 말이 돌아왔다. 나는 간담이 서늘했다. 대학원은 이런 곳이구나. 열심히 하지 않으면 도태되는구나. 나는 정말 열심히 공부했다.

종합시험도 한 번에 합격했으며 다행히 논문도 4학기 만에 써서 졸업했다.

그러면서 대학원생인 만큼 서강대 정외과 부속으로 있는 현대정치연구소의 연구보조원으로도 열심히 일을 했고, 교수님 조교 활동과 대학원 총학생회 사무국장으로도 활동했다. 맡은 직이 많다 보니 서강대 다산관에는 내 자리가 여러 군데 있었다. 정외과 연구실 6층, 현대정치연구소 사무실 3층, 대학원총학생회 사무실 4층에 내 자리와 컴퓨터가 있었다. 나는 6층에서 공부하다가 지겨워질 때쯤 3층으로 내려가서 공부하고, 3층에서 힘들어질 때쯤 4층으로 옮겨 공부하는 방식으로 이를 꽉 물고 공부했다. 내가 봤던 종합시험에서도 10명이 시험을 봐서 4명이 떨어졌고 그 중에 2명이 두 번 떨어져서 제적을 당했지만 나는 한 번에 당당하게 통과할 수 있었다. 후에 내가 좋은 점수를 받아 상당히 상위권으로 통과했다는 얘기도 들었다. 아직도 류석진 당시 학과장님의 "시성아 축하한다. 합격했다"라는 이메일을 확인했던 순간을 잊지 못한다.

특히 이 시기에 나에게 영향을 미친 세 명의 사람이 있는데 한 명은 박정우 선배이다. 정우형은 장롱면허였던 나에게 운전을 가르쳐줄 만큼 나를 아껴주었던 선한 분이었다. 논문을 포기하고 싶은 마음이 들었을 때 옆에서 내 마음을 다잡아주며 내가 논문을 끝까지 포기하지 않고 쓸 수 있게 격려해 주었다. 다른 둘은 조인석 선배와 김신일 선배이다. 인석이형과 신일이형은 계산중앙감리교회 청년부에서 만난 인연인데 공교롭게도 우리 셋은 모두 04학번이었다. 같은 대학생 1학년으로 내가 새내기 때부터 많은 추억을 만들었던 형이다. 인석이형은 당시 행정고시를 공부했는데 그때 나눴던 대화가 인상 깊었다. 앉아서 공부하다 힘들면 누워서 공부를 하고, 누워서 공부하다가 불을 끌 힘이 없어서 불을 켜고 잤다는 일화를 전하거나, 고시공부 마지막 시기에는 공부할 시간을 아끼기 위해 죽을 먹었다는 일화도 소개했다. 나는 그때 자극을 받아 대학원 종합시험을 공부하며 고시 공부하듯이 약 두 달간을 이를 꽉 물고 공부를 했다.

또 신일이형은 서울대를 다니다 카투사로 군 복무를 마친 이후, 의대에 진학하기 위해 다시 수능을 본 케이스다. 그러다 보니 마찬가지로 나보다 나이가 6살이나 많았음에도 나와 같은 04학번으로 대학교 생활을 보내게 되었다. 특히 신일이형은 예과를 다닐 때 인하대 용현동 캠퍼스로 다녔기 때문에 나는 학교 간 거리가 가까운 형과 시간을 많이 보낼 수 있었다. 신일이형이 피 터지게 의사면허 시험공부를 하던 시절의 에피소드를 듣고 나는 자극을 받았다. 내가 2008년 국회 본회의장 앞 로텐더홀에서 농성을 할 때 민주당에서 지급되었던 침낭을 신일이형에게 빌려주었는데 신일이형이 이 침낭을 의사면허 시험을 볼 때 요긴하게 사용했다는 소리도 들었다. 이 침낭은 추후 내가 다시 돌려받아서 유치원 3법 등 국회에서 밤을 새서 일을 할 때 다시 활용되었다. 정우형, 신일이형, 인석이형의 격려와 조언 덕분에 나는 대학원을 4학기 만에 졸업할 수 있었다.

2012년 서강대 대학원 졸업

　내 졸업논문의 주제는 '국회의원 국정감사활동에 영향을 미치는 요인 분석'이었다. 미국의 정치학자 데이비드 메이휴는 국회의원이 의정활동을 하는 목적을 크게 3가지로 나눴다. 첫째 다음 선거에서의 승리를 위해, 둘째 당내에서의 입지 확보를 위해, 셋째 좋은 정치의 실현을 위해. 그중에서 다음 선거에서의 승리가 가장 중요한데, 이는 재선이 되지 않으면 당내에서 입지 확보나 좋은 정치의 실현을 할 수 없기 때문이다. 나는 이 이론에 착안해 국회의원 의정활동에서 가시성이 가장 뛰어난 국정감사를 분석해 국회의원의 의정활동인 국정감사 활동에 어떤 요인들이 가장 중요하게 작용하는지를 분석했다. 나는 해당 논문을 통해 국회의원의 의정활동 성과가 선거에서 득표로 이어져야 하는데 실제로 득표는 다른 외부요인이 더 많은 영향을 미친다는 사실을 밝혀냈다. 그러면서 선거에서 유권자들이 국회의원의 의정활동 성과를 정확하게 반영할 수 있도록 해야 한다는 제언을 했다. 해당 논문은 이갑윤 교수님과 이현우 교수님의 깊은 가르침이 있었기에 완성할 수 있었다.

내 정책의 시야를 넓혀준 인천시당

막상 논문을 통과하고 졸업을 앞두고 나니 앞으로 어떻게 살아야 할지 막막했다. 나는 계양에서 신촌으로 삼화고속을 타고 다니며 양화대교를 건널 때 국회가 보이면 늘 마음속으로 기도했다. "하나님 제가 꼭 국회에서 일할 수 있도록 해 주세요" 그런데 하나님은 내가 졸업을 한 이후 국회로 보내 주시지는 않았다. 이때 나는 서강대 정외과 박사과정 중이었던 오세재 선배의 도움을 받아 당시 안산에서 2012년 총선 출마를 준비하고 있었던 고OO 후보와 부OO 후보를 소개받을 기회를 얻었다. 오 선배는 내가 어려웠던 시절 학업과 관련해 조언도 많이 해 주셨고 사비를 들여 점심을 사주시는 등 나에게 많은 도움을 주었던 분인데 졸업을 앞두고 취업에도 도움을 주었다. 그런데 선배가 이야기했다. "고 후보는 당선 가능성이 높다. 그런데 고려대 출신이기 때문에 내가 잘 알지 못해서 당선되더라도 인턴 이상을 보장하기는 어렵다. 부 후보는 당선 가능성은 적다. 하지만 서강대 출신이기 때문에 잘되면 6급 자리를 보장할 수 있을 것 같다. 선택은 네가 해라"라고 하셨다. 나는 마음속으로 "당선이 안 되면 6급이고 뭐고 무슨 소용인가!"하며 고 후보 캠프에 가고 싶다는 뜻을 전했다.

눈이 많이 왔던 겨울, 나는 고 후보를 만나기 위해 신촌에서 안산으로 갔다. 당시 캐주얼하게 옷을 입고 갔었는데 갑자기 면접을 보러 오라는 통보를 받았다. 그래서 어머니께서 급하게 양복을 인천에서 신촌까지 가져다주시기도 했다. 나는 마음을 단단히 먹고 안산으로 갔다. 안산에서 민심을 확인하기 위해 역에 내려 캠프까지는 택시를 탔다. 선배들에게 귀동냥하며 들었던 어쭙잖은 민심파악 방법이었다. 나름대로 면접 준비를 한 것이었다. 택시기사님에게 안산의 밑바닥 민심을 확인하며 면접 장소로 갔다. 그런데 막상 후보를 만나니 후보는 내가 운전을 잘하지 못한다는 사실에 마음에 들지 않았던 모양이었다. 당시 직원에게 밥 잘 먹여서 보내라는 신호를 보냈고 나는 국밥 한 그릇을 얻어먹고 집으로 돌아왔다. 그 얘기를 들었던 정우형이 위에서 기술한 것과 같이 "네가 운전을 배워야겠구나" 하면서 본인의 마티즈를 내어주며 2주간 운전을 가르쳐 주었다. 마지막에는 삼촌의 에쿠스 키를 가져와 큰 차도 한번 몰아봐야 한다며 나에게 큰 차를 운전할 수 있는 호사도 누릴 수 있게 해 주었다.

어쨌든 나는 안산에서의 총선 캠프와는 인연이 없었다. 이후 18대 국회 말 인턴을 뽑는 의원실 지원을 했는데 모두 떨어졌다.

당시 민주당은 의석수가 많지 않아 인턴 자리도 귀했다. 낙심하고 있는 사이, 선배가 민주당 인천시당 사무처장에게 나를 소개해 주었다. 인천시당도 마침 총선을 앞두고 있어 사람을 찾고 있었는데 내 이력서를 보고 너무나 좋아했다. 나는 면접에 합격했고, 여기서 훗날 내 귀인이 되는 이규성 선배를 만나게 된다.

규성이형은 당시 정책전문위원으로 정책실장 역할을 하고 있었는데 75년생 38살로 나이가 어려 실장을 달지 못하고 전문위원직을 맡고 있었다. 나는 규성이형에게 보도자료, 논평 등 글 쓰는 방법을 배웠다. 이쪽 세계에서 보통 본인의 노하우는 영업비밀이기 때문에 잘 알려주지 않아 도제식으로 어깨너머 배우는 것이 관행인데 규성이형은 일 잘하는 사람은 키워야 한다며 나에게 모든 것을 다 알려주었다. 나는 짧은 시간이었지만 이 시기에 정책적으로 엄청난 성장을 했다. 특히 19대 총선을 치르며 정당 정책공약집을 직접 만든다거나 여론조사를 설계하고 돌리는 방법을 배우거나 민주당과 시민통합당과의 합당 이후 임시전당대회 준비 등 평상시에는 해볼 수 없는 일들을 많이 했다.

이제 와서 보면 인천시당으로 갔던 것이 나에게 엄청난 기회였다. 특히나 더 그런 것이 당선이 유력한 후보였던 고 후보는 백○○ 변호사가 전략공천을 받아 후보로 확정되는 바람에 선거에 출마도 하지 못했다. 반면 당선 가능성이 적다고 평가되었던 부 후보는 당선이 되어 국회의원이 되었다. 나는 이 사실을 보며 인생사 새옹지마라는 것을 몸소 체험했다. 그리고 어떠한 길을 가든지 다 나에게 합당한 길과 뜻이 있음을 체득했다. 지금은 내가 얘기한 후보님들 모두 국회의원을 하셨거나 지금도 활동을 하고 계신다.

2012년 민주통합당 인천시당 임시대의원대회

다시 국회로!

나는 19대 총선이 끝난 이후 인천시당을 떠나 국회 정성호 의원실로 자리를 옮겼다. 규성이형이 인천 국회의원실 5급 비서관으로 자리를 옮겼기에 나도 국회로 자리를 옮겨 규성이형과 함께 국회에서 계속 일을 하고 싶었다. 나는 여기서도 귀한 인연을 만났다. 정성호 의원과 정원철, 최일곤,

최창민, 강유진 선배다. 이분들은 나를 훌륭하게 이끌어 주었다. 나는 매일 인천에서 1시간 30분 정도 걸려 출근했는데 늘 의원실에 가장 먼저 도착했다. 물론 인천시당에서도 가장 먼저 출근했다. 8시쯤이면 도착했는데 도착을 하면 조간 스크랩을 프린트해서 의원 집무실 책상에 올려놓고 조간을 보며 연습 삼아 논평을 작성해 보았다.

정성호 의원은 당시 수석대변인 당직을 맡고 있었다. 어느 날 나는 정성호 의원과 단둘이 대화할 기회를 가질 수 있었다. 하루는 의원이 나에게 돌직구가 무슨 뜻이냐고 물어보았다. 돌직구라는 신조어를 20대인 젊은 내가 알 것으로 생각하셨던 것 같다. 나는 돌직구가 어떤 뜻인지 알려드리면서 그 이후 '민주당에 보내는 돌직구'라는 주제로 20대 청년의 시각에서 바라보는 민주당에 대한 페이퍼를 몇 번 작성해 드렸다. 나는 이 보고서를 작성하며 처음으로 의원에게 직보(직접보고)하는 경험을 할 수 있었다.

나는 늘 일을 찾아서 하거나 혹은 먼저 했다. 하루는 최창민 선배가 나를 불러서 좋은 의미로 "시성아 천천히 해도 된다"라고 조언을 해 주었다. 나는 아침에 출근해서 논평을 써서 선배들 책상 위에 올려놓고 빨간펜으로 검수를 받는 등 매우 적극적인 태도로 의원실 업무에 임했었다. 복사기 소리가 삐빅 들리면 벌떡 일어나 A4용지를 빠릿하게 갈았을 정도로 긴장도 많이 했었다. 그런 태도가 대견스러우면서도 안쓰러웠던 것 같다. 나는 선배의 조언을 들어 속도를 조금은 줄이는 태도를 가지려 노력했다. 최창민 선배는 보좌진을 하기 전에 언론사 등 사회 경험이 있었기 때문에 글을 쓰는 능력이 탁월했다. 또한 의원실 업무를 수행하는데 6급 이상의 역량을 지니고 있었다. 나는 최창민 선배에게 질의서 작성, 토론회 준비, 방송출연 준비 등 보좌진이 해야 할 다양한 실무에 대해 많은 것을 배울 수 있었다.

2012년 정성호 의원실

인턴 비서의 실수와 선배의 아량

하루는 의원실에서 층간소음을 해결하기 위해 층간소음법을 발의하는 날이었다. 당시 층간소음 문제가 사회적 이슈가 되고 있던 상황에서 층간소음 해결을 위해 국회가 법안을 발의한다는 것은 큰 기삿감이었다. 그래서 KBS 9시 뉴스에 방영이 되는 것으로 약속이 되었고 오후에 의원 인터뷰를 앞두고 있었다. 법안 공동발의 도장을 20여 명 받았던 것으로 기억한다.

의안과에 법안을 제출해야 하는데 법안 제출은 내 몫이었다. 나는 법안을 발의하기 전에 법안을 찬찬히 읽어봤는데 조금만 고치면 더 좋은 법안이 될 것 같아서 법안을 고쳐서 발의했다. 이 수정은 선한 의도였을지는 몰라도 나의 큰 실수였다. 공동발의를 한 의원실은 우리가 보낸 법안에 공동발의를 한 것이었기 때문에 내가 법안을 임의로 수정해서 발의하는 행동은 해서는 안 될 일이었다. 만약에 수정하고자 한다면 공동발의 하려는 모든 의원실에 상의해서 양해를 구했어야 했다. 또 법안의 경우 한 글자 차이로 법의 취지나 해석이 달라지기 때문에 신중해야 했다.

나는 그 사실을 간과했었다. 내가 법안을 제출하자 곧바로 KBS 기자에게서 항의전화가 왔다. 의안정보시스템에서 발의된 법안을 확인한 것이다. KBS 기자는 "의원실에서 얘기한 취지와 다르지 않냐"며 항의했다. 선배들은 당황했고 나는 그제야 내가 실수한 것을 깨닫고는 선배들에게 사실을 실토했다. 그때 최일곤 선배는 나를 혼내기는커녕 "괜찮아 사람이 실수할 수도 있지"라며 곧바로 수습 작업을 함께 해 주었다. 수습은 공동발의를 했던 20여 명에게 다시 도장을 받아 법안을 철회하고 원래 법안대로 재발의하는 작업이었다. 최일곤, 최창민 선배와 나는 부리나케 도장을 다시 받았다. 나는 이 사건을 통해 국회의 메커니즘을 배운 것은 물론 더 나아가서는 선배의 아량을 배울 수 있었다. 이 사건을 떠올리며 나도 이후 보좌관 생활을 하며 후배에게 조금 더 너그러운 마음을 가질 수 있게 되었다.

2018년 유치원 3법 당시 교육위 지방국감에서 정책팀 멤버들과

국산 지폐가 외산 기술로?

나는 정성호 의원실에서 기획재정위원회의 기획재정부 복권위원회, 한국조폐공사를 담당했다. 훗날 정원철 선배에 따르면 내가 조폐공사를 탈탈 털었다고 한다. 나는 그만큼 열심히 했다. 내가 당시 했던 정책 중에 가장 의미가 있다고 생각하는 정책은 우리나라 지폐를 국산화한 것이었다. 내가 조폐공사를 담당하고 우리나라 지폐의 기술력을 살펴보니 대부분 기술이 외산 기술이었다.

분명 우리나라 지폐인데 외국 기술로 만들고 있었다. 국산화 비율은 65.8%에 불과했다. 특히 입체형 부분노출 은선과 띠형 홀로그램과 같은 핵심 기술이 외산 기술이었다. 나는 이 부분을 국산 기술로 대체할 수 있다고 봤다. 그래서 연구와 시정을 요구했다. 지금 내가 알기로 우리나라 지폐는 100% 국산 기술로 만들어지고 있다. 이때 내가 만든 정책이 작게나마 대한민국 발전에 도움이 될 수 있다는 경험을 했다. 처음으로 정책의 힘을 실감한 것이다.

2016년 의원실 기관 업무보고

드디어 인천 계양갑 의원실로

나는 2008년 입법보조원으로 국회에 입성해 대학원에서 정치과정을 전공하고 인천시당에서 총선을 치르고, 국정감사까지 성공적으로 마쳤었다. 그런데 나는 그때까지도 인턴 신분을 벗어나지 못하고 있었다. 많이 속상한 나날이었다. 나는 그 시기 이력서를 가슴에 품고 다녔다. 의원실에서는 "시성이 이제 공무원 해도 되겠어"라며 실력을 인정해 주었지만, 의원실의 특성상 의원실에서의 내부 승진은 어려웠다. 나는 다른 의원실로 옮겨서라도 공무원이 되고 싶었다. 그런데 지원하는 족족 떨어졌다. 딱 두 달만 더 하고 안 되면 다른 일을 찾으려고 마음을 먹었다.

그러던 2013년 어느 날이었다. 신학용 의원실 보좌관에게 전화가 왔다. 의원이 상임위원장이 되면서 9급 자리가 하나 생겼는데 내가 그 자리로 올 수 있느냐는 제안이었다. 국회에서는 의원이 상임위원장이나 원내대표 등 당직을 맡으면 추가 자리가 발생하고 인원을 더 보충할 수 있게 된다. 나는 고민을 했다. 정책을 하는 사람인데 9급 자리로 가는 것이 맞는지 결정을 쉽게 할 수 없었다. 당시에는 정책이면 6급으로 가는 것이 일반적이었다. 내가 9급으로 간다고 하니 너무 조급한 것 아니냐고 걱정하는 선배들도 있었다. 또 보좌진 9급은 7호봉을 받는 데 반해 위원장실 추가 자리는 9급 1호봉부터 시작해서 급여 차이도 인턴과 얼마 나지 않았다. 이때 규성이형이 하루라도 빨리 공무원이 되는 것이 좋겠다는 조언을 해 주었다. 그 조언은 너무나도 탁월한 조언이었다. 훗날 내가 신학용 의원실에서 초고속 승진을 하는 발판이 되었으니 말이다.

나는 정성호 의원실에서의 추억을 뒤로 한 채 2013년 4월 1일부로 신학용 의원실로 출근했다. 국회의원실의 구조가 참 아쉬운 것이 후배가 승진하기 위해서는 선배 누군가가 빠져야 한다. 이는 보좌진이 9인으로 정해져 있기 때문이다. 내가 승진하고 싶다고 선배를 나가라고 할 수도 없는 노릇이다. 좋은 사람들과 오래 함께 일을 하면 좋은데 그러지 못하는 국회의 현실이 참 아쉽다.

나는 교문위에 와서 엄청난 활약을 했다. 상임위원장은 상임위 전체회의에서 구두질의를 많이 할 수 없는 상황이라 정책적인 측면에서만 본다면 위원장실은 나처럼 많이 일을 하지 않아도 되었다. 하지만 나는 문제점을 찾아 지적하고 개선하는 것이 너무나 좋았다. 하루는 교문위 모 의원실에서 위원장실 유선번호로 전화를 걸어 어떻게 하면 그렇게 기사가 많이 날 수 있느냐고 나에게 물어보기도 했다.

이러한 지면 보도들을 그냥 흘려보내기에는 아까웠다. 나는 훗날 신학용 의원과 함께한 시간 동안 냈던 지면 보도를 모아 책으로 만들어 드리기도 했다. 그 정도로 엄청난 정책적 성과와 언론보도를 냈다. 그러던 2014년 초, 나는 의원에게 실력을 인정받아 6급으로 승진을 했다. 그런데 6급으로 승진한지 얼마 되지 않아 의원이 나를 부르셨다. 의원은 "조계자 보좌관이 시의원으로 출마하려 해. 네가 가서 도와주었으면 한다"고 말했다. 나는 알겠다며 열심히 하겠다고 말씀드렸다.

조계자 보좌관이 시의원에 당선되면 의원실 식구들이 한

단계씩 승진을 할 수 있는 선순환 구조가 이뤄질 수도 있었다. 나는 5급 비서관의 꿈을 품고 지방선거를 열심히 도왔다. 지방선거는 6월에 있다. 준비가 한창이던 5월의 어느 날 의원이 나를 또 부르셨다. "이시성 비서관, 조계자 당선시킬 수 있어?" 나는 "네. 열심히 하고 있습니다"라고 답을 했다. 의원은 나에게 "그래, 내가 그럼 너를 믿고 승진시켜 줄게. 오늘부터 너는 5급이야"라고 했다. 나는 충성심이 확 생겼다. 선거에서 이기지도 않았는데 이기는 것으로 믿고 승진을 시켜 주시다니! 약속된 시간보다 한 달이 빨랐다. 이 사건을 통해 나는 용인술에 대해 배웠다. "이렇게 사람의 마음을 얻을 수 있는 것이구나!"

2020년 신학용 의원실 신년모임

정무위 저승사자로 등장

2014년 6월 나는 5급 비서관이 되었다. 그 시기는 상임위가 교체되는 시기였다. 국회의원은 전반기, 하반기 해서 2년에 한 번씩 상임위를 교체한다. 인기 상임위와 비인기 상임위가 있는데 이를 번갈아 하면서 공평하게 할 수 있게 하기 위한 나름의 협치 장치인 것이다. 물론 학계에서는 이러한 방식에 대해 자리 나눠 먹기라고 비판하기도 한다. 실제 국토 전문가로 비례대표로 입성했던 한 국회의원은 전반기 국토위에서 활동하다가 하반기에는 교육위로 사실상 좌천당했던 일도 있었다. 나는 관행으로 인해 교문위에서 정무위로 옮기게 되었다. 정치학을 전공한 나에게 국무조정실, 국무총리비서실, 공정거래위원회, 금융위원회, 국민권익위원회, 국가보훈처를 맡는 정무위는 너무나도 생소하고 범위가 넓은 상임위였다. 기재위를 할 때는 장관이 기재부 한 명이었고, 교문위를 할 때는 교육부와 문체부로 장관이 두 명이었는데 정무위는 장관급 기관장이 네 명이나 되었다. 훗날 국가보훈처는 문재인 정부부터 장관급 기관으로 승격이 되어 장관급 기관장이 다섯 명이나 되는 상임위가 되었다.

나는 이러한 경제 상임위임과 동시에 비경제 상임위인 정무위에 적응하기 위해 밤을 새서 준비를 했다. 처음에는 IB(투자은행)와 CB(상업은행)가 뭔지도 모르던 내가 정무위에 점점 감을 익혀가며 나름대로 전문가 노릇을 할 수 있게 되었다.

나중에 정무위를 오래하게 되면서 금융위 사무관이나 금감원 선임 중에서는 나보다 몰라서 내가 오히려 설명을 해 줘야 하는 상황도 발생했다. 서당개 3년이면 풍월을 읊는다던데 나는 7년 동안 정무위를 담당하며 풍월을 두 번 읊고도 남을 기간을 보냈으니 그럴만 하다 싶다. 공무원들은 국회의원이나 국회의원실이 아는 것만큼만 반응을 하기 때문에 국회의원이나 보좌진들은 많이 아는 것이 매우 중요하다. 상임위 회의장에서 금융위원장이나 공정위원장이 답변하는 것을 보면 그분들이 거짓말을 하려고 한 것은 아니지만 국회의원이 잘 모른다 싶으면 사실상 속이는 발언을 하는 것도 많이 목격했다. 10여 년간 보좌진을 하면서 내가 선출직에 나서고 싶다는 생각이 들었던 순간이 있었는데 그중의 하나가 기관장의 거짓 답변에 바로 꼬리를 내리는 국회의원들을 볼 때였다.

2018년 언론사 인터뷰

정무위를 오래하다 보니 19대부터 20대, 21대 국회 첫 상임위에서 초선 의원들의 한결같은 질문을 듣게 되었다. 하나는 왜 국무총리가 출석을 하지 않느냐는 것이고, 다른 하나는 금융업무보고에 어려운 영어 약자를 쓰지 말라는 요구이다. 매 국회 대수마다 반복이 되다 보니 신기하기도 한데 가장 속상할 때는 의원실에서 과거에 나왔던 질의를 마치 사골 우려먹듯이 그대로 할 때이다. 이때 초선 국회의원들은 보좌진이 써주는 것을 그대로 읽는 경우가 있어 보는 내가 공무원들에게 부끄럽고 낯뜨거울 때가 많았다. 경험 많고 훈련된 초선 의원이 필요하다는 것을 느낄 수 있는 사례였다.

앞선 챕터에서 내가 정무위에서 금융전문가로 일했던 많은 활약들에 대해서 소개를 했으니 더 얘기하지는 않으려 한다. 나는 정무위에서 정말 열심히 했고, 특히 국정감사에서 큰 히트를 많이 쳤다. 매년 국정감사 첫날 지상파 3사에는 꼭 내가 만든 작품이 정책적으로 보도가 되었고 항상 이슈몰이를 했었다. 나와 오래 정무위를 같이 했던 한 보좌관은 후배들에게 나를 극찬하며 "정석의 끝을 보여준다. 이시성 보좌관처럼 하면 된다"고 말했다고 한다.

나에게 참 고마운 분

앞서 이야기한 것처럼 나는 2015년 1월, 만 29세의 나이로

4급 보좌관이 되었다. 그런데 사실 나는 당시에 보좌관이 되고 싶지는 않았다. 이미 5급 비서관도 능력과는 별개로 내 나이와 경험에 비해 과분한 자리였다. 2014년 12월에 내가 SNS에 쓴 글을 다시 봐도 내 고뇌가 얼마나 컸는지 알 수가 있다. 2014년 국정감사가 끝난 어느 날, 의원은 나에게 내년부터 4급 보좌관을 맡을 것을 제안하셨다. 나는 생각할 새도 없이 단번에 고사했다. "의원님 제안은 감사합니다만, 제가 그릇이 못 됩니다. 보좌관이 필요하면 공고를 내서 새로운 보좌관을 뽑으시지요"라고 조언을 드렸다. 의원님은 공고를 내라 하셨다. 그래서 여타 다른 의원실처럼 국회 홈페이지의 의원실 채용 게시판에 공고를 냈다. 나는 내가 배우면서 함께 일할 수 있는 좋은 보좌관이 뽑힐 수 있길 기도했다.

서류접수일이 지난 이후 접수된 서류들을 의원에게 보여드렸다. 의원은 손학규계 좌장으로 활동을 하셨기 때문에 손학규계 인사들로부터 추천도 받으셨던 것 같았다. 추천된 인사도 한데 모아 의원과 함께 검토를 했다. 의원은 지원자들이 모두 마음에 안 들었는지 재차 나에게 보좌관을 할 것을 제안하셨다. 지금에 와서 생각을 해 보면 의원은 화려한 경력을 가진 사람보다는 믿을 만한 사람이 더 필요한 상황이셨던 것 같다. 나는 참 난감했다. 가뜩이나 지금 5급 비서관이 된 것도 주변 친구, 선후배들과 비교했을 때 너무 빠른데 더 승진을 하고 싶지 않았다. 나는 의원에게 조금 더 생각해 보겠다며 말을 돌렸다. 이 나름대로의 교착 상태는 12월 중순까지 이어졌다.

2018년 국회 토론회 진행

　12월 중순 어느 날 의원과 식사를 했다. 의원은 나에게 보좌관을 하라고 다시 제안하셨다. 내가 머뭇거리자 나에게 화를 단 한 번도 내지 않으셨던 분이 화를 내시며 "시키면 하세요"라고 말씀하셨다. 나는 이 상황에서까지 거절을 하는 것은 의원에 대한 예의가 아니라고 생각했다. 결국 나는 보좌관직을 맡겠다고 했다. 아주 친했던 한 선배에게 이 소식을 알리자 선배는 나를 걱정하며 "너는 앞으로 3년 동안 무조건 죄송하다고 하고 다녀야 한다"라고 조언을 했다. 겸손에 또 겸손한 태도를 보여도 구설에 오를 수 있는 상황이라는 의미였다. 그만큼 내 승진은 빨랐다. 나는 다른 사람들에게 보좌관으로 승진한 것과 관련해서 "못생긴 나무가 산을 지킨다고 합니다"라며 내 자신을 낮추었다. 19대 국회에서 4급 보좌관을 했기 때문에 이후 나는 20대, 21대 국회에서도 보좌관으로 자리매김할 수 있었다. 나는 이후 4급 보좌관 그 이상의 역할을 해내었다. 다른 곳에서 스카웃 제의가 왔을 때도 거절하며 의원과의 의리를 지키며 임기 마지막 날까지 의원을 보좌했다. 여의도에서 나는 의원이 어려운 시기에 끝까지 의리를 지킨 사람으로 평가되고 있다. 사람들은 지금도 나를 의리파로 부른다.

울면서 다녔던 성균관대 박사과정

2015년 보좌관이 되고 나니 보좌관은 정책만을 잘해서 되는 자리가 아니었다. 나는 이제까지 일 잘하는, 믿음직한, 좋은 후배로 살아왔었다. 그런데 보좌관이 되니 좋은 후배가 되는 것은 쉬웠는데 좋은 선배가 되는 것은 너무나도 어려웠다. 아마 처음 보좌관이 된 사람이라면 나와 같은 경험을 모두 했을 것이다. 5급 비서관까지만 해도 의원이나 선배들이 시키는 일만 열심히 하면 되었는데 4급 보좌관은 시키는 일만 해서는 안 되었다. 의원과 함께 향후 정치적 행보를 그려야 하고, 때로는 먼저 보좌관이 제안을 할 줄도 알아야 했다. 축구로 치면 의원은 최전방 공격수이자 감독이다. 보좌관은 최전방 공격수를 지원하는 미드필더이자 감독을 보좌하는 코치다. 의원이 플레이어로서 활약을 할 때 어떤 때는 보좌관이 의원보다 사안을 더 넓게 보고 더 냉철하게 판단을 해서 조언을 해야 한다. 그리고 때로는 의원에게 네이버 검색창이 되어야 했다. 한 후배는 나에게 "보좌관님은 의원님이 물어보는걸 어떻게 다 대답하세요?"라며 감탄을 하기도 했다.

나는 보좌관 역할을 더 잘 수행하고 싶었다. 그러기 위해 이론적 토대를 탄탄히 하고 싶었다. 그래서 박사과정에 진학하기로 마음을 먹었다. 그런데 정치학 박사과정을 알아보니 내가 가고 싶은 학교들은 야간 수업이 없었다. 그래서 정책학, 행정학까지 시야를 넓혔더니 성균관대가 눈에 들어왔다. 성균관대는 일반대학원과 특수대학원이 합쳐진 전문대학원의 성격을 띠고 있어 전업 학생들과 같이 수업을 들었으며 또 야간과 주말에도 수업이 개설되었다. 나는 2016년 3월에 성균관대 국정전문대학원의 행정학과 박사과정에 진학했다. 주변에서 왜 정치학 박사과정에 진학을 하지 않았느냐고 물으면 나는 "이미 학부와 석사에서 정치학을 공부했기 때문에 이번에는 행정부 견제감시 차원에서 적을 알기 위해 행정학에 진학했다"는 농담 반 진담 반의 말을 한다.

박사과정은 생각보다 어려웠다. 내용이 어려운 것이 아니라 시간을 내는 것이 너무 어려웠다. 야간 수업은 19시에 시작이 되었는데 여의도에서 혜화까지 아무리 빨리 간다고 해도 가끔은 지각을 할 수밖에 없었다. 수업 발제나 페이퍼를 준비할 때도 밤을 새는 경우가 많았는데 새벽 3~4시까지 원서를 들고 끙끙 앓고 있는 내 자신을 보며 내가 뭐 하는 건가 싶은 생각이 들기도 했다. 한 번은 논문을 쓰기 위한 논문자격시험을 볼 때였다. 토요일이 시험이었는데 마침 그 주말이 의원실에서 워크숍을 가는 주였다. 하필이면 워크숍 장소가 강원도 고성연수원이었다. 의원실에서는 내 사정을 봐주지 않았다. 나는 금요일 저녁에 가서 토요일 아침에 출발해 서울에 와서 시험을 치르고, 저녁에 다시 강원도로 가는 강행군을 해야 했다. 마음속으로 눈물이 났다.

2018년 유치원 공공성 강화 특위 회의

그럴 때 위로가 되었던 것이 박재완 교수님이 수업 시간에 했던 말씀이다. 박 교수님은 재무부 사무관 시절 대학원을 다닐 때 선배들에게 눈치가 보여 마치 퇴근하지 않은 것처럼 하면서 수업에 갔다고 했다. 잠깐 앞에 나가는 것처럼 해야 했기에 슬리퍼를 신고, 외투도 입지 못하고 학교에 갈 때가 많았다고 했다. 굶으며 수업을 듣는 것은 너무나도 당연했다. 박 교수님은 우리에게 너희들의 고충을 잘 안다고 하며, 다만 저녁은 거르지 말라고 하셨다. 수업 시간에 빵이나 과일 같은 것을 먹어도 무방하다고 격려해 주셨다. 사실 박 교수님과는 국회에서 인연이 있었다. 내가 정성호 의원실에 있을 때 기재위 소속이었는데 박 교수님은 MB 정부 때 기재부장관이었다. 상임위장에서는 경직된 표정과 말투만 보았는데 수업 시간 학생들에게는 너무나도 인자하고 너그러운 교수님이셨다. 내 지도교수님인 박형준 교수님의 격려도 큰 도움이 되었다. 항상 "논문은 잘 되고 있어요?"라며 먼저 물어봐 주는 스승에게 나는 부족한 제자로써 늘 죄송한 마음뿐이다.

인천을 사랑했던 나, 아쉬운 이별

신학용 의원은 20대 총선에 출마하지 못했다. 그래서 나는 새로운 일자리를 찾아야 했다. 우선 인천에서 보좌관 자리를 찾았다. 당시 다섯 군데 정도의 의원실에서 합류해 달라는 연락이 왔는데 아쉽게도 인천 의원실과의 인연은 없었다. 너무나 안타깝지만 사랑하는 인천과 잠시 이별을 해야 했다.

3살 때 인천으로 이사 와서 학창시절을 모두 보내며 대학, 직장까지 25년의 세월을 보냈던 인천은 나에게는 특별한 도시다. 그래서 의원실에 있을 때 인천의 굵직굵직한 현안의 실무를 맡았을 때도 나는 이를 단순한 일로 여기지 않았다.

금감원 인천지원 설립, 인천보훈병원 설립, 인천대 국립대법인 국비 반영, 계양산성박물관 설립, BRT 특별법 발의, 계양구·서구·연수구 교육국제화특구 지정, 인천아시안게임 국비 지원, 효성도시개발 사업 등 지역 현안을 다룰 때 내 고향을 발전시킨다는 생각으로 각고의 노력을 들여가며 애정을 가지고 일을 했다. 금감원 인천지원과 인천보훈병원의 경우 정무위 소관 업무이기에 직접 챙기는 것이 가능했고, 계양산성박물관과 교육국제화특구 지정 역시 교문위원장 시절 교문위 소관이었기 때문에 직접 챙기는 것이 수월했다. BRT 특별법 발의는 내 소관은 아니었기에 어려움이 있었지만 끈기를 가지고 국토부, 경찰청 공무원들을 불러 교문위원장실에서 수차례 논의를 했다.

계양산성박물관의 경우 무산될 뻔했던 사업을 되살렸던 비하인드 스토리도 있다. 2014년 당시 계양산성박물관 사업은 2013년 문화체육관광부 심의를 통과했음에도 예산 문제로 사업이 추진되지 않아 어려운 상황에 빠졌었다. 사업을 재추진하기 위해 ① 국비-지방비 매칭사업, 지방비가 마련됐는가 ② 콘텐츠 확보계획이 잘 됐는가 ③ 박물관 운영 전문가 인력이 확보됐는가 ④ 부지 확보가 됐는가, 이 4가지 요건을 모두 충족해야 했는데 이OO 문체부 도서관박물관정책기획단 단장(국장급), 김OO 문체부 박물관정책과 과장 등 관련자들은 계양구청은 1번 요건인 지방비 부분에서 문제가 있었기 때문에 사업 통과를 장담할 수 없다고 말했다. 또 계양구청이 일부 자료를 제대로 제출하지 않았다고 하소연했다. 나는 계양구청에 보완자료를 조속히 제출하도록 독려했고, 문체부에도 심의를 정상적으로 진행할 것을 주문했다. 특히 2014년 4월 9일 이화여대 오OO 교수가 계양산성박물관 사업의 실사를 진행했는데 이 부분도 신경을 많이 썼다. 문체부 심의 이후 또 다른 난관이 생겼는데 바로 기획재정부 규정이었다. 규정상 사업추진을 안 한 경우 3년간 사업 진행을 할 수 없다는 내용이 있었던 것이다. 이후 여차여차한 일들이 많았고 결론적으로 부대의견을 달아 예산을 반영시키는 것으로 정리해서 계양산성박물관 사업을 정상적으로 진행시킬 수 있었다. 이제는 개관을 해서 많은 인천시민, 계양구민, 계양산을 방문하는 분들이 이용하고 계신 것으로 안다. 계양산성박물관을 볼 때면 그때의 비하인드 스토리가 생각나 마음이 뿌듯하다.

인천아시안게임을 챙겼던 기억도 많이 남는다. 2014년 1월 1일, 예산안 처리를 위해 해를 넘겨 새벽까지 본회의가 열렸다. 당시 본회의가 한창이던 새벽 4시경 인천아시안게임 주경기장 건설비 관련 150억 원 증액이 포함된 2014년 기금운용계획안 수정안이 제출됐다. 인천아시안게임 주경기장 국비 지원율은 24%로, 부산아시안게임, 대구세계육상선수권대회 등 다른 지역 국제대회의 지원율 33%와 비교할 때 턱없이 적었던 상황이었다. 당시 예결위 등을 통해 증액에 힘을 썼지만 정부안에서 150억 원을 증액하는 것 이외에 더 증액은 되지 않았다. 이에 의원실은 마지막까지 최선을 다하자는 생각으로 국회법상 50인 이상의 동의를 받으면 본회의에 바로 수정안을 제출할 수 있다는 점을 활용해 추가로 150억 원을 더 늘리는 기금수정안을 본회의에 제출했다.

50인 이상을 모으기 위해서는 시간이 굉장히 촉박했다. 나는 양말에 구멍이 날 정도로 뛰어다니면서 50인의 공동발의 도장을 받아냈다. 의원은 본회의장에서 발언을 통해 "인천아시안게임은 인천이 아닌 대한민국의 행사이다. 실패하면 대한민국 전체가 망신을 사는 일이지 않겠느냐"고 호소했다. 본회의 표결이 시작되고 찬성인 녹색불과 반대인 빨간불이 하나둘씩 켜지면서 새벽에 막상막하의 찬반 대결이 벌어졌다. 기적을 기대했다. 기적이 일어나 통과까지 되었으면 좋았겠지만 찬성 118 대 반대 118의 가부동수가 나왔고 수정안은 부결됐다. 사실 118표가 나왔다는 사실만으로도 굉장한 성과였다. 하지만 막상 엄청난 표를 얻고 보니 성과보다는 아쉬움이 크게 느껴졌다. 더 아쉬운 것은 기권을 표시한 인천지역 의원들이 있었다는 사실이다. 인천 국회의원 전원이 찬성으로 똘똘 뭉쳐도 모자랐을 판에 도대체 어떤 생각으로 기권을 했는지 알 수가 없다.

국회의원의 국(國)은 '나라 국' 자로 국가적 발전 차원의 큰 틀에서 사고하는 것이 맞다. 실제 미국의 경우 포크배럴(pork barrel)이라고 해서 국회의원이 지역구를 위해 선심성 예산을 챙기는 것을 부끄럽게 여기기도 한다. 그런데 인천아시안게임은 국가적 행사이기에 성공적으로 개최를 하는 것이 지역발전은 물론이거니와 국가적 위상을 높이는데도 도움이 되는 행사이다. 따라서 다른 대회 수준으로 개최의 지원이 이뤄져야 하는 것이 맞는데 그렇지 못한 상황이었으니 인천 의원들이라도 더 똘똘 뭉쳐서 문제를 해소하기 위해 노력했어야 하는 것이 맞았다. 찬성표를 던진 118명의 의원들도 아마 그런 생각이었을 것이다.

2018년 당원대회 사회

인하대 정외과 겸임교수 이시성

2022년 인천과 다시 인연을 맺을 기회가 나에게 찾아왔다. 인하대 정치외교학과에서 겸임교수를 맡게 된 것이다. 감개무량했다. 2019년부터 경기도 군포에 있는 한세대에서 겸임교수를 해 오고 있었지만, 나는 인천에서 역할을 하고 싶었다. 그런데 사람들은 왜 인천대 출신인 내가 인하대에서 강의하는지 물어보기도 했다. 나는 오히려 내가 인천대 출신이기 때문에 인하대에서 강의하고 싶었다. 인천에는 인하대, 인천대가 4년제 종합대학으로 사실상 유일하다. 만약 내가 인천대에서 강의하게 된다면 인천대 연고자로만 한정될 것이 뻔했다. 나는 인천을 사랑하는 사람이기 때문에 그렇게 되는 것은 싫었다. 인하대에서 강의하게 된다면, 또 내가 인하대에 충분한 기여를 한다면 인하대와 인천대 모두에게서 환영받게 될 것이니 인천 유수의 대학 양쪽과 모두 소통하는 인천인으로 거듭날 수 있게 될 것으로 생각했다. 내가 사랑하는 것은 인천이라는 지역사회이기 때문이다.

나는 인하대 정외과에서 의회정치론, 정당과선거 강의를 배정받아 2년이 안 되는 시간 동안 수업을 하고 있다. 부족한 나를 믿고 맡겨 주신 인하대 최준영, 남창희 교수님을 비롯한 정외과 교수님들과 관계자 여러분들의 믿음을 저버리고 싶지 않았다. 그래서 내가 가진 모든 역량을 총동원하며 애정을 가지고 강의를 했다. 나는 수업을 통해 이론에 더해서 책상에서는 알 수 없는 다양한 정치과정의 경험에 대해 강의했다. 내 진심이 통했는지 학생들에게도 인기가 좋았다. 금요일 오후 수업이라 학생들이 많지 않을 법한데, 입소문이 났는지 첫 학기 수업을 마치고 다음 학기 수업에는 첫 학기 수업 때보다 두 배가 넘는 인원이 내 수업을 신청했다. 그래서 세 번째 학기 강의에서는 인원을 20명으로 제한하기도 했다. 현재 21명의 인원으로 세 번째 학기 강의를 마쳤다.

인하대 정외과 겸임교수를 맡으니 지역 언론사에도 기고를 할 기회가 생겼다. 인천일보와 중부일보 등에 필진으로 참여해 정치와 관련한 내 생각을 지면에 게재할 수 있었다. 보좌진 생활만 했다면 하기 어려운 경험이었다. 우리나라 정치가 양극화되어 있는 안타까운 상황을 진단하고 그 해법을 제시하기 위해 칼럼의 주제를 잡으며 노력했다. "지지자 정치에서 벗어나 민생 챙겨야 한다", "정치 양극화, 제도가 문제인가", "남 탓만 하는 정치는 이제 그만해야", "인천 지역현안 해결에는 여야가 없다", "여당의 무게와 야당의 신뢰" 등을 제목으로 하며 우리나라 정치권이 협치와 통합의 정치를 해야 한다는 주장을 펼쳤다.

2023년 인하대 정외과 국회 현장체험학습

2019년부터 지금까지 겸임교수를 하며 나는 후학을 양성하는 일에 적극 노력을 기울였다. 내 적성에 맞았다. 나는 학생들에게 늘 감사하는 마음으로 열심히 강의에 임했다. 또 학생들에게 좋은 강의를 할 수 있도록 조언과 격려를 아끼지 않으시는 최준영 교수님이 있었기에 더 좋은 강의가 나올 수 있었다. 최준영 교수님은 나의 은사님과 다름없는 너무나도 감사한 분이다. 나 스스로는 강단에 서는 것이 너무나도 행복하고 즐거웠다. 앞으로 후학을 양성하는 일은 계속 이어 나가고 싶다. 또한 반경을 넓혀 내 모교인 인천대에서도 강의를 통해 후배들을 만나고 싶다는 생각을 한다.

앞으로의 이시성

나는 민주당 소속 의원실 보좌진으로 살아오며 국회의원이 국민의 대표라는 점에서 국민을 위해 일한다는 생각을 가졌다. 공직자로서 국민께서 주신 권한을 국가와 사회 발전에 사용하기 위해 노력했다. 늘 청렴하고 강직한 자세로 생활하기 위해 노력했다. 그러던 중 2023년 1월에 10년 넘게 해온 국회 보좌진 생활의 마침표를 찍었다. 당분간 그만하기로 결심하던 시기, 10여 년의 세월이 주마등처럼 스쳐갔다. 국회는 내 인생의 많은 것을 경험하고 깨닫게 해 준 참 소중한 곳이다.

하지만 마침표는 그 모양이 씨앗과 같아서 끝을 의미하는 것이 아니라 새로운 시작을 의미한다고 한다. 나는 앞으로 이룬 것보다 이룰 것이 더 많은 나이이다. 내가 2008년 국회로 오게 된 것, 2010년 서강대 대학원에 진학하게 된 것, 2012년 민주당 인천시당에서 근무하게 된 것, 2015년 사실상 최연소 20대 보좌관이 된 것, 2018년 유치원 3법으로 큰 히트를 한 것, 2022년 인하대 정외과에서 겸임교수를 하게 된 것 모두 내 의지나 뜻대로만 된 것은 아니었다. 준비된 자에게 기회와 상황이 만들어진 격도 있었지만 또 새옹지마 격으로 좋은 기회가 만들어진 예도 있었다. 앞으로의 내 인생도 마찬가지일 것으로 생각한다. 아직 정해진 것은 아무것도 없다. 국가가 부르고 당이 부르면 어려운 길을 갈 용기도 있다. '큰 나무는 바람을 많이 맞는다. 하지만 바다는 비에 젖지 않는다', '호랑이는 썩은 고기를 먹지 않는다'라는 생각으로 기도하는 마음으로 앞으로의 내 앞길을 묵묵히 걸어갈 생각이다.

38세 아직은 젊은 나이지만 나이에 걸맞지 않게 과분한 분들과 좋은 인연을 많이 맺어왔다. 내가 책을 집필한다고 하니 대부분의 지인께서 흔쾌히 원고를 보내 주셨다. 한 분, 한 분께서 보내 주신 원고를 허투루 생각하지 않고 꼼꼼하게 봤다. 보내 주신 원고 모두가 나와의 추억을 담고 있기에 원고를 읽으며 옛 추억에 빠지기도 하고 어떤 부분에서는 내가 잊고 있었던 일들도 많아 피식 웃음을 짓기도 했다. 또 애정과 격려가 듬뿍 담긴 글을 통해 감동의 눈물을 흘리기도 했다. 앞으로 감사한 마음을 늘 간직하며 열심히 하는 모습으로 보내 주신 응원에 보답하겠다. 그리고 나도 여러분들에게 언제나 같은 편이 되겠다는 약속을 드린다. 원고를 보내 주신 모든 분들께 그리고 나를 응원해 주시는 소중한 분들께 진심으로 감사드린다.

2022년 부산 국정감사에서 국회 정무위 보좌진들과

3부

내가 만난 이시성

고등학교 친구 강동운

확고한 꿈이 있던 시성이

시성이는 나에게 있어 항상 보고 싶은 친구이자 생각하면 미소 짓게 하는 친구이다. 기억이 난다, 18살 시성이의 첫인상. 건강하게 그을린 외모에 빛나던 눈동자, 풋풋한 청춘 시절에 만난 시성이는 대통령이라는 남다른 꿈이 있었다. 다른 이들은 진로에 대해 고민이 많은 시기였고 방황 속에서 자신이 원하는 바를 정확히 모르는 이도 적지 않았다. 다수는 오로지 대학만 가자 하는 친구들도 있었다. 확고한 꿈이 있던 그 시절의 시성이가 또렷이 기억이 난다.

학교에서는 친구들의 추천으로 반장을 했고 좋은 방향으로 친구들을 하나로 이끌어가는 학생이었다. 그런 시성이를 바라보며 친구들 모두 따라갔다. 19살에도 같은 이유로 반장을 했다. 강인한 성격의 시성이는 망설임 없이 앞을 개척해 나갔다. 대학교, 대학원, 보좌관 등 자신의 꿈을 향해 진취적으로 나아갔다. 그런 모습의 시성이가 좋다.

20년이 넘는 시간 동안 어려움도 있었지만 좌절하지 않고 슬기롭게 해결해 나가는 모습도 좋았다. 앞으로 20년, 40년, 60년이 지나도 항상 옆에 있고 싶은 친구다. 앞으로의 미래는 그 누구도 알 수는 없지만 시성이가 꿈을 성취해 나감에 조금도 의심치 않는다. 분명 훌륭한 정치인이 될 거라고 믿는다.

끝으로 시성이에게 바라는 점이 있다면 세 가지 정도가 있다.

첫째, 그동안 정치의 길을 걸으면서 좋은 것만 보기를 바라며 몸과 마음으로 담기를 바란다. 타 정치인들의 행동으로 원치 않게 좋지 않은 것을 보고 느낄 때는 많은 생각을 하기를 바란다. 국민을 위하는 길이 정말 무엇인지 많은 시간을 고민하고 또 고민하기를 바란다. 그 결과 국민들에게도 사랑을 받는 정치인! 역사에 기억될 사람이 되길 바란다. 둘째, 지금처럼 그리고 지금보다 더 많은 사람들이 시성이라는 사람을 신뢰하고 사랑하며 아껴주기를 바란다. 셋째, 항상 건강하고 가정에 평안이 있기를 바란다.

대학 후배 권혁우

내가 바라본 이시성

선배님을 처음 뵌 것은 이준한 정치외교학과 교수님의 소개로 인사드리게 되었습니다. 선배님은 저와 같은 인천대학교 출신으로 인천을 중심으로 한 보좌진 활동을 통해 지역사회 문제에 직접적으로 관심을 기울이시며 이를 해결하기 위해 끊임없이 노력하셨습니다.

이시성 선배님은 인천을 사랑하는 마음이 컸다고 생각합니다. 인천대학교와 국회에서 선배님을 뵈면서 인천 지역의 특별한 문제점을 식별하고 이를 해결하기 위한 다양한 노력이 엿보였습니다. 특히 지역주민들과의 소통을 통해 지역사회의

니즈를 이해하고 해결책을 모색하는 모습이 인상적이었습니다.

내가 생각하는 이시성 선배님은 인천에 대한 깊은 애정과 그곳에서의 경험을 토대로 정책 제안과 실행에 적극적으로 참여하셨습니다. 인천을 더욱 발전시키기 위한 선배님의 열정과 노력이 돋보였습니다.

이시성 선배님의 장점은 지역사회에 대한 깊은 이해와 그것을 토대로 한 효과적인 정책 제안입니다. 지역 발전을 위해 다양한 방안을 고려하고 실행해 나가는 데 뛰어난 능력을 보여 주셨습니다. 선배님이 국회에서 일하는 가운데 기억에 남았던 것은 선배님의 지속적인 정책적 노력과 후배들을 위한 성원이었습니다. 이시성 선배님은 2008년 제18대 국회 입법보조원으로 시작하여 제19대, 20대, 21대 국회에서 4급 보좌관으로 역임했습니다. 유치원 3법 기획부터 현대차 결함 리콜까지 다양한 정책 사안에서 언론과 협업하며 실력을 발휘해 왔습니다. 이런 다양한 경험을 토대로 더불어민주당 인천시당의 수석대변인으로 임명되어 인천 지역 발전에 새로운 역할을 맡으셨습니다.

선배님께서는 국회에서 근무하시면서 지속적으로 후배들을 이끌어 주시고, 국회를 방문하는 후배들에게도 친절하게 안내하셨습니다. 후배들에게 국회에서의 경험을 공유하고 도와주시면서 국회 내부의 작동 방식부터 업무에 대한 조언과 지원을 아낌없이 제공해 주셨습니다. 이를 통해 후배들은 국회에서의 활동에 보다 익숙하게 다가갈 수 있었고, 선배님의 따뜻한 지도와 조언으로 많은 도움을 받았을 것입니다. 선배님의 이러한 배려와 선도는 많은 후배들에게 큰 영감과 지원이 되었을 것으로 생각됩니다.

앞으로 선배님에게 바라는 것은 지역사회 발전을 위한 계속된 노력과 협력입니다. 인천을 더욱 번영하게 하기 위한 노력과 선배님의 지속적인 지원을 기대하고 있습니다. 응원의 마음으로 인천을 사랑하고 인천을 위해 헌신하는 선배님의 노력을 응원하고 있습니다. 함께 인천을 더욱 발전시켜 나가는 데 선배님의 노력을 응원합니다.

국회 인연, 사무금융노조 정책실장 김경수
사는 방식이 아름다운 사람

"지금은 삶의 한 조각이지만 인생은 답을 주지 않고 달린다."

작년에 조금은 긴 휴가를 받아 나름대로 의미 있는 시간을 보내고자 매일 모 의원실에 출근한 적이 있습니다. 특별히 의원실에서 일을 부탁한 것도 아니고 마치 식객처럼 의원실에 머무르며 국회도서관도 가고 의원회관에서 열리는 각종 토론회에도 참석하고 이리저리 견문을 넓히는 시간을 가졌습니다. 의원실에서 빈 좌석도 마련해 줘서 보좌관도 아니면서 PC도 사용할 수 있었습니다. 빈 좌석이 바로 그의 옆자리였습니다.

멀쑥하게 잘생긴 보좌관이 하루종일 수많은 민원인들을 상대하고, 각 부처 공무원들을 만나고, 틈틈이 공부도 잊지 않고 있었습니다. 하루가 꽉 찬 사람, 그의 이름은 '이시성'이었습니다. 그의 일상을 지켜보는 것만으로도 영광이었습니다. 그는 의원을 도와 유치원 3법, 현대차 결함 리콜, 공매도 제도 개선, 이건희 차명계좌 세금환수 등을 이끌어낸 주역이었습니다. 아는 사람만 그 진가를 아는 숨겨진 보석처럼 의원의 뛰어난 의정활동 뒤에는 그가 있었습니다.

일에 치여 주변을 챙길 겨를이 있을까 싶어도 그는 제가 옆에서 국회 상황에 대해 꼬치꼬치 물을 때마다 늘 친절하게 설명해 주었습니다. 제가 만난 대부분의 보좌관들은 의원실 업무에 국한되어 상임위 현안에만 집중하지 정국 현안에 대해서는 이해가 깊지 않습니다. 하지만 그에게는 남들에게는 없는 특별한 장점이 있습니다. 국회라는 정치현장에 있으면서도 인하대 정치외교학과 겸임교수로 이론과 실제를 결합할 줄 아는 사람이었습니다. 그래서 저는 틈날 때마다 주변 사람들에게 '이시성'을 앞으로 주목해 보라고 이야기하고 다닌 적이 있습니다. 의원실에만 계속 있기에는 아깝다는 생각이 들었습니다. '이제 남들을 밀어줄 일만 하지 말고 당신이 직접 나서라. 준비가 다 되었는데 무엇을 망설이냐'고 말하고 싶을 정도였습니다.

자기 이름보다 남의 이름을 드높이기 위해 노력해 온 사람이기에 이제 이시성표 정책이 한국사회에 필요합니다.

그는 발상을 전환해 정책을 만들 줄 아는 사람입니다. 기득권에 맞서지만 행동경제학의 '넛지'를 활용해 기득권을 굴복시킬 줄 아는 사람입니다. 정치는 언어를 어떻게 규정하느냐에 따라 실물화됩니다. 그 언어를 만들어온 사람, 현실로 바꿔낸 사람, 이시성의 정치가 향하는 곳은 협치에 있습니다. 모든 탓을 상대에게 찾지 않고 여야가 끊임없는 대화를 통해 정치를 더 품격있게 하자고 합니다. 그래서 이시성의 정치는 상대의 장점을 찾는 것에서 시작됩니다. 혐오의 정치에서 벗어나기 위해서는 상대의 장점을 인정하는 것에서부터 출발하기 때문입니다. 그렇게 다가가 협치를 이끌어낼 줄 아는 인물, 한국사회를 발전시키기 위한 균형감각과 비전을 가지고 있습니다.

이시성의 정치는 말로만 불공정을 외치는 PVC같은 정치가 아닙니다. 들으면 허망해지는 추상적인 언어가 아니라 모두가 그의 말을 들으면 고개가 끄덕여지는 대안을 가지고 있습니다. 최근 윤석열 정부는 공매도를 아무런 대안도 없이 일방적으로 금지했지만 그는 공매도에 대한 전산화가 가능하다는 것을 코스콤(구 증권전산)으로부터 알아낸 바 있습니다. 개미투자자들이 공매도가 기울어진 운동장이라고 할 때 그는 전산을 통해 불공정한지 아닌지 보여줄 수 있다고 자신 있게 대안을 제시하고 있습니다.

인생은 답을 주지 않습니다. 무턱대고 살다 보면 세월은 금세 가 버립니다. 하지만 우리는 이미 알고 있습니다. 답은 존재하는 것이 아니라 지금 이 순간 삶의 한 조각이라는 걸, 그

조각들이 모여 그 사람의 인생이 된다는 것을 말입니다. 작년에 제가 만났던 삶의 한 조각에 이시성, 그가 있었습니다. 지금까지 축적되고 담금질된 그의 이론과 현장에서의 경험은 이제 더 이상 다른 누군가의 이름 뒤에 있어서는 안 됩니다. "아름다운 것은 그대가 아니라 그대가 사는 방식"이라는 말처럼 이시성은 사는 방식이 아름다운 사람입니다. 그를 알게 되면 비로소 그의 진가를 알게 됩니다. 그가 자신의 이름을 걸고 새로운 정치를 시작합니다. 이시성이 펼쳐낼 새로운 정치의 향연을 기대합니다.

대학 친구 김동산

푯대를 향해 전진하는 내 친구 시성이

내가 처음 바라본 시성이의 모습은 훈훈하고 누구에게든지 친절한 친구로 다가왔다. 그 당시 인천대는 사회과학부로 2학년 때부터 과를 정하는데 사실 1학년 때부터 분배된 과로 가는 경우들이 많았다. 그러나 시성이는 본인만의 신념을 가지고 들어온 것이 보이는 친구였다. 사교성이 좋으면서도 자신만의 신념을 지키면서 인간관계를 잘 꾸려나가는 점들이 대단해 보였다.

지금까지 내가 바라본 시성이는 항상 자신의 신념을 잘 지켜나가면서 자신이 살아온 지역에 대해 많은 자부심을 가지고 살아왔다. 인천에서 살아온 시간들과 자신이 나온 학교에 대한 이야기들을 들을 때면 함께하지 않았지만 시성이에게 정말 황금같이 빛나는 시간이라는 것을 알 수 있었다.

그리고 시성이는 단지 살아왔던 순간만의 인천을 자랑스럽게 여기는 것이 아니라 인천의 현재 그리고 미래에 대해서 본인이 가지고 있는 꿈들을 이루어 나가기 위해 살아가는 모습을 지켜볼 수 있었다. 2008년도에 과에서 국회 단기 인턴의 기회가 주어졌을 때에도, 국회의원 사무실에서 보좌관의 자리까지 갔을 때도, 그 바쁜 와중에도 대학원에 들어가서 박사과정을 수료하는 모습들을 지켜보면서 이론과 경험을 동시에 쌓아오려고 노력하는 모습들이 친구지만 정말 존경할 만한 모습이었다.

나에게 시성이는 항상 자신의 꿈을 향하여 끊임없이 노력하고 달려가는 모습이 정말 인상적이었다. 대학생활 동안 가까이서 지켜봤을 때도, 서로 사회생활을 시작하면서 가끔 만났을 때도 정치라는 확고한 목표로 인천을 발전시켜 나가겠다는 의지들을 느낄 수 있었다. 그러면서도 주변 사람들을 놓치지 않고 함께하고자 하는 모습들이 정말 보기 좋았다.

시성이가 지금 이 자리까지 오는 데, 인턴부터 시작해서 보좌관까지 가는 그 과정과 대학원에 들어가서 학업을 같이 병행하는 과정에서 얼마나 자신의 시간들을 세밀하게 쪼개고 관리했을지, 얼마나 많은 눈물과 한숨이 있었을지 멀리서 지켜볼 수밖에 없었지만 다 느낄 수 있었다. 그러면서도 자신의 꿈을 위해 포기하지 않고 걸어가는 모습이 친구로서 정말 자랑스럽다.

이제 본격적으로 자신의 꿈을 펼쳐나가는 시성이의 노력들이

다이아몬드처럼 빛나는 결과로 나올 수 있었으면 좋겠다. 지금까지 걸어왔던 길들보다 더 험할 수 있기에 걱정도 많이 되지만 그동안 지켜봤던 시성이라면 극복할 수 있다고 생각한다. 여러 가지 어려움 속에서도 시성이가 인내하고 노력해서 쟁취했던 경험들이 앞으로의 길을 가는 데 있어 좋은 도구가 될 수 있다고 믿는다.

내 친구 시성아, 오랜만에 글을 써서 많이 어색하고 유치한 글이 올라와서 당황했을 거라 미안해. 그래도 이렇게 써 가면서 시성이 너에 대해 다시 한번 떠올리면서 정말 너와 함께 했던 시간들이 나한테도 황금처럼 빛난 시간이었다는 걸 알 수 있었어. 항상 성령 충만을 외치고 정치에 대한 너의 비전을 들을 수 있던 시간들이 행복했다.

정치라는 꿈의 씨를 뿌리고 그 꿈이 익어서 수확하는 가을이 오는 거 같아. 이제 본격적인 수확을 거두는 너의 꿈 농사가 대풍이 되길 기도할게. 나는 어디서든 항상 너의 꿈을 응원한다. 조금이나마 내가 너에게 도움이 될 수 있으면 좋겠다. 너의 가정과 일터에 주님의 축복이 가득하길 기도할게. 같이 힘내자. 이만 줄일게.

작은 어른, 이시성

　그는 작지만 단단한, 쾌활하지만 우습지 않은, 선한 눈빛이지만 뜨거운 마음을 가진 사람이라고 표현할 수 있다. 이시성 교수와의 첫 인연은 국회의 입법보조원을 경험하면서 시작되었다. 인하대학교 정치외교학과에 대한 애정을 가지고 있던 사람이었고, 그로 인해 학생들에게 여러 경험을 하게 하려는 프로그램을 만들어 적극적으로 권고했다. 나는 그 프로그램의 수혜자였고 어린 나이였지만 소중한 거름을 얻을 수 있었다. 그러한 경험은 지나고 나면 아무것도 아닐 수 있지만 그 당시에 분명 학생이 겪기엔 힘들고 고된 일이었을 것이다. 그럴 때마다 전화를 걸어 따뜻한 한마디를 던진 분이 이시성 교수였다. 교수와 학부생의 관계는 어쩌면 그리 가깝지 않을 텐데 서슴없이 따뜻한 배려를 했음을 나는 알고 있다.

　그와의 첫 만남은 강의실에서 이루어졌다. 꽤나 키가 큰 사람이지 않을까라는 생각은 그를 보는 동시에 자취를 감췄다. 키는 생각보다 작았으며 얼굴은 상당히 미남형이라고 판단했다. 신장이 조금 작은 것이 단점이지 않을까 생각하던 찰나, 그의 강의는 시작되었고 그 생각은 나의 반성으로 마무리되었다. 수업에 있어 강한 템포와 명확한 정보 전달은 이시성 교수의 가장 큰 강점이었다. 흡수력 있는 강의였고 무려 3시간이 되는 강의였지만 지치지 않고 끝까지 사람을 집중시키게끔 진행했다.

그렇게 그의 강의가 끝나고, 신장은 작았지만 본인의 업에 있어서 상당히 단단한 실력을 가진 사람이라는 것을 알게 됐다. 그는 그의 강의를 했을 뿐이지만 그의 겉모습만 보고 판단하던 나에게 반성의 기회까지 생긴 것이다.

강의 도중 학부생들이 집중력을 잃는 것 같을 때면 귀신같이 알아차려 강의의 템포를 조절한다. 그 템포 조절은 주로 본인의 보좌관 시절 유쾌했던 일들의 소개를 통해 이뤄낸다. 보좌관 시절 당시 본인의 생각과 자신의 눈으로 봤던 느낌을 말해 준다. 당연히 수업만 하던 강의실에서 그런 '썰'을 풀어 주면 학부생들은 다시 집중을 하곤 했다. 그러나 과거에 있었던 이시성과 경험이 더 생긴 현재의 이시성은 분명히 차이가 있을 텐데 과거 당시에도 분명한 논리와 근거를 통해 행동했던 것이 여실히 보이곤 했다. 그런 점을 통해 현재의 이시성과 미래의 이시성은 침착하게 그리고 합리적으로 판단을 하는 혹은 할 사람이라고 추측할 수 있다. 예측이 가능하다는 것은 어쩌면 신뢰할 수 있는 사람이라고 할 수 있을 것이다. 그래서 그는 나에게 유쾌하고 쾌활하지만 전혀 우습지 않은 사람이다.

식사를 같이 할 때나 강의를 할 때나 그는 언제나 미소를 띠고 있다. 사람을 편하게 만드는 미소인데 그 이면에는 상당한 뜨거움이 있다. 본인은 잘 모를 수 있지만 자신이 생각하는 정치 혹은 목표를 얘기하거나 학부생들에게 조언을 할 때 그는 사뭇 다른 눈빛을 가지고 있다. 본인이 걸어온 길, 그리고 그 길을 걸을지 모를 후배들에게 본인의 경험에 빗대어 조언을

할 때면 이시성 본인이 정치라는 테마를 겪으며 본인 나름의
고충도 있을 텐데 여전히 그 분야에 있어 뜨거움이 느껴진다.
순수한 열정만큼 본받을 만한 것이 있을까. 나이가 차오름에
따라 열정은 어쩌면 식게 마련인데 그는 여전히 동심의 아이처럼
본연의 뜨거움이 있는 사람이다.

국회 보좌관 김민홍
늘 밥값 하는 사람

　이시성 후배를 한마디로 표현하자면 '늘 밥값을 하는
사람'이라고 말하고 싶다. 정확히 말하자면 '밥값 이상을 하는
사람'이다.

　나와는 십 년 이상의 나이 차이로 인해 처음 교육위 보좌관을
같이하면서 쉽게 친해지지는 않았지만 그가 의원과 함께 '유치원
3법'을 통과시키기까지 전 과정에서 펼쳤던 활약을 보면서
후배지만 대단하다는 생각이 들었다. 보좌관으로서 이익단체의
반발에 맞서 싸우고 설득하고, 터부를 건드리는 것이 얼마나
어려운 일인지 잘 알기 때문이다. 그럼에도 늘 묵묵하게 다른
많은 일들도 줄곧 잘해 냈다. 잘 드러내지 않으면서 자신의
공으로 돌리지도 않지만 일이 잘 돌아갈 수 있도록 헌신한다.
가끔 국회 내에서 이시성을 잘 모르는 사람들이 "이시성
보좌관은 깐깐하다", "말하면 잘 안 들어 줄 것 같다"라고

말하는 것을 들었다. 전혀 그렇지 않다. 아마도 공사가 매우 뚜렷한 사람이라 그런 얘기를 듣지 않을까 생각한다.

출퇴근하면서 가끔 전철에서 이시성 후배를 만나고 이런저런 얘기를 많이 하면서 꽤 친해졌다. 그는 정무위를 오래 했었고 교육위 이후에는 서로 다른 상임위를 했는데 얘기하다 보면 다른 상임위 이슈에 대한 관심이 다양했고, 그 이슈에 대해 논하다 보면 이해도도 매우 뛰어났다. 후에 그가 대선캠프에서 후보 정책 메이킹에 핵심적 역할을 했던 저력은 평소의 그러한 노력에서 나온 것이 아니었을까.

한편, 이시성 후배와 대화하다 보면 인연을 맺은 사람들에 대해서 소중하게 생각하고 잘 챙기려는 마음이 잘 보인다. 스마트한 외모로 인해 다소 차가워 보일지 모르지만 얘기하다 보면 시간 가는 줄 모를 정도로 대화하기 편한 친구다. 이러한 따뜻한 마음으로 인해 자신이 성장한 고향이자 국회에서 국회의원의 보좌진으로서 오랜 시간 경험한 인천에 대한 남다른 애정이 그의 언행에서 묻어나오는 것 같다.

이제 그가 직접 현실정치에서 플레이어로 뛰고 더 큰 꿈을 위해 나아간다고 한다. 늘 선거 때마다 '혁신' '세대교체' '정치교체'를 내세우며 특이한 이력이나 유명세를 이용하는 외부 수혈의 '셀럽 정치'가 반복되어 왔다. 그 결과는 무엇인가? 국민이 기대했던 새로운 정치에 부응하지 못하고 변함없이 늘 국회는 국민들에게 최고 불신의 대상으로 꼽혀 왔다. 정치 불신, 아니 더 심하게 얘기하면 정치혐오가 더욱 커지고 있음을 부인할 수 없다. 기대했던 정치 신인들에 대한 실망감도 교차한다.

이제는 정치에 대해 잘 이해하고 훈련된 진정한 일꾼이 필요하다. 정책에 대한 지식과 능력도 제대로 갖추고 있어야 한다. 이시성 후배 같은 친구들이 미래세대의 정치인이 됐으면 좋겠다. 젊지만 차곡차곡 국회에서 그리고 정치권에서 많은 경험과 실력을 쌓고 결과를 만들어 낸 이시성과 같은 젊은 인재들이 많이 나오고 두려움 없이 도전했으면 좋겠다.

인천은 매우 매력적인 도시다. 대한민국의 관문인 인천공항이 있고 서해안 시대의 중심 해양도시이다. 앞으로 나아갈 길이 무궁무진하다. 대한민국 어느 지역보다도 젊고 패기 있는 정치 리더들이 많이 배출되고 미래시대를 이끌어가는 도시가 되길 바란다.

앞서 말한 것처럼 '밥값 하는' 이시성 후배가 대한민국과 인천의 미래를 위해 치열하게 고민하고 헌신할 것을 믿어 의심하지 않는다. 늘 지금까지 해 왔던 것처럼 묵묵하게 큰 뜻을 위해 한 걸음 한 걸음 전진할 것을 기대한다.

국회 보좌관 김병곤

일 잘하는 사람의 표상

2008년, 학교를 졸업하고 국회에서 인턴을 시작하자마자 이시성을 알고 지냈습니다. 열정과 성실함으로 똘똘 뭉친 청년 보좌진으로, 항상 맡은 바 일을 최선을 다해 수행했습니다.

일 잘하는 사람의 표상이 있다면 그게 이시성일 겁니다. 자료 조사, 법률 검토, 언론 대응 등 다양한 업무를 능숙하게 수행하며 항상 신속하고 정확한 결과물을 도출합니다. 또한 문제 해결 능력이 뛰어나며, 어려운 상황도 꼼꼼하게 분석하여 해결책을 제시합니다. 언론과 정국의 흐름을 짚어내는 정무능력 또한 화룡점정으로 갖추고 있습니다.

어떤 자리에서든 성과를 내고 빛을 발할 것입니다. 지역 주민을 위해 헌신적으로 일할 수 있는 자리라면 더할 나위 없을 것입니다. 일 잘하는 사람이 더 큰 일을 할 수 있도록 많이 도와주시길 부탁드립니다.

교회 형, 의사 김신일

사랑해, 시성아

제가 시성이를 처음 만난 순간을 지금도 생생히 기억합니다. 시성이가 고등학교를 졸업하고 제가 속해 있던 한 모임에 새내기로 들어올 때였습니다. 무리 속에 섞여 있어도 시성이는 한눈에 바로 들어왔습니다. 앞에서 발표하고 있던 저를, 의자에 앉았지만 허리와 목을 꼿꼿이 세우고서는 집중된 눈빛으로 보고 있었기 때문입니다. 뭐랄까요, 마음이 단단해 보였습니다. 그 뒤로 시성이와 인간적으로 가까워질수록 그날 느꼈던 첫인상뿐만 아니라 여러 가지 좋은 경험이 쌓여 갔습니다.

시성이와 저는 나이로는 6살 차이로 제가 더 형입니다. 그러나 같이 지내다 보면 누가 더 형인지 헷갈릴 때가 많았습니다. 배려심이 무척 깊었기 때문입니다. 저는 연락하지 못하고 잊혀져 갔던 주변 사람들 이야기도 시성이를 통해 듣는 경우가 많았습니다. 시성이는 지속적으로 그들과 관계를 유지하고 있었으니까요. 지금은 공간적으로 떨어져 있어 자주 보지 못하지만 항상 먼저 연락하고 안부를 물어봐 주는 쪽은 시성이입니다. 시성이를 알고 지낸지 20여 년이 되어 가는데 여전히 시성이는 저한테 형 같은 동생입니다.

시성이는 자기 포지션에 대해 정확히 인지하고 임했습니다. 같이 일하다 보면 믿고 일을 맡길 수 있는 사람이 있고, 일을 맡기면 왠지 불안한 사람이 있습니다. 시성이는 전자였습니다. 앞에 나서서 하는 일을 맡기면 잘 리드해서 모임을 이끌고, 나서기보다는 서포트를 해야 하는 일을 부탁하면 그 역할에 맞춰 충실히 임했습니다. 주어진 역할에 대해서 탁월한 감각을 가졌습니다. 이런 감각이 타고난 건지, 훈련된 건지 잘 모르겠습니다. 어쨌든 옆에 있으면 마음이 편했고 든든했습니다.

시성이는 의견을 먼저 잘 제안하고 추진력도 강했습니다. 그 당시 저와 시성이가 있던 모임은 아직 여러 가지 부족한 점이 많은 모임이었습니다. 삐딱한 시선으로 보면 트집 잡을 것이 많았고 그래서 그 모임에 잠시 들어왔다가 나가는 사람도 많았습니다. 그러나 우리는 부정적인 면에 집착하기보다는 여기서 어떻게 하면 이곳이 더 좋은 모임으로 될 수 있을까 고민을 많이 했고, 많이 깨지기도 했고 그래도 계속 뭔가를 시도하기를 반복했습니다. 그때의 경험이 문제를 대하는 우리의 태도를 형성했다고 믿습니다. 어디를 가든 부족한 점이 보이면 비판하기보다는 이 문제를 개선하기 위해 내가 무엇을 할 수 있을까를 먼저 떠올립니다.

시성이가 대학을 졸업하고 사회에 나가면서 소위 '정치'라는 분야에서 일한다고 했을 때 저는 시성이가 갈 만한 곳에 간다고 생각했습니다. 시성이가 역할을 잘할 만한 곳에 간다고 생각했습니다. 시성이를 필요로 하는 곳에 간다고 생각했습니다. 지금까지 시성이가 사회에서 이뤄온 발자취들을 보면 제가 예상했던 것 이상으로 해 오고 있어 놀랍고 뿌듯하고 대견합니다.

앞으로 시성이가 어떤 인물로 성장해 갈지 여전히 기대가 됩니다. 지금까지 걸어온 길이 근거가 되고, 시성이 본인이 가지고 있는 내적 힘 또한 근거가 됩니다. 선한 영향력이 시성이를 통해 흘러가길 기대합니다.

같은 의원실 근무, 국회 비서관 김요한

강산이 지나도 변치 않는 '진짜 보좌관'

지난 10년간 제가 바라본 이시성 보좌관님은 '늘 한결같은 사람'이었고, 앞으로도 그럴 것이라 확신합니다. 제가 처음 근무했던 국회의원실의 보좌관과 인턴비서로 시작된 인연은 지금까지도 이어지고 있으며, 제가 고민이 있을 때면 언제든 주저 없이 먼저 연락하고 의지할 수 있는 제 마음속의 영원한 '보좌관'으로 남아 있습니다.

제가 겪은 이시성 보좌관님은 앞과 뒤가 똑같은 사람입니다. 300명의 국회의원과 그 의원실에 속한 3,000명에 가까운 보좌진들이 의원회관 건물에서 부대끼며 살아가는 국회라는 공간은 그 어느 직장보다도 대인관계가 복잡하고 온갖 정보가 홍수처럼 쏟아져 각 사람의 됨됨이에 대한 냉정한 평가가 끊임없이 이뤄지는 곳입니다. 그렇기에 의원실 안에서의 모습과 밖에서의 모습이 정반대이거나 '강약약강' 유형의 보좌관들도 많은 것이 현실입니다. 그러나 이시성 보좌관님은 주변을 먼저 돌아볼 줄 아는 분이었고, 국가와 국민을 위해 필요한 일이라면 상대방의 지위고하에 굴하지 않고 추진해 내는 강직한 '진짜 보좌관'입니다.

옆에서 지켜본 이시성 보좌관님은 인천 지역에 대한 애정이 무척 강했던 모습이 인상 깊습니다. 인천을 지역구로 둔 의원실에 있었던 수준을 넘어서서 인천 지역이 어떻게 하면 더 발전할 수 있을지 끊임없이 고민하고 정책적 대안과 예산을 확보해 내는 성과들을 보며 저를 포함한 주변 보좌진들이 많은 귀감을 얻은 바 있습니다. 특히 고된 국회 업무로 바쁜 와중에도 본인의 시간을 쪼개어 끊임없이 공부하고, 그 지식과 노하우를 다시 인천 지역의 대학생 후배들을 위해 아낌없이 전해 주는 모습은 저의 보좌진 선배이자 인생의 선배로서 어떻게 성장해야 하는지 큰 교훈을 전해 주었습니다.

'도전하는 사람이 아름답다'는 말처럼 목표를 향해 흔들림 없이 전진해 가는 이시성 보좌관님의 모든 아름다운 도전들을 응원합니다!

고등학교 친구, 교사 김일중

20년지기가 이시성을 사랑하는 이유

저는 이시성의 20년지기 친구 김일중입니다. 고교 시절 계양구 계산동의 어느 학원에서 밤늦도록 함께 꿈을 키웠던 친구입니다. 20년이 넘도록 시성이와 친구로서 가깝게 지내면서 느낀 점이 많았습니다. 정치인으로서 도약할 시성이의 앞날을 응원하고 작은 힘이라도 보태고자 다음과 같이 '내가 사랑하는 이시성'을 적어 보고자 합니다.

이시성은 밝은 사람입니다. 고등학생 이시성은 밤톨처럼 짧게 자른 머리에 피부는 까무잡잡했지만 항상 환한 미소로 자주 웃는 친구였습니다. 매사에 긍정적이고 밝았습니다. 그래서 함께 일상을 공유하는 친구들까지 밝게 만들어 주는 매력이 있었습니다. 시성이와 함께 공부했던 학원 건물의 1층에는 작은 슈퍼마켓이 있었습니다. 공부가 힘들거나 배가 고플 때면 시성이가 먼저 친구들을 이끌고 내려가 군것질을 함께 했던 기억이 납니다. 컵라면을 사러 계단을 뛰어 내려가면서, 컵라면을 고르고 계산하면서, 학원 정수기에서 뜨거운 물을 붓고 기다리면서 함께 나눴던 농담들이 기억납니다. 시성이는 선생님들의 특징을 세심하게 관찰해서 우스꽝스럽게 따라 하는 성대모사를 곧잘 했습니다.

새벽 2시까지 졸음을 참아가며 공부했던 그때는 몸도 마음도 지쳤었지만 시성이처럼 밝고 긍정적인 친구가 함께여서 늘 힘이 났습니다. 웃는 낯으로 친구들을 위해 기운을 북돋아 주는 밝은 친구였습니다. 시성이는 누구나 갖고 있을 내면의 가장 밝은 면을 찾아 밖으로 꺼내 줄 수 있는 사람입니다. 본인이 밝고 긍정적이어서 항상 주변 사람들까지 밝게 만드는 에너지를 가졌습니다. 그런 이유로 오랜 친구가 보았을 때 시성이는 힘들고 어려움에 처한 사람들 사이에서 더욱 빛이 나는 정치인이 될 거라고 확신합니다.

이시성은 어른스럽고 진중한 사람입니다. 저는 정치를 잘 모르기에 어떤 사람이 정치에 적합한지 정답을 알지 못합니다. 하지만 이시성이라는 인물이 나이보다 항상 성숙하고 어른스러웠다는 점은 잘 압니다. 20년이 넘도록 시성이와 친구로 지내면서 무엇이 나와 시성이를 가깝게 만들어 주었을까, 내가 왜 시성이에게 끌렸을까 생각해 본 적이 없었습니다. 이 글을 적어 보면서 생각을 해 보니 답을 알 것 같습니다.

학창 시절 우리는 친구를 사귈 때 집안이나 학벌, 직업

같은 조건을 따지지 않습니다. 아직 아무것도 이룬 것이 없는 미성년의 시기에는 그저 타고난 성격이나 매력을 보고 친구가 됩니다. 시성이는 고등학교 때부터 친구들보다 생각이 깊었습니다. 가까운 친구들에게 던지는 말 한마디도 신중하게 구사하는 매력이 있었습니다. 왁자지껄하게 소란스러운 남고생들 사이에서 유난히 더 돋보였던 것이 시성이의 어른스럽고 진중한 내면이었던 것 같습니다. 이제서야 생각해 보니 그런 매력이 시성이와 친구가 되었던, 그에게 끌렸던 이유가 아니었나 싶습니다.

시성이는 학창시절부터 누구나 좋아하는 친구였고 언제나 어른스러운 모습으로 여러 친구들 사이에서 중심을 잡아주던 분위기 메이커였습니다. 시성이는 사람을 좋아하고 좋은 사람을 모으는 재주가 있는 사람입니다. 이시성의 성품은 탁월한 정치인으로서 리더의 자리에서 더욱 빛날 것이라고 확신합니다. 흔들림 없는 어른스러운 리더는 누구나 기꺼이 따르고 싶기 때문입니다.

이시성은 누구보다 성실한 사람입니다. 사람이 자신의 뜻을 이루기 위해서 20년이 넘는 시간을 변함없이 꾸준히 노력한다는 것은 쉬운 일이 아닐 것입니다. 시성이는 대학 진학 이후 대학원, 국회 보좌관, 대학 교수, 정당인 등으로 활동하면서 언제나 성실하게 노력했습니다. 허투루 얻은 것이 없고 언제나 스스로 노력해서 일군 토양을 토대로 일어선 사람이기 때문에 위기에 강하고 흔들림이 없다고 생각합니다.

시성이는 요령을 피우지 않고 느리더라도 천천히 나아가는 현명한 사람입니다. 학창시절 공부를 할 때에는 모르는 것을 부끄러워하지 않고 친구들이나 선생님들께도 하나씩 물어가며 차근차근 실력을 쌓아간 친구였습니다. 시성이는 화려하거나 돋보이지 않더라도 특유의 성실함으로 묵직하게 하루하루를 채운 사람입니다. 내면에서부터 쌓아 올린 단단한 그릇의 크기는 친구로서도 감히 가늠하기 힘듭니다. 이제는 거대해졌을 이시성이라는 그릇이 품고 만들어갈 미래가 얼마나 화려하고 아름다울지 친구로서 너무나 기대가 됩니다. 곁에서 그 모습을 지켜볼 수 있어서 참으로 행복합니다.

이시성은 누구보다 젊습니다. 나이만 젊은 것이 아니라 생각하는 것이 젊습니다. 기존의 관습에 얽매이지 않고 변화를 이끌어낼 수 있는 패기가 있습니다. 유치원 3법을 기획하고 과감하게 밀고 나가 법을 통과시킨 성과를 내기도 했습니다. 시성이는 아직 젊기에 이룬 것이 많은 것은 아닙니다. 오히려 앞으로 이룰 것이 많은 사람입니다. 인천은 이제 새로운 얼굴과 함께 변화를 도모해야 할 시기입니다. 어린 시절부터 인천에서 성장하며 꿈을 키운 젊은 인재 이시성이 인천의 미래를 바꾸고 변화를 이끌어낼 수 있도록 힘을 모아 주시기 바랍니다. 저 또한 친구로서 '내가 사랑하는 이시성'을 끝까지 응원하겠습니다.

대학 후배 김태완

20년 전부터 시작된 인천사랑

시성이는 저와 나이 차이는 있지만 학번으로는 한 학년 위의 대학 선배입니다. 처음 시성이를 만났던 날을 아직도 생생하게 기억합니다. 인천에 이렇게 좋은 인물이 있는지 처음 알았습니다. 학과에서 동아리 모임을 하던 가운데 어떤 후배가 친구 중에 함께 동아리에 참석하고 싶어하는 꽤 괜찮은 친구가 있다며 소개를 해 주었습니다. 따뜻한 봄날에 학교 작은 운동장 앞에서 인사를 시켜 주는데 거짓말 조금 보태고 진짜 후광이 쫘~악 비치는데 잘생긴 친구가 걸어오더니 인사를 하였습니다. 그게 시성이와의 처음 만남이었습니다.

함께 동아리 모임을 하는데 어느 날 시성이가 자기는 매일 계양산에 올라가 계양을 바라보면서 열심히 기도하고 있다고 합니다. 계양구를 얼마나 사랑하는지 얼마나 좋아하는지 거의 홍보대사 수준으로 이야기를 하며 앞으로의 계양이 가지고 있는 비전과 자신의 가지고 있는 큰 뜻을 거침없이 이야기하는 모습을 보며 속으로 앞으로 인천을 이끌 수 있는 좋은 인물이 하나 만들어지겠다라는 생각을 했습니다.

그렇게 시간이 지나 시성이는 대학교 4학년 즈음에 국회에 대학생 인턴으로 들어갔고 그때부터 열심히 활동하며 꾸준히 SNS를 통해 자신이 하고 있는 활동을 지인들에게 공유하며 자신의 가치를 여과 없이 발휘했습니다. 그러다 보니 자연스레

시성이가 활동하는 내용들을 접하며 관심을 가졌습니다. 그 가운데 가장 인상이 깊은 활동은 아이를 키우는 부모이다 보니 당시 야당이고 지금 여당에서 큰 반발이 일어났던 유치원3법 개정에 큰 기여를 했던 점이 아무래도 시성이를 기억하는 사람이라면 누구나 다 공감하는 부분이라고 보여집니다.

앞으로 시성이에게 바라는 점이 있다면 언제나처럼 한결같은 사람이 되었으면 합니다. 세상은 변하지만 사람은 변하지 않아야 된다고 봅니다. 늘 마주 보고 함께 이야기할 수 있고 늘 같은 사람이 되었으면 합니다. 처음 만났을 때의 계양을 그렇게 사랑했던 멋쟁이 대학생 이시성이기를 바랍니다.

인하대 제자, 국회 비서관 김하민

따뜻한 애정과 배려가 가득한 전문가, 교육에 진심인 사람

우리는 요즘 대학 교육의 방식과 과정에 대해 깊이 고민해야 합니다. 대학교는 '대학'의 기능을 상실했다는 이야기가 들립니다. 학생 - 교수 간 유대는 붕괴됐고, 개인주의와 이기주의가 팽배해졌으며, 살 길은 스스로 찾아야 되는 사회가 되었기 때문입니다. 진정한 대학은 학생들이 배움을 이어가는 배움터를 지키면서도 더욱 나은 미래 사회를 가능케 하는 일이며, 이는 학생에 대한 애정과 교수에 대한 존경으로부터 시작됩니다. 저도 학생사회와 학교에 대한 애정은 거의 없고,

자기 앞길은 알아서 해야 한다고 생각했던 사람입니다. 그러나 1년 동안 교수님과 함께하면서 생각이 많이 달라졌습니다.

'교육'은 우리 사회가 돌아가는 동력을 끊이지 않게 하고, 시대를 이끌어가는 귀중한 힘입니다. 특히 인하대학교 정치외교학과는 지역과 국회 등지에 정치 전문가를 공급하고, 민주시민을 양성하는 정치교육의 요람이라고 할 수 있습니다. 그런 점에서 인천에서 나고 자라 중앙 정치를 경험하신 교수님은 인하대학교 학생들을 가르치기에 아주 적합한 사람입니다.

이시성 교수님은 대학 교육에 '진심'입니다. 2008년 대학생 시절부터 국회 입법보조원을 경험하고, 인턴, 9급, 6급, 5급 비서관을 거쳐, 보좌관 시절 유치원 3법 가결, 국회 정무위원회 국정감사를 이끌어 간 입법전문가입니다. 이후에도 금융기관 임직원, 더불어민주당 인천광역시당 수석대변인으로 정치 현장 일선에서 활동하며 인하대학교 정치외교학과 겸임교수로 후학 양성에도 힘을 쏟고 있습니다.

화려한 경력임에도 불구하고 교수님은 상대방에게 눈높이를 맞추는 사람입니다. 처음 이시성 교수님과 만났을 때 '이분은 교수님 같지 않다'라고 생각했습니다. 그저 '아는 거 많은 형'이라는 느낌이었습니다. 그러나 교수님의 경력과 실력, 강의할 때의 모습을 보고 '진짜 교수님이구나'라는 생각이 들었습니다. 교수님의 강의는 학생 - 교수 간 교감이 있고, 이론과 현실을 면밀하게 분석하여 정치의 현실을 꼬집는 시간입니다. 보통 자신이 속한 정당을 비판하는 것은 쉽지 않은데 교수님은 여야를 막론하고 쓴소리가 필요할 때 주저하지 않고 목소리를 냅니다. 쓴소리에서 대안 제시까지 이어지는 강의에서 교수님의 합리적이고 균형 잡힌 시각을 엿볼 수 있습니다.

제가 형이라고 느낀 것은 그만큼 교수님께서 배려와 겸손으로 다가오셨기 때문이었습니다. 강의 이후에도 시간을 내서 학생들과 함께 식사를 하고, 사회 각지의 선배들과 만날 자리를 만들어 주시기도 하며, 인천 국회의원들을 초청한 강연 자리를 만들어 학생들의 시각을 넓혀 주었습니다.

젊고 유능한 전문가, 그러나 그 어떤 능력보다도 따뜻한 애정과 배려가 넘치는 사람, 이시성 교수님! 교수님의 앞날과 도전을 응원하며, 더 많은 분들이 교수님과의 만남을 통해 그의 따뜻함을 느껴 보셨으면 좋겠습니다.

인하대 제자, 국회 비서관 김효진

스승에서 선배까지

나는 이시성 교수님과 수업에서 처음 만났다. 보좌진에 관심이 많아 타과생임에도 불구하고 교수님의 수업을 수강하게 되었고, 현재까지 교수님께서 다양한 활동을 도와주시며 인연을 쌓게 되었다. 수업을 듣기 전부터 정말 유명한 보좌관이라는 이야기를 들어 기대를 많이 했다. 그 기대 이상으로 수업을 통해 배운 것이 많다. 내가 보좌진이 되었을 때 혹은 다른 길을 가더라도 활용할 수 있는 실무적 내용을 가르침 받아 나에겐 교수님이 스승이자 직장 선배, 인생 선배로 느껴진다.

수업에 대해 더욱 자세히 얘기해 보자면 나는 1년간 수업을 들으며 '알찬 수업'이라고 느꼈다. 그 이유는 수업 방식에 있다고 생각한다. 수업 초반에 최근 일주일간 일어났던 정치 시사, 국회의 현 상황 등 직접 찾아보지 않으면 모를 수 있는 점을 알려 주신다. 단순히 기사 내용의 전개가 아닌 해당 사건의 중요도라든지 여러 신문사의 비교를 통한 다양한 해석 등 깊이 생각할 수 있는 여지를 주신다. 사실 정치학도에게 제일 중요한 것은 현재 한국 정치의 상황을 정확히 파악하는 것이다.

매주 수업을 듣기만 해도 정치 상황을 가장 정확하고 빠르게 업데이트할 수 있으니 정치학도에게는 중요한 수업이기도 하다. 더불어 정계 진출이나 관련 직업을 꿈꾸는 학생들에게는 정무적 판단을 위한 기반이 된다. 항상 교수님은 기사를 설명하시며 우리에게 정무적 판단을 해 보라고 말씀하신다. '나라면 어떻게 판단할 것인가?', '결과는 어떻게 될 것인가?' 등 판단력을 기를 수 있도록 하여 학생들이 앞으로 더욱 능력이 있는 사람이 될 수 있도록 도와주신다.

그뿐만 아니라 교수님에게 가장 감사한 점은 다양한 경험을 할 수 있도록 도와주신다는 점이다. 매 학기 수업마다 현장체험학습을 통해 국회와 방송사, 대기업 등 여러 분야의 진로를 수립할 수 있도록 도와주신다. 근처를 둘러보고, 사진

찍고 끝나는 단조로운 체험이 아니다. 일반인이 접하기 어려운 곳을 방문하거나 해당 직업의 장단점을 적나라하게 체험할 수 있어 앞으로의 진로에 대해 진지하게 고민할 수 있게 해 주신다. 심도 있는 체험이 가능한 것은 교수님의 넓은 인맥 덕분이라고 생각한다. 관련하여 한 가지 신기했던 점은 교수님이 사적인 자리에서 술을 강요하시는 분도 아니고, 즐겨 마시는 분도 아닌데 다양한 분야의 사람을 알고 계신다는 것이다. 아직까지 한국 사회에서의 '인맥'은 술이 강하게 작용하는 부분이 있는데 덕분에 그런 편견을 깨부순 계기가 되었다.

교수님이 직장 선배, 인생 선배라고 느꼈던 점 중 하나는 보좌진으로서의 발자취이다. 입법보조원부터 시작하여 만 29세에 보좌관이 된 이야기, 유치원 3법, 국정감사에서의 활약 등 보좌진으로서의 화려한 길을 나 역시도 걸어가고 싶다고 느꼈다. 해서 보좌진에 관한 질문을 통해 궁금증을 풀기도 했고, 실무에 있어서 많은 도움을 주셨다. 내가 입법보조원을 할 시절 맛있는 밥을 사주시며 실무를 직접 경험하며 느낀 점이나 혹시 힘든 일이 있는지 항상 물어봐 주신 게 기억에 남는다. 쉽지 않은 일임에도 불구하고 꾸준히 관심 써 주시는 부분이 참 감사했다. 그런 교수님을 보며 여러 사람이 찾는 데에는 이유가 있다고 생각했다.

수업뿐만 아니라 식사 자리나 간단한 대화를 하면서 교수님은 내가 배우고 싶은 '경청의 자세'를 보여 주신다고 느꼈다. 먼저 학생들의 의견 수용을 기반으로 수업을 진행하신다. 그럴 뿐만 아니라 사소한 고민이라도 귀 기울여 들어주시고 좋은 해답도 내어 주신다. 학생을 뒤에서 서포트해 주시면서 인생 선배로서 이끌어주시기도 한다. 사실 기본적으로 교수님이 학생에게 관심이 없으면 하기 힘든 일이라 생각한다. 하지만 이시성 교수님을 학생의 관점에서 봤을 때는 정말 이상적인 교수님에 가깝다. 그런 교수님께 배울 수 있어 너무 감사했고 영광이다. 앞으로의 교수님이 기대되기도 하면서 진심으로 응원하고 있다. 응원하는 사람이 많다는 것은 교수님의 매력이 엄청난 게 아닐까라는 소소한 의문을 남기며 마무리하고 싶다.

국회 보좌관, 인천 친구 남건우

더 큰 기여를 바라며

전 직장동료로 십여 년을 바라본 동갑친구 이시성은 한결같았다. 2012년 함께 국회 인턴생활을 하던 시절부터 십여 년이 흘러 같이 보좌관을 하던 시절까지, 이시성은 물고 늘어질 줄 아는 선수였다. 누구나 문제인 것을 알았지만 다수로 뭉친 거대한 이익집단의 세력 과시에 정치권 누구도 손대고 싶지 않았던 유치원 3법이 대표 사례다.

물론 국회의원의 모든 의정활동은 오롯이 국회의원이 주체이며, 결과에 대한 책임도 국회의원이 지는 것이다. 그러나 그 과정에서 해당 이슈를 담당하는 보좌진 역할과 역량의 중요성은 말할 수 없을 정도로 크다. 이시성 보좌관이 해당 아이템을 국회의원에게 처음 제안했을 때, 그리고 해당 의원이 비리 유치원 명단을 기습 공개했을 때 얼마나 많은 정무적 고민이 있었는지 잘 알고 있다.

그로 인해 촉발된 개학 연기 사건 등 한국유치원총연합회의 거센 반발과 실력 과시는 지금도 기억에 남아 있다. 특히 지역구를 기반으로 하는 한국 정치 제도에서 지역별 세력이 있는 다수로 뭉친 직역 집단의 세력 과시는 국회의원들에게 큰 압박으로 작용할 수밖에 없다. 그러나 유치원 3법이 발의되고 공론화가 본격적으로 이뤄지며 이제는 손 볼 때가 되었다는 목소리가 터져 나왔다. 그동안 쌓인 수많은 사학유치원 비리 기사와 이를 직접 겪어본 유치원 교사들과 학부모들이 많아졌기 때문이다.

이후 해당 이슈는 일반적인 법안의 심사 방식을 아득히 벗어나 메가톤급 국회 이슈가 되었다. 거대 양당이 치열하게 맞붙고, 당시 군소정당이었던 바른미래당이 중재안을 내고, 당시에는 이름도 생소한 패스트트랙 안건으로 지정되기도 했다. 그러다가 필리버스터 정국과도 맞물리며 안갯속으로 들어갔다가 결국 당시 자유한국당을 제외한 다른 당들이 4+1 협의체를 결성하여 유치원3법이 겨우 국회 문턱을 넘었다. 이 모든 과정이 15~16개월 정도에 다 일어난 일이다.

2018년 10월부터 2020년 1월까지 모든 과정을 바로 앞에서 지켜본 바로 이시성이란 사람이 가진 정무적 감각과 과감한

결단력, 그리고 언론 친화성을 높게 평가할 수밖에 없었다. 국회의원을 설득해 이슈를 선점하고 법안을 성안하고, 입법 추진과정에서 이슈 레이징과 언론 대응을 원만하게 해 나가며 지도부와의 소통을 통해 끝까지 과정 관리를 하는 일은 쉽지 않은 일이기 때문이다.

그런 이시성이 십 년이 넘는 국회 생활과 조언자로서의 역할을 정리하고 새로운 길로 나서려는 것 같다. 인하대학교 정치외교학과 겸임교수가 되어 학생들을 만나고 있다. 또한 더불어민주당 인천시당 수석대변인으로 당과 인천에 더 큰 기여를 할 결심을 한 것 같다. 앞서 내가 느낀 친구 이시성의 장점을 더 많은 사람들이 느끼길 바란다. 또한 청년 이시성이 사회에 더 큰 기여를 할 수 있기를 바란다.

가족 문남기

시성이 형에 대한 나의 특별한 추억

내 어린 시절, 나와 12살 차이가 나는 사촌인 시성이형은 특별한 형이었다. 그만한 나이 차이가 있음에도 형을 특별하고 친하게 생각할 수 있는 것은 항상 내게 잘 대해 주고 나에 대해 관심을 주었기 때문이다. 유치원 학예회부터 현재까지 나에 대해 관심을 주고 상담해주며 끊임없이 도와주었다. 초등학교 시절 형이 우리 집에 찾아왔을 때 형과 둘이서 책방에 가 책을 선물받았다. 아직도 그 책을 간직하면서 그때를 떠올리고 있으며, 대학생이 되어서는 내 학업에 대한 고민을 들어주어 의견을 주기도 했던 기억이 있기 때문에 더 특별한 형이라고 생각하는 것 같다.

가장 생생한 기억은 중학생일 무렵, 내가 병원에 입원했을 때 찾아와 괜찮은지 물어봐 주었던 순간이다. 형의 따뜻한 관심과 배려로 나는 고마움을 느꼈고, 그때부터 시성이형은 나에게 더 큰 의미를 가졌던 것 같다. 또 자주 친척들과 함께 인천 바다로 놀러 갔던 기억도 아직 생생하다. 나이 차이를 뛰어넘어 나를 재밌게 놀아주고 챙겨주었던 형의 모습으로 나 또한 남을 대할 때 영향을 받게 된 것 같다.

사춘기가 찾아오며 만나는 횟수도 줄어들어 나는 형을 대할 때 어색해했던 것 같다. 하지만 형은 그럼에도 여전히 나를 나답게 대해 주었다. 시간이 지나도 변함없는 모습으로 형은 나의 성장을 지켜봐 왔고 고마움을 느끼게 해 주었다. 이후 내가 고등학교에 진학했을 땐 형이 직장을 다니고 결혼을 했다. 그 모습을 보며 나는 형의 막힘없이 전진하는 모습에 멋있다고 생각했다. 지금 내가 당시 형의 나이가 되어 생각해 보니 여전히 대단하게 느껴지고 마음에 다가왔다.

나이 차이 때문에 함께 보낸 어린 시절의 추억은 적지만 그런만큼 형의 모습을 보며 더 많은 존경과 애정을 가지고 있는 것 같다. 항상 변함없이 나를 따뜻하게 대해 주는 형의 모습은 내게 고마운 존재였고, 나의 학업적인 진로에 있어서도 의견을 제시해

준 고마운 형인 만큼 앞으로도 변하지 않기를 바라며, 형의
목표를 막힘없이 이루어내기를 바라고 있다. 이 기회를 통해
형에게 늘 고맙고, 항상 응원하고 있다는 말을 전하고 싶다.

가족 문효정

한결같은 사람, 세심하고 따뜻한 친척 오빠

오랜 시간 동안 이시성이라는 사람을 봐 오면서 느낀 점은
한결같이 세심하고, 꾸준하게 노력하는 일관된 사람이다라는
것이다. 내가 알기로는 어린 시절부터 자기 자신의 목표를
뚜렷하게 설정했고, 그 목표를 실현시키기 위해서 꾸준히 노력한
것을 알고 있다.

시성이 오빠의 학교 시험 면접에 엄마, 이모와 함께 따라간
적이 있다. 시험을 보러 다니던 오빠의 모습이 기억에 남는다.
시간이 지나 어느 순간 오빠의 안부를 들어보면 오빠는 결국
원하는 학문을 배우고 있었다. 내가 잠시 해외에 나가 있다가
들어왔을 때 오빠의 커리어에 대한 좋은 소식을 들었다. 면접을
따라다니던 당시 나는 어린 나이여서 몰랐지만 지금 생각해
보면 오빠는 그렇게 차근차근 하나씩 목표를 이루어가고 있었던
것이다.

하나의 목표를 설정하고 그 목표를 위해 달려가다 보면 중간에
힘든 고비를 마주하기 마련인데 그 고비를 지혜롭게 넘겨서
차근차근 이루어 나가는 모습 그리고 거기에 안주하지 않고 더

발전된 모습을 위해 달려가는 모습이 인상 깊었다. 가끔 이모네 집에 놀러 가거나 오빠 집에 놀러 가면 항상 방안의 책상 위에는 책이 가득하다. 꾸준히 한결같이 공부하는 것을 보고 대단하다는 생각이 들었다. 종종 오빠에 대한 좋은 소식을 들을 때마다 "역시 잘할 줄 알았어" 하는 생각과 더불어 더 잘되었으면 좋겠다는 생각이 들고 묵묵히 응원하고 있다.

　오랜 시간 가까이 봐 오면서 느낀 점은 정말 세심하게 주변 사람을 잘 챙기는 것 같다. 겉으로는 무뚝뚝해 보이는 것 같지만 세심하게 작은 것이라도 주변 사람을 떠올리고, 생각하는 모습에 고마울 때가 많았기 때문이다. 어릴 적부터 오빠는 주변 사람들, 동생들을 참 잘 챙겼던 것 같다. 나이 차이가 나는 편인데 우리 집에 있는 앨범을 보면 오빠와 찍은 사진이 참 많다. 오빠가 학생일 때도 항상 나와 동생 그리고 친척 동생들을 리더십 있게 잘 챙겨 주었다. 사촌끼리 바다를 놀러가도 오빠는 나이 차이가 많이 나는 동생을 끝까지 챙기며 잘 돌봐주었다.

　우리 집에 놀러 올 때면 나와 동생이 좋아하는 맛있는 간식을 항상 사다 주고, 나와 동생의 졸업식이 있을 때면 인천에서 서울까지 지하철을 타고 와서 꽃다발을 건네주며 축하를 해 줬던 기억이 있다. 지금 생각해 보면 당시에 오빠도 직장인이 아닌 학생이었기에 동생들을 위하여 매번 베푸는 것이 쉽지 않았을 텐데 하는 생각이 든다. 그때도 지금도 바쁜 와중에 작은 것이라도 기억하고 챙겨주려는 모습에 고마울 때가 많다. 어릴 때건 지금이건 항상 만나면 우리들의 사진을 찍느라 바쁜 것 같다. 그리고 나중에 시간이 지나서 그 사진을 보여준다. 그 사진을 보면서 사촌끼리 모여앉아 아 그때 그랬었구나, 이런 때가 있었네 하며 사촌들과 한 번 더 대화할 수 있는 시간을 갖기도 한다. 이런 모습을 보면 오빠는 사람과의 관계를 소중하게 생각하는 것 같다.

항상 옆에서 오빠를 응원하고 있다. 내가 겪어본 오빠는 한결같이 열정이 있고, 주변 사람들을 살펴볼 줄 아는 사람이라고 생각한다. 지금처럼 어느 자리에 있거나 늘 한결같이 초심을 가지고 앞으로 더욱더 승승장구했으면 좋겠고 분명 그럴 것이라는 생각이 든다.

국회 선임비서관 박윤수
약자를 위해 일하는 사람 이시성

국회를 떠나 새로운 미래를 꿈꾸려던 때, 이시성 보좌관은 내 얼굴도 잘 몰랐지만 친분이 깊은 보좌관의 보증에 보좌진의 삶이 아닌 미래를 열어주고 동행해 준 선배였다. 국회에서 보좌진의 삶이란 별정직이란 이름 아래 언제나 불안정한 고용상태에 놓여 있다보니 시간이 어느 정도 지나면 소위 정규직이라는 삶을 꿈꾸기 마련이다. 코로나19 펜데믹 시기, 이시성 보좌관은 한창 뜨던 비대면 스타트업으로부터 국회 출신 대외협력 매니저를 추천해 달라는 요청을 받았고, 여러 후배를 소개받다가 당적이

다르지만 마음이 잘 맞았던 보좌관(당시 내 사수)으로부터 나를 추천받았다.

이시성 보좌관의 추천을 받은 후 해당 스타트업과 면접을 진행하여 입사한 후 나는 그동안 꿈꾸지 못했던 국회 밖의 삶의 현장을 경험할 수 있었으며 대외협력이라는 직무가 적성에 맞다는 것을 깨닫게 되었다. 국회를 떠나지 않았다면 몰랐을 스타트업 및 관련 산업군의 인재들과 네트워킹할 수 있게 되었고, 국회의 다양한 상임위원회를 경험하면서 내가 열심히 활동하고 있음을 인정받았으며, 일반 기업에게 국정감사가 얼마나 큰 의미를 가지는가에 대해 피부로 느낄 수 있었다. 무엇보다도 직업인으로 안정된 삶을 경험하면서 소소한 행복이 얼마나 소중한 것인지 다시금 깨닫는 계기가 되었다.

우여곡절 끝에 이시성 보좌관을 통해 인연을 맺게 된 스타트업을 떠나 다시 국회로 돌아오게 되었을 때 아직 경험이 없던 상임위원회 국정감사를 그가 지도해 준 추억이 기억에 남는다. 이시성 보좌관은 정책이든 정무든 가리지 않고 사회적 약자나 불합리에 대해 날카롭게 파고들고 반드시 미비점을 개선해내는 성정의 소유자인데 모 상임위원회 모 기관의 국정감사를 며칠 앞두고 그동안 연락을 주고받은 인연들로부터 제보를 받아 내게 자료를 넘겨 주면서 조직의 비합리적인 행동으로 피해를 받은 약자를 위해 꼭 해야 할 일이라고 강조했었다. 부족한 실력이었지만 그가 제보자로부터 전달받아 해결하고팠던 문제점을 질의서로 작성하였고 의원을 통해 실제 질의를 하려던 날, 여러 가지 석연치 않은 이유로 목적 달성에 실패하고 말았다.

지역이나 학연 등을 매개로 의원실에 접근하여 화를 면한 모 기관이기에 어쩌면 무산될 수도 있을 거라 미리 예상은 했지만 보좌진으로서 실패했다는 허탈감이 컸다. 그러나 그는 이미 기록으로 남겨진 질의이기에 언젠가 당신이 큰 꿈을 이뤄 국회에 복귀했을 때 반드시 문제점을 짚어 개선할 수 있을 것이라며 나를 다독였다. 나 또한 이시성 보좌관의 화려한 복귀를 믿어 의심치 않기에 잠시 미뤄진 정의가 꼭 이뤄지길 기도할 뿐이다.

이시성은 자기 혼자 있을 때에도 도리에 어그러지는 일을 하지 않는다는 의미의 신독(愼獨)과 가장 어울리는 사람이다. 이시성이라는 사람을 논할 때 유치원 3법은 빼놓을 수 없는데, 그가 의원실에서 근무하던 2018년 국정감사를 통해 2013년부터 2018년까지 17개 시도교육청 감사에 적발된 유치원이 저지른 비리가 총 5,951건이고 액수가 무려 269억 원에 달한다는 사실을 폭로했던 때가 기억에 남는다. 비리 유치원 명단이 공개되고 정부는 국공립 유치원 증설 및 사립 유치원의 공공성과 투명성을 강화하겠다는 종합대책을 발표했고, 이시성 보좌관은 유치원이 정부 지원금을 부정하게 사용하는 것을 방지하기 위해 유치원 3법(유아교육법, 사립학교법, 학교급식법 개정안)을 세상에 내놓았다.

그 안건이 신속처리안건으로 지정되어 2020년 1월 국회를 통과한 것만 보아도 이시성 보좌관이 어떤 의지를 갖고 매사를 처리하는지 알 수 있을 것이다. '센스는 갈고닦는 것이고 재능은

꽃피우는 것'이라는 말이 있듯이 이시성이 그동안 쌓은 경험과 능력은 제대로 측정하기조차 힘들 텐데 부디 우리가 발 딛고 사는 세상에 왜곡 없이 제대로 구현해 내기를 바란다.

국회 인연, 코스콤 노조위원장 박효일

실천하는 젊은 지식인 이시성!

제가 이시성님을 처음 만난 것은 3년 전입니다. 첫 인상! 의원실 최고의 브레인이라 불리던 이시성님을 뵈었을 때 첫 느낌은 한마디로 "뭐지? 왜 이렇게까지 잘생겼지?"였습니다. 또한 너무도 선해보이는 그 얼굴로 불의를 보면 화도 내고, 잘못된 것에는 단호히 거절도 할 수 있어야 하는데 그게 과연 가능할까? 그 잘생김과 선함이 오히려 보좌관에 있어서는 독이 되지 않을까? 하는 우려도 사실 있었습니다.

첫 대화! 저보다 몇 살이나 어린 젊은 보좌관이었음에도 한 시간 대화를 나눈 후의 느낌은 오랜 연륜을 가진 지혜자 같았습니다. 문제를 꿰뚫어 보는 그 날카로움과 어떻게 풀어나갈 것인지 해법을 제시하는 그 지식은 젊은 나이라 믿기 어려운 지혜를 담고 있는 사람임을 알게 해 주기 충분했습니다.

첫 동행! 문제를 인지하고 그것을 해결하는 과정에서의 이시성님은 사나운 맹수 같았습니다. 금융위를 상대로 대기업을 상대로 전혀 겁먹지 않고, 잘못된 것을 지적함에 전혀 망설임이 없었고, 같이 행동하는 동지로 하여금 정말 믿음직한 아군임을 알게 해 주었습니다.

강한 사람! 저의 짧은 위원장 임기로 인해 함께한 시간이 길진 않았지만 제가 만나서 대화하고, 함께 해 본 이시성님은 정말 강한 사람이었습니다. 괜히 덩치만 컸던 저와는 달리 정말 순해 보이는 얼굴 안에 있는 그의 생각은 훨씬 올바르고, 변치 않았으며, 옳다고 생각한 것을 실천할 줄 아는 사람이었습니다.

실천하는 젊은 지식인! 세상에서 저마다 자신의 지식을 늘어놓으며 똑똑하다고 자랑합니다. 그러나 우리나라가 역사적으로 어려움에 처했던 것은 똑똑한 사람이 없었기 때문이 아니었습니다. 실천하는 지식인이 없었기 때문이었습니다. 그렇기에 저는 이시성님이 계속 세상 속에서 좋은 영향을 끼치는 사람이 되었으면 좋겠다 생각합니다. 특히나 더 많은 사람과 만날 수 있고, 더 많은 일을 할 수 있는 자리면 좋겠습니다. 이것이 이시성님의 앞날을 제가 기대하는 이유입니다.

교회 친구, 전문 MC 배영현
국민의힘에 이준석이 있다면 더불어민주당에는 이시성이 있다.

어렸을 때부터 오랜 기간 같은 계양구 지역 친구이자 교회 친구 배영현입니다. 중고등학교 시절 학교는 달라 잘 몰랐던 시절에는 '잘생겼다. 인사 잘한다'정도의 첫인상으로 기억합니다. 대학 진학 이후 교회 중창단과 성가대 봉사를 함께하며 더 가까워진 이후에는 연습 시간이나 주변과의 약속을 참 잘 지킨다는 걸 느꼈습니다. 장난치는 걸 좋아하는 나와는 달리 참 근면 성실하고 바르구나, 정외과 입학 당시부터 나라를 위해서 뭔가는 할 친구구나라고 생각하곤 했습니다.

이시성은 주변 사람들을 참 잘 챙기는 장점이 있습니다. 어렸을 때도 형, 누나들이 참 좋아했고 잘 따른 걸로 기억합니다. 시성이도 주위 사람들을 자발적으로 잘 챙겼습니다. 또 그가 정치계에 입문하고 결혼한 이후에는 자주 볼 기회가 없었지만 여러 의원들의 보좌관 역할을 아주 훌륭하게 임하는 것을 보고 꾸준함과 성실함이 그의 최고의 장점으로 느껴졌습니다.

이시성과 기억에 남았던 점은 나는 현실에 바빠서 잊고 사는데 매년 메시지로 나의 생일을 기억하고 축하해 주고 또 함께 중보기도자로 하나씩 계획대로 이끌어 나가심을 보고 저도 하는 일에 도전을 받았습니다. 앞으로 서로 기억에 남을 일을 우리와 가정, 교회와 국가를 위해 각자 위치에서 지금도 열심히 달리고 있다고 생각합니다.

앞으로 이시성에게 바라는 점! 나는 방송과 행사계에 선한 영향력을 끼치는 게 꿈인데 아마 시성이도 정치계에 향기를 내뿜는 게 꿈인 것 같아. 국민의힘에 이준석이 있다면 더불어민주당에는 이시성이 있다고 오래전부터 난 생각하고 이야기해 왔는데. 국회의원이든 부처 장차관이든 자리에 연연하지 않고 인천시민 또 국민을 위해 어떤 것을 해야 바른 길인지 늘 기도하고 노력해서 성과를 내는 정치인으로 거듭나길 응원할게! 나도 더 나은 문화예술인이 되어서 도움받기보다 도움이 될게!

같은 의원실 근무, 국회 보좌관, 변호사 서보건

이시성의 장점들 - 아는 사람이라면 누구도 부인하기 어려울 -

살아 있는 사람에 대한 인물평은 어렵다. 특정 인물에 대한 개인적 호오를 밝히는 수준이라면 쉬울지 모르나, 여러 사람들이 공감할 만한 인물평을 하기란 쉽지 않다. 특히 정치권에 몸담았던 사람에 대한 인물평은 더 어려운데, 그 이유는 이해관계나 진영 논리에 따라 전혀 다른 평가가 뒤따르기 때문이다. 다른 진영 구성원들에게는 냉혹한 악당처럼 보이는 사람이 같은 진영 구성원들에게는 따뜻한 인물로 여겨지는 경우가 허다하다.

그러나 진영 논리나 이해관계를 배제하면 의외로 특정 인물에 대하여 다수의 사람들이 비슷한 평가를 하는 경향이 있다. 예를 들어 기업 임직원이나 공무원 채용 시험 등의 면접위원으로 참여해 보면 면접위원들의 출신과 성향이 제각각임에도 불구하고 응시자들을 평가하는 안목이 큰 틀에서 유사함을 경험할 수 있다. 즉 이해관계만 배제한다면 인물평에 있어서도 어느 정도의 객관성은 담보할 수 있다는 뜻이다.

이에 필자는 이시성을 지켜본 주위 사람들에게 연락하여 필자가 생각한 이시성의 장점들에 대해 화두를 던져 보았다. '만약 당신이 이시성에게 중요한 공적 직책을 맡기려 한다면 어떤 장점을 눈여겨보았기 때문인가'라는 취지로 대화를 나눈 것이다. 그 결과 적어도 3가지 점에 있어서는 지인들과 의견의 일치를 보았기에 차례로 소개한다.

첫째, 이시성은 성실하다. 단순히 주어진 일만 충실히 하는 정도의 성실함이 아니다. 그보다 한 차원 위의 적극적인 성실함이다. 일부 언론 기사에 따르면 공직사회에 이른바 '3요'라 하여 "이걸요? 제가요? 왜요?"라는 말을 입에 달고 사는 공무원들이 늘고 있다 한다. 그런데 필자나 지인들이 겪어 본 이시성은 이른바 '3요'와는 정반대 편에 있는 인물이다. 이시성은 자신에게 주어진 일을 충실히 함은 기본이요, 쉼 없이 스스로 필요한 일을 찾아내어 솔선하는 사람이다. 이처럼 적극적으로 필요한 일을 찾아내고 묵묵히 완수하는 성실성은 선출직 공직자에게 특히 중요한 덕목이다. 선출직 공직자에게는 직접적으로 업무 지시를 내리는 상급자가 없게 마련이니 누가 시킨 업무에만 익숙한 사람이 선출직 직위에서 좋은 성과를 내기는 어렵기 때문이다.

둘째, 이시성은 일머리가 있다. 국어사전에서는 일머리를 '어떤 일의 내용, 방법, 절차 따위의 중요한 줄거리'라 정의하지만 사람들이 흔히 말하는 일머리는 사전적 의미와 달리

'일하는 요령이나 센스'를 가리키는 말이다. 함께 일을 해 보면 안다. 똑같은 업무를 하더라도 일머리 있는 사람과 없는 사람의 업무 성과와 속도는 현격한 차이를 보인다. 일머리 있는 사람은 문제의 핵심을 빠르게 이해하며, 문제 해결을 위한 업무의 방향과 해법을 능숙하게 찾아낸다. 기계적으로 반복되는 단순 업무에는 일머리가 중요하지 않으나 처음 생겨난 업무나 복잡한 이해관계를 풀어내야 하는 고차원적 업무일수록 일머리가 중요하다. 그런데 선출직 공직자가 맞닥뜨리는 주요 과제들은 복잡한 이해관계를 기본으로 하며, 거의 매번 전혀 다른 이슈가 터져 나온다. 새로운 업무에는 전임자가 만든 매뉴얼도 있을 리 없다. 선출직 공직자에게 일머리가 중요한 이유다.

셋째, 이시성은 계속 발전한다. 여기서 '계속'이라는 말이 핵심이다. 어떤 사람들은 업무에 익숙해지고 조직 내에서 입지를 굳힐 경우 신입 시절 보였던 배움의 자세와 자기 계발 노력을 멈추곤 한다. 그러나 어느덧 안주해 버리는 사람보다 끊임없이 역량을 키워가는 사람이 장기적으로 더 좋은 성과를 보일 것임은 자명하다. 이시성은 여의도 내에서 정책 역량과 전문성을 인정받았지만 그에 멈추지 않고 끊임없이 정진하며 자기 계발에 힘써 왔다. 국회에서 금융/경제 분야를 접한 뒤 국회금융정책연구회를 창설하여 전문성을 키웠고, 교육 분야 이슈를 접한 뒤 이른바 '유치원 3법'을 성안하여 교육 개혁에 기여했다. 그처럼 끊임없이 학습하고 배운 것을 실행에 옮긴 결과, 이시성은 인하대학교 정치외교학과 겸임교수로 봉직하는 외에 온라인투자연계금융협회 사무처장까지 역임하며 매번 새로운 영역으로 자신의 역량을 키울 수 있었다.

이처럼 지속적인 배움의 자세와 자기 계발 노력 역시 선출직 공직자에게 중요한 덕목이다. 역동적으로 변화하는 우리 사회의 다양한 요구에 발맞추려면 과거의 경험이나 경력에만 의존하는 사람보다는 초심을 잃지 않고 '계속' 발전하는 사람이 선출직 공직자에 더 적합할 것이다. 필자가 여의도에서 이시성을 알게 된지도 벌써 10여 년이 지났다. 앞서 언급했듯이 정치권에 몸담았던 이들은 상반된 평가를 받게 마련이다.

그러나 이시성을 유심히 지켜본 사람이라면 그와 친하든 소원하든 간에 그의 성실함, 일머리, 지속적 발전이란 3가지 장점에는 이견이 없을 듯싶다. 일반적으로 채용 시험에서 인사 담당자의 고충은 후보자의 업무 역량이 실제로는 어떠한지를 알기 어렵다는 점이다. 그런데 만약 그 후보자와 함께 일해 본 사람들이 최대한 중립적인 관점에서 평가해 준 내용을 접할 수 있다면 인사 담당자의 선택에 상당한 도움이 될 것이다.

사실 필자가 꼽는 이시성의 장점은 위 3가지에 그치지 않는다. 그러나 필자는 이시성과의 개인적 친분을 떠나 최대한 많은 이들의 공감을 살 수 있을 만한 그의 장점 3가지를 선별하여 소개하는 것이다. 친목회장을 뽑는 투표라면 잘 놀고 두루두루 친한 사람으로 족할 것이나 공적 업무를 담당할 인물을 뽑는 투표라면 성실함, 일머리, 지속적 발전이란 3가지 요소를 기준 삼음이 합리적이다. 공적 업무의 범위가 넓고 중대한 것일수록 적임자를 찾는 이들에게 '이시성'이란 인물은 후회 없는 선택지가 될 것이다.

인하대 제자, 민주당 상근부대변인 선다윗

젊음, 스펙깡패, 열정, 그리고 제자를 사랑하는 교수님

사람 '이시성'을 처음 만난 장소는 인하대학교 사회과학대학 강의실이었다. 나는 대학에서 '교수님'으로 처음 그를 만났다. 그에 대한 나의 첫인상은 '매우 젊다'였다. 교수님이라고 소개를 받았는데도 주름 하나 없고, 흰머리도 없는 그의 모습은 내게 생소하게 다가왔다.

그러나 몇 번의 수업을 듣다 보니 왜 그가 젊은 나이임에도 '교수'라는 직책으로 학생들 앞에 설 수 있었는지 알게 되었다. 30대로는 믿기 힘든 경력과 이력, 그리고 열정적으로 수업을 준비하고 강의하는 이시성 '교수'의 모습을 보니 참으로 신선하고 신기했다.

작년에 수강했던 수업 시간 도중 아직도 기억에 남는 말이 있다. 20대 때 그가 고민했다는 것, "무엇을 할 것인가, 그리고 누구랑 살 것인가."

20대 초반의 우리와 같은 고민을 했던 그의 말을 들으며, 그리고 젊은 나이에 '스펙 깡패'가 되어 대학 강의실 연단에 선 그의 모습을 보며 그가 밟아온 궤적과 고민했던 생각 그리고 직면할 도전이 강의실에 함께 앉아있는 나와 내 동기들, 후배들에게 울림 있게 다가왔다.

교수님이지만 동시에 젊었고, 젊지만 동시에 유능했던 그가 우리와 같은 고민을 했다는 점이 '문송합니다' 시대를 살아가는 사회과학대학 학부생들에게 신선한 충격과 도전이었다.

또한, 사비를 들이면서까지 제자들과의 식사자리를 마련하고자 애쓰고, 발품을 팔아 현장견학 장소를 마련하는 교수님의 모습을 제자로서 옆에서 지켜보며 사람을 진심으로 아끼는 교수님의 성품을 볼 수 있었다.

젊지만 엄청난 스펙, 그리고 열정적이면서 제자를 사랑하는 마음, 제자라면 이런 교수님을 좋아하지 않을 수 없었다. 그렇기에 나는 '이시성 교수님'의 새로운 도전이 무엇이든, 학교에서 수학하는 많은 동기와 후배들에게 선한 영향력을 끼칠 것이라 믿는다.

이시성 교수님! 교수님의 도전을 응원합니다!

같은 의원실 근무, 국회 비서관 손민범

즐거운 모습으로 일하는 사람

2016년 1월 신학용 국회의원실에 임용되어 짧은 시간 동안 국회의원실에서 만난 이시성 보좌관은 정말 성실하고, 다방면으로 능력이 많은 사람처럼 보여졌다. 신학용 의원님의 갑작스러운 불출마 선언으로 인하여 의원실 내부 분위기는 고요하고, 가라앉은 환경이었지만 이시성 보좌관은 나머지 보좌진들과 함께 더욱 즐거운 모습으로 일하는 모습을 보여줬다.

이시성이라는 사람을 처음 만났을 때 분위기는 정말 남달랐다. 점잖고, 행동은 똑 부러졌으며 꼭 교수님 같은 인상을 받았다. 국회에서의 의원님들을 보좌했던 경험의 바탕이 하는 일마다 인정을 받는 유능한 보좌관이라는 생각이 들었다.

지난 2014년 인천광역의원 전국동시지방선거에서 이시성 비서관을 처음 만났다. 당시 나는 이도형 시의원 후보의 회계책임자 겸 선거사무장을 병행하며 후보자의 선거공보물 내용에 도움 될 만한 틀과 방법 그리고 지역 현안 문제와 해결방안 모색을 강구해 준 기억이 있다.

내가 겪어본 이시성이라는 사람은 국회에 입법보조원으로 들어와 근무하며 단계를 차근차근 밟아가며 대한민국 국회의 비서관, 보좌관의 직책까지 수행하고, 틈틈이 대학원에서 학업을 병행한 결과 지금은 인하대학교 정치외교학과 겸임교수가 되었다. 그만큼 철두철미한 자기관리와 끊임없는 노력으로 성취하는 모습은 정말 배울 점이 많은 사람이라고 생각한다.

이시성의 활동에서 가장 인상 깊었던 점은 단연코 대기업을 상대로 한 현대차 결함 리콜과 유치원3법을 기획한 국회에서의 활동이 기억에 무척 남는다.

지금 대한민국의 경제 문제와 사회 문제는 심각한 것 같다.

뉴스에서는 곧 내년 총선을 위해서 청와대에서 근무하는 장관 및 고위직 관료들의 개각이 다시 한번 진행된다는 기사를 접했다. 정부의 행정망 오류로 인하여 대한민국 국민들이 겪었을 불편과 이 사태를 책임져야 할 장관의 조치 및 사과는커녕 디지털 정부 홍보차 해외로 나간다는 건 도무지 이해할 수 없는 처사이다. 지난 용산 이태원 참사 사고나 오송 지하차도 사고 등만 봐도 대한민국 정부 사람 중 책임지는 사람은 누구 하나 없었다. 세상이 이렇듯이 이시성이라는 사람이 이제는 정치인으로 나와 대한민국 국민에게 필요한 힘이 되어 줬으면 좋겠다.

이시성 보좌관님! 오늘 기사에 인천 출마 예정자로 30대 이시성 보좌관의 신상도 나오는 걸 보아 하니 내년이 너무도 기대가 됩니다. 인천에서 어디든 기회가 주어진다면 꼭 총선에 출마해서 나고 자라난 곳을 더욱 발전시켜 주고 주민들과 그리고 국민들을 위하여 일해 주세요.

국회 인연, 씨티은행 노조위원장 송병준

금융관료 잡는 호랑이

제가 이시성 보좌관을 만난 것은 박근혜 정부 말이었습니다. 당시 박근혜 정부는 금융권에 성과연봉제도입 등 효율성을 강조하고 있었습니다. 이 기조에 편승해 씨티은행은 점포 수를 대폭 축소하기로 결정을 했습니다. 노조위원장으로서는 점포 축소가 결국 고용문제와 연관이 될 수 있었기에 가만히 있을 수 없었습니다. 전전긍긍하던 끝에 이시성 보좌관을 소개받았습니다. 첫 만남에서 보였던 훤칠한 외모에 매서운 눈빛이 아직도 기억에 남습니다.

이시성 보좌관은 거침없이 문제를 해결해 갔습니다. 금융은 규제산업이기 때문에 효율성도 중요하지만 금융소비자, 특히 금융약자를 위한 보완이 필요하다고 주장하면서 점포 폐쇄에 반대 입장을 펼쳤습니다. 금융관료들은 이시성 보좌관에게 완강히 저항했지만 결국 백기투항했습니다. 금융관료의 이러한 입장에 씨티은행 역시 오래 버티지 못했습니다. 이 모든 것이 사실상 이시성 보좌관의 활약 덕분이었습니다. 이시성 보좌관의 뛰어난 실력을 옆에서 눈으로 확인했기에, 이 범상치 않은 능력이 좋은 곳에 사용될 수 있다면 앞으로 적극 지지해야겠다는 생각을 해 왔습니다. 이시성 보좌관의 향후 정치 행보를 응원합니다.

중학교, 고등학교 친구 송정권
25년간 변함없는 이시성

한 치의 거짓 없는 선의의 눈빛과 정의로운 태도로 같은 반 학생들을 잘 Leading하는 그의 중학생 시절은 지금의 모습과도 변함이 없다. 중학생 시절, 처음 만난 그의 모습은 지금의 외모와 거의 동일하다. 뚜렷한 이목구비, 선한 눈, 잘생긴 얼굴형에 탄탄한 근육질까지 25년 전 처음 본 모습이 아직도 생생하다.

그는 중학생 때부터 어른스러웠다. 학교에서 생기는 문제들을 중재해 나가고 선생님들과 학급 문제에 대해 늘 논의했다. 약자에겐 손을 내밀고, 강자에겐 협동과 타협을 이뤄내는 그의 행동은 많은 친구들에게 모범이 되었고, 그를 따르는 친구들이 점점 많아졌다. 그와 함께 2년간 아침 등교를 매일 같이 했을 때도 늘 웃으면서 반겨주는 모습이 매우 인상적이었다. 그는 공부하는 것만큼 운동에도 최선을 다했다. 축구, 농구와 같은 구기종목부터 맨손으로 하는 운동까지 함께하는 운동은 물론 스스로 단련하는 것도 좋아했다.

그와 같이 어울리며 행복한 시절을 보냈던 모든 친구들은 이렇게 얘기한다. '시성이가 있어 든든하다' 그의 존재는 우리에게 늘 이렇게 빛났다. 타인을 위해 자신을 낮추고, 옳은 일을 위해 끝까지 노력하는 그의 모습에 학교 선생님들도 많은 부분에 이시성을 신뢰했고, 그와 함께 학생들 상호간의 마찰과 불화를 잠재웠다. 현재 이시성의 행보를 보면 늘 끝까지 노력하는 모습이 잘 보인다. 맡은 직무에 대해 꼼꼼하고 빈틈없이 잘 해결해 내는 모습, 25년 전의 이시성과 같이 늘 그랬듯 역시 '이시성이 이시성했다'라고 느껴진다.

그와 같은 중고등학교를 졸업하고 사회에 나와 거의 매년 연락하면서 지내왔다. 매년 해가 거듭해 가면서 생기는 경험치와 작지만 강한 성공 스토리들을 들을 때마다 즐거웠고 그를 응원했다. 그가 국회 보좌관이 되었을 때 그는 자만하지 않고 더 큰 길을 가기 위한 초석이라 생각하고 늘 현재의 자리에서 충실했다. 대부분의 사람들은 자기 자신이 세운 목표를 이루거나 어떠한 자리를 차지했을 때 초심을 잃고 자만해지는 경우가 많지만 이시성의 20대, 30대에는 한결같은 선의의 눈빛 그리고 정의로운 태도가 그대로 남아 있었다. 타인을 위해 자신을 낮추는 겸손한 태도, 강자에게 굴하지 않고 경쟁에 맞서 훌륭한 결과로 만들어내는 그의 정치 경험은 내가 본 25년 전 이시성의 모습과 전혀 변함이 없다.

25년간 늘 그에게는 감사하고 존경한다. 좋은 일, 슬픈 일에 상관없이 그는 늘 공감해 주었고, 자신의 부끄러운 행동이 있거나 잘못한 것이 있다면 늘 먼저 뉘우치고 반성했다. 그게 작은 일이 되었든 자신이 늘 떳떳하게 행동한다. 그래서 늘 그에게 감사하고 존경한다.

고등학교, 대학 친구 신동식
요셉과 같은 사람, 이시성

고등학교 시절 학급 반장회의에서 처음 만났습니다. 우리 둘은 고3 학급의 반장들이었습니다. 그리고 같은 대학교에 진학했고, 같은 전공을 선택해 대학교 전공수업뿐만 아니라 교양수업에서도 발표를 함께 하기도 했습니다.

20년지기 친구로서 옆에서 본 이시성은 저의 지인들 중에 가장 성품이 올바르며, 지혜롭고, 도전적이고, 정의로운 사람입니다. 친구로서 본 이시성은 참으로 멋진 사람입니다. 졸업 후 국회에서 일하면서 큰 정치인이 되겠다고 포부를 밝혔는데, 시성이는 중간에 포기하지 않고 꿋꿋하게 나아가고 있었습니다.

후배들에게는 나침반 같은 선배였습니다. 시성이를 따라 대학원을 진학하는 대학교 후배들이 생겼고, 2015년 31살 최연소 국회 보좌관이 됐을 때는 많은 후배들이 국회로 진로 선택을 하기도 했습니다. 2018년 국정감사에서는 유치원 3법으로 당시 국정감사의 최고 히트 아이템을 발굴해 내어 국회 후배들의 동경의 대상이었습니다. 지금은 대학교에서 정치외교학 학생들을 가르치며 후배 양성을 몸소 실천 중에 있는데 학생들에게도 분명히 멋진 교수님일 거라고 믿어 의심치 않습니다.

저는 '이시성'의 친화력, 의리, 실력을 소개해 드리고 싶습니다.

먼저, 남다른 친화력입니다. 대학교 1학년, 시성이는 1년간 임시로 배정된 학과에서 전공으로 정치외교학과를 선택해 2학년부터는 정치외교학과 학부생이었습니다. 뛰어난 친화력으로 정치외교학과 동기, 선배들 사이에서 금방 인기를 독차지했습니다. 거기에 뛰어난 언변, 준수한 외모 그리고 매력적인 목소리를 가지고 있던 그는 정치외교학과에서 모임

섭외 1순위였습니다.

재미있는 에피소드가 있습니다. 교수님들과 학생들 모두 전체가 MT를 갔습니다. 저녁 회식 시간이었습니다. 1시간 남짓 지나자 MT 인원들은 술자리 인원들과 시성이를 중심으로 일명 '마피아'라는 게임을 하는 사람들로 나뉘게 됐습니다. 시성이가 술자리하는 사람들을 뺏어온 것도 아닌데 시성이 쪽으로 사람들이 모여들었습니다. 그 뒤로 MT를 가면 선배들이 시성이를 집중 마크해서 술자리를 떠나지 못하게 할 정도였습니다.

두 번째, 의리입니다. 20년지기 친구로 지내면서 많은 일들이 있었지만 한 가지만 소개하겠습니다. 친구인 저를 한 직장에 추천을 해 주었습니다. 제 상급자가 저를 업무 미숙으로 혼내는 상황에서 추천인이었던 시성이한테도 추궁하자, 시성이는 도리어 "왜 잘 가르쳐 주지 않느냐"고 따지며 제 편이 돼 주었습니다.

세 번째, 실력입니다. 이 책을 읽으시는 분들에게 감히 말씀드리고 싶습니다. 이시성이란 사람은 믿을 만한 사람이고, 실력을 갖춘 사람입니다. 민주당 경선을 치르면서 한 캠프에서 정책을 총괄하는 '정책실장'을 맡는 것은 그만한 역량을 갖췄기 때문입니다. 성경 속에서 요셉의 이야기를 볼 때마다 저는 제 친구 '이시성'을 떠올리곤 합니다.

제 친구 '이시성'에게 많은 응원을 부탁드립니다. 저 또한 평생을 함께하고픈 친구로서 옆에서 응원과 박수를 아끼지 않겠습니다. 감사합니다.

대학 후배 신동철

따뜻한 마음을 가진 호랑이

저는 이시성 선배님의 대학교 학과 후배이자 국회 후배이지만 현재는 국방의 의무를 다하고 있는 공군 중위 신동철입니다.

처음 선배님을 뵈었을 때는 인천대학교 정치외교학과의 이준한 교수님께서 진행해 주신 특강의 초빙 강사님이셨습니다. 선배님께서는 열정적으로 국회와 보좌진 그리고 꿈에 대해서 강의를 해 주셨습니다. 비록 코로나로 인한 비대면 특강이었지만 후배들을 생각하는 따뜻한 마음과 열정은 모니터 너머로까지 느껴졌습니다. 선배님은 단순히 우리에게 듣기 좋은 소리가 아닌, 입에는 쓸지 모르지만 실제로 도움이 되고 현실적인 많은 내용을 지도 편달해 주셨습니다. 당시에 저는 졸업반이었음에도 불구하고 책 속의 국회가 아닌 실제 국회가 무엇인지, 현실 정치란 무엇인지에 대해 무지했습니다. 하지만 선배님의 강의를 듣고난 후에 가슴이 뛰었습니다. 눈에 총기가 돌기 시작했습니다. 제가 지금까지 배워온 것들에 대한 당위와 이유를 찾은 것 같았습니다. 저는 그 순간 뜨거워진 저의 마음을 그대로 놔두지 않았습니다.

그 후, 따로 선배님의 연락처를 얻어 간단한 연락 후 선배님과 교수님의 추천으로 국회 보좌진에 발을 들이게 되었습니다. 선배님은 단순히 의원실에 추천을 해 준 후 신경을 끈 게 아닌 애프터 서비스(?)까지 확실했습니다. 주기적으로 연락 주시면서 힘든 것은 없는지 무엇을 느꼈는지 항상 챙겨 주셨습니다. 국정감사로 한창 힘든 시기에는 후배들을 모아서 술 한잔 사주시면서 격려해 주는 여유도 잊지 않았습니다. 선배님의 후배들과 국회 인천대 가족들에 대한 사랑은 여기서 멈추지 않고, 여송회(여의도-송도 會) 창립의 주축이 되었습니다. 단순한 친목 모임이 아닌 모교와 협력하여 공식적인 모임을 개최하였고 같은 분야에 있는 동문들이 한 곳에 모여 네트워크를 만들 수 있는 소중한 기회를 제공해 주었습니다.

　선배님은 후배들에게 최고의 선배인 동시에 진정한 공직자이자 나라의 일꾼이었습니다. 선배님과 함께 입법과 정책에 대해서 얘기를 나눌 때면 매우 진지한 모습으로 어떤 것이 국가와 국민을 위한 길인지를 고민하셨습니다. 선배님은 정무위원회, 교육위원회 등 분야를 망라하고 다양한 곳에서 소수의 목소리와 의견을 듣고자 최선을 다했고 그런 의견들을 정책과 입법으로 실현시켰습니다. 보좌관의 임무는 국회의원의 활동을 보좌하는 것이고, 국회의원의 임무는 곧 국민의 뜻을 표현하고 구체화시키는 것입니다. 그런 의미에서 이시성 선배님은 선배로서뿐만 아니고 동시에 최고의 보좌관이었습니다.

　선배님은 앞으로도 멈추지 않고 계속해서 앞으로 나아갈

것입니다. 저 또한 제가 받은 은혜만큼 옆에서 힘이 되고 부끄럽지 않은 후배가 되기 위해 최선을 다할 것입니다.

선배님을 처음 본 날부터 지금까지 선배님의 카톡 프로필 메시지는 '호랑이는 썩은 고기를 먹지 않는다'입니다. 처음에는 이 낯선 문구가 무엇을 뜻하는지 몰랐습니다. 그러나 아마 이 멘트에 가장 잘 맞는 분이 아닐까 싶습니다. 선배님이 썩은 고기를 먹고 현실에 안주하는 고양이었다면 지금의 이시성은 없었을 것입니다. 본인의 자리에 안주하지 않고 국가와 국민을 위한 더 나은 길을 위해서 고심하고 오늘도 열심히 달리는 이분이야말로 진정한 호랑이의 자격이 있지 않은가 싶습니다.

국회 인연, 유도선수 신재용

청년 운동선수의 시선에서 바라본 이시성 보좌관

제가 이시성 보좌관을 처음 만나게 된 것은 20대 대통령선거 기간 중 민주당의 '청년과 미래정치위원회'에 참여하면서였습니다. 이 위원회에서 이시성 보좌관은 4급 보좌관으로서 이 위원회를 이끌며 실질적인 살림을 꾸렸습니다. 이 위원회는 대통령선거에서의 승리를 목표로 청년의 시각에서 미래 정치의 방향을 모색하였습니다. 저는 이시성 보좌관을 포함한 여러 사람들과 함께 이 위원회에서 3달가량 활동하며 이시성 보좌관의 여러 면모를 볼 수 있었습니다.

청년과 미래정치위원회에서는 청년 예비출마자 간담회, 예술인 간담회, 청년 운동선수 간담회를 포함하여 청년들의 목소리를 대변할 수 있는 여러 캠페인을 진행했습니다. 그리고 활동 전반에 이시성 보좌관과 함께하였습니다. 이때 그에 대해 느낀 점은 당사자에게 필요한 정책을 잘 파악하고, 냉철한 분석력으로 당사자들의 삶에 도움이 될 수 있는 공감대를 이끌어내는 능력이 탁월하다는 것이었습니다. 저는 국가대표 운동선수 출신으로서 체육인의 삶에 도움이 되는 정책을 평소에도 많이 생각하는 편이었는데, 실제 당사자가 아님에도 청년 운동선수에게 도움이 될만한 정책과 아이디어를 올바른 방향으로 내는 그의 모습에 감탄을 했었습니다.

또한, 기억에 남는 일화 중 하나는 직속 상관인 국회의원 앞에서도 주눅 들지 않고 자신의 의견을 피력하는 모습이 인상 깊습니다. 보통 보좌진들은 국회의원이 말을 하게 되면 그에 대해 맞추려고 하는 편인데, 이시성 보좌관은 객관적으로 상황을 분석하여 자신의 의견을 말했고, 올바른 결과를 이끌어 냈습니다. 이 모습에서 이시성 보좌관의 리더십과 카리스마를 볼 수 있었습니다.

이시성 보좌관은 이런 냉철한 분석력과 판단력뿐 아니라 세심한 배려를 가지고 있는 사람이었습니다. 위원회 팀원들이 어느 성장 배경을 가지고 있는지 세심하게 기억해 주고, 업무 분배에서도 각자의 특색에 맞게 일을 분배해 주는 능력을 가지고 있었으며 지금까지 일해 온 사람들 가운데서 일을 효율적으로 가장 잘 처리하는 사람으로 기억하고 있습니다.

　이런 일화들을 종합해 봤을 때 이시성 보좌관이 국민을 위할 수 있는 역할을 하여 대한민국이 좀 더 나아질 수 있도록 활동하면 좋겠다는 생각을 합니다. 특히 갈수록 양극화가 심해지고, 희망이 별로 없는 정치계에서 신선한 바람을 불러일으켜 많은 국민들의 삶이 좀 더 나아질 수 있도록 만들어 갈 수 있는 인재라고 생각합니다.

　어느 사안에서든지 정확히 판단하고, 당사자들의 마음을 헤아리며, 세심한 배려를 갖추고 있던 초심을 계속 유지해 대한민국에 도움이 되는 행보들을 이어갔으면 좋겠습니다. 저는 이시성 보좌관의 국민을 위한 올바른 행보들을 기대하며 언제나 응원합니다.

군대 동기 안태민

이시성의 '의미'

　20대 초반, 군복무를 시작하게 되면서 이시성이라는 사람을 만나게 되었습니다. 자기 자신을 설명해 주던 모든 수식어의 의미가 없어지고, 있는 그대로의 모습이 전부인 그곳에서 시성이를 만나게 된 것은 지금 돌이켜보면 저에겐 참 행운이었던 것 같습니다. 같은 나이, 같은 날에 입대한 것 외에 딱히 공통점도 없던 우리는 편견 없이 많은 이야기를 나누었고,

특히 '사람', '삶의 의미' 두 가지 주제에 관해 많은 생각을 주고받았습니다. 그리고 가끔 만나는 지금도 역시 우리의 대화 주제는 변함이 없습니다.

우리가 만난 처음부터 그리고 지금까지 시성이는 우리의 주제에 대해 새로운 경험을 쌓으며 자기 철학을 점검하고, 한 걸음 나아가는 삶의 태도를 간직하고 있습니다. 그리고 이 과정들에서 느껴지는 두려움을 과장된 자기 확신이 아니라 진정성으로 마주하며 나아갔습니다.

나에게 이시성이란 사람을 정의해 보라면 '꾸준하고 용기 있는 삶의 태도'로 표현할 수 있을 것 같네요. 한 사람의 삶의 방향이 어디를 향하는지 볼 때의 태도만큼 정확한 것이 또 있을까 싶은데 시성이 인생의 과정에 실수와 실패는 있을지라도 가고자 하는 그 끝에 어설픈 합리화 대신 치열했던 고민들로 피어난 향기가 자리 잡고 있지 않을까 생각합니다.

이시성이라는 사람과 나눈 많은 대화와 함께한 에피소드들이 있지만 아무리 멋진 일이라도 이미 지난 과거보다는 앞으로 나에게 얘기해 줄 더 멋진 여정이 기대되어 이시성이라는 존재의 '의미'를 제 시선에서 바라본 후 전달해 봅니다.

아무리 정답이 없는 세상이지만 생각 없이 만들어져 정답을 사칭하는 거짓 해답들 속에 꾸준한 용기로 만들어 온 철학들에 기반하여 다음 단계로 넘어갈 다리를 놓아갈 친구의 삶을 응원합니다. 많이 실패하더라도 괜찮고, 결과가 언제 꽃을 피울지 초조할 만큼 느리게 가더라도 괜찮습니다.

언제나 그러했듯 '나'의 의미와 '우리'의 의미를 함께 고민하는 그 여정 속에서 태도를 잃지 않았으면 합니다. 때론 모든 것을 불태우고 싶을 만큼 강한 좌절과 분노가 인생에 자리 잡을 때도 있겠지만 그 불같은 감정도 자기 자신을 태우는 것이 아닌 앞으로 걸어갈 길을 비춰주는 도구로 사용할 수 있기를 바랍니다.

시성아! 빨리 걸어가는 것이 아닌 건강하게 멀리 걸어갈 수 있는 것이 목적인 너의 삶을 응원할게.

대학원 선배, 한겨레신문 기자 옥기원

꼼꼼하고 성실한 총학생회 사무국장

이시성 씨와 저의 인연은 대학원 생활에서의 첫 만남으로 거슬러 올라갑니다. 우리는 2011년 1학기부터 2학기까지 1년여간 서강대학교 대학원 총학생회 간부 활동을 하며 서로를 알게 됐습니다. 당시 저는 총학생회장이었고 시성 씨는 총학생회의 총무 역할을 맡아 3천여 명에 달하는 대학원생들의 안방 살림을 알뜰히 살폈습니다. 그래서 제가 시성 씨의 대학원 생활을 가장 잘 아는 사람이라 자부합니다.

전공 공부와 학과 실무 등이 많은 전업 대학원생 생활에서 학생들 권익을 대변하는 학생회 간부 역할을 맡는 건 많은 것을 포기해야 하는 선택이었습니다. 대학원생들이 속한 다수의 학술단체 협의회의 재정을 관리하고, 매달 진행하는 외부 인사 강연과 대학원 체육대회 등 연례행사들을 기획할 때 시성 씨의 적극적인 일 처리 덕분에 큰 짐을 덜 수 있었습니다.

제가 생각하는 시성 씨의 가장 큰 장점은 꼼꼼함이었습니다. 학술부, 문화부, 사업부 등의 각 사업을 총무로서 꼼꼼히 챙기면서 사업이 차질 없이 진행될 수 있도록 뒤에서 돕는 지원 역할도 훌륭히 수행했습니다. 단순히 재정 관리를 하는 총무 역할을 넘어 사업이 큰 틀에서 바른 방향으로 갈 수 있도록 하는 컨트롤타워 중간 책임자로서의 역할이었습니다. 당시 전체 사업을 책임지는 회장으로서 시성 씨의 존재가 큰 힘이 됐습니다.

시성 씨는 총학생회 활동을 하면서도 학업을 게을리하지 않았습니다. 정치학과에서 가장 연구 실적이 뛰어난 학생 중 한 명이었고, 연구 실적이 떨어져 5학기 이상을 다니는 다른 학생들과 달리 4학기 만에 제때 시험과 논문을 통과한 성실한 학생이었습니다.

대학원 졸업 뒤 제가 기자 생활을 하게 되면서 시성 씨와 끊어졌던 연락이 닿았습니다. 시성 씨가 여의도에서 보좌관 역할을 하고 있다는 소식을 듣고 정말 반가웠습니다. 항상 주변 사람들을 배려하고, 자신의 업무에 충실한 시성 씨가 많은 사람들의 이해관계를 수렴하는 여의도에 있다는 것만으로 정말 든든하다고 생각했습니다. 대학원 생활에서 다양한 사업들을 발굴하고 추진한 경험을 발판 삼아 의원실에서 우리 사회 문제들을 표면에 끄집어내 변화시키는 시성 씨의 모습을 보면서 너무 잘 어울리고 앞으로도 잘 해낼 거라고 믿어 의심치 않았습니다.

그런 시성 씨가 더불어민주당 인천시당에서 수석대변인을 맡아 새로운 도전을 한다고 들었습니다. 제가 보장하는 시성 씨의 능력이라면 지역사회의 입을 대변하는 대변인 역할을 넘어 첨예한 지역사회의 갈등을 조정하고 좀 더 좋은 결과를 도출하는 역할 등도 충실히 해낼 거라고 믿습니다. 우리 사회의 진실을 알리고 싶은 기자로서 시성 씨가 진심이 담긴 시정 활동을 펼칠 거라 확신합니다.

국회 선임비서관, 인천 친구 유광종

내가 아는 이시성은 '개발도상형 인간'이다.

내가 이시성을 처음 알게 된 건 십여 년 전 인천 서구 국회의원 재보궐선거 캠페인이 한창이던 4월 어느 날이었다. 선거캠프에서 인사를 나눈 이후로 지금까지 인연을 함께 해 오고 있다. 당시 인천지역 의원실 보좌진들이 총력으로 지원에 나섰던 상황이었다. 막 서른이 된 막내 보좌관이었지만 성실하게 주어진 책임을 다하려는 모습이 인상 깊었다.

몇 년이 지난 후, 20대 후반기 국회 교육위원회에서 함께 일할 기회가 주어졌다. 이시성은 교육위를 당시 대한민국에서 가장 '핫한' 이슈의 중심으로 만들었다. 일부 사립유치원의 비리 문제가 불거지면서 사립유치원 공공성 확보라는 커다란 책무를 떠맡았던 것이다. 이시성이 실무를 맡으며 문제 지적과 제도화에 이르기까지 제대로 실력을 보여줬다.

그 과정에서 이시성이 보여준 명쾌함, 대담함과 추진력에 국회에서 수년간 잔뼈가 굵었던 나 역시도 인정하지 않을 수 없었다. 나이는 동갑이지만 혼자 결정하기 어려운 일이나 고민이 생기면 언제나 상담을 하곤 한다. 이시성은 항상 명확한 길을 알려줘 언제나 든든하게 곁에 두고 있다.

내가 아는 이시성은 '개발도상형 인간'이다. 이 표현은 유시민 작가가 이재명 대표를 평가하면서 표현한 신조어인데 끊임없이 학습하며 발전을 거듭하고 있다는 의미다. 내가 십여 년간 지켜봤던 이시성도 그렇다. 언제나 공부하고 고민하면서 공공의 이익을 위해 일할 준비가 되어 있다.

이시성이 그동안 쌓아 올린 의정활동 노하우와 실력을 더 큰 무대에서 제대로 활용할 수 있는 날이 곧 올 것을 믿는다.

대학 후배 유달진

국회에 꼭 필요한 신성! 빛과 소금 같은 사람 이시성!

저와 이시성 선배는 신기한 인연으로 시작되어 지금까지 각별한 관계를 이어가고 있습니다. 저와는 지역 연고도 같고 대학교 대학원 전공도 같고 국회 정무위, 교육위에 이어 기업

취업까지 모든 궤적을 함께해 왔습니다. 지난 16년간 곁에서 지켜봐 온 바로 이시성 선배는 올곧고 강직하며 선비의 기개를 가진 사람입니다.

과거에 기억하는 바로 대학원 입학 시에도 조언과 격려를 아끼지 않았고 자기소개서도 꼼꼼하게 살펴봐 주셨던 기억, 초보 보좌진이어서 아무것도 배울 수 없을 때 본인의 질의서를 통째로 보여 주며 알려준 기억, 신학용 의원님을 보좌하던 때에 모았던 정무위원회 보도자료 모음집 책자도 나눠 주시고 항상 베풀고 아낌없이 나눠 주는 모습을 보며 많은 부분을 배웠습니다. 가르치는 것에도 재능이 있으셔서 인하대학교 정치외교학과 학생들에게 순식간에 인기 강의가 되어 버린 점도 참 멋진 부분입니다.

정치판에서 신의를 지키고 의리를 지키는 사람을 점점 찾기 어려운 이때에 이시성 선배는 옳다고 생각하는 일에 대해서는 저돌적으로 추진하면서도 관계에 대해서도 프로다운 모습을 보여 줬습니다. 또 한 번 맺은 신의와 의리를 먼저 저버리는 것을 본 적이 없습니다.

선배는 국회 정무위에서 저승사자로 통할 정도로 국가기관과 부도덕한 기업들을 감시하는 데 있어 매서운 통찰력과 능력 있는 보좌진이었습니다. 또 교육위원회 시절에는 사립유치원 비리를 파헤치고 유치원 3법을 제정하는 데 큰 기여를 해 대한민국의 회계투명성 강화와 선진화에 큰 기여를 한 능력 있는 보좌관이었습니다.

당과 국민으로부터 선택을 받아 국회의원을 하게 된다면 누구보다도 강직한 기개와 신뢰감을 주는 모습을 보여 주며, 일약 스타덤에 오를 정치인이라고 확신합니다. 또한 당직자, 보좌진, 협회, 교수까지 경험하며 다방면에 두루 능통한 모습을 보이며 쌓아온 경험들은 대한민국의 발전에 큰 도움이 될 것으로 확신합니다.

날카롭고 냉철한 이성, 그리고 따뜻한 배려심과 마음으로 보듬는 능력은 이 사회의 가난하고 힘들고 약한 사람들에게 의지할 수 있는 빛과 희망이 될 것이라고 생각합니다. 또한 대학원에서 배우고 익혔던 바대로 하나님의 더 큰 영광을 위하여 올바른 일을 하는 데 헌신할 것으로 믿습니다. 걸어가시는 길을 항상 응원하고 함께 하겠습니다. 이시성을 아는 모든 분들과 함께 더 큰 꿈을 키워 나가고 싶습니다. 이시성 선배님 화이팅!!!

국회 비서관 유신욱

나만 알고 싶은, 나만 알고 있기에는 아까운

이른바 '히트친 정책'을 두고 국민들은 국회의원을 떠올린다. 그런데 국회 보좌진의 세계에서는 이를 '작품'이라 부르고, 그 작품을 만든 보좌진을 떠올린다. 국회의원은 이름을 남기고, 보좌진은 작품을 남기는 셈이다. '유치원 3법', '현대차 결함 리콜'은 이시성 선배가 빚어낸 대표적인 작품들이다. 수많은 보좌진들이 손에 쥐고 싶어 하는 일종의 훈장이기도 하다.

국회는 시시각각 변하는 이슈에 대응하는 곳이다. 기득권의 벽에 부딪쳐 좌절을 겪는 곳이기도 하다. 그래서 보좌진들은 짧은 호흡에 익숙해져 있다. 나 역시 마찬가지다. 그런데 이시성 선배는 긴 호흡으로 정책을 다루는 몇 안 되는 보좌진 중 하나다. 그가 기획한 '유치원 3법'은 수많은 기득권의 저항에 맞선 것도 놀라운데, 1년 3개월 만에 법안 통과라는 매듭을 지어냈고, '현대차 결함 리콜'은 국토부, 공정위, 소비자원 등을 끊임없이 설득한 끝에 제조사의 결함 인정과 리콜 조치까지 이뤄냈다. 물론 이를 끈질기게 다뤄온 의원님의 역할이 크겠지만, 보좌진의 유능함이 없었더라면 불가능한 일이었을 거라 감히 생각한다.

국정감사가 한창이던 그해 가을, 부산 출장에서 이시성 선배를 처음 만났다. 그가 남긴 작품들을 익히 알고 있었기에 호기심이 컸다. 오랜 보좌진 생활에 활기를 잃어가는 여느 선배들과는 달리, 그에게는 열정과 활력이 흘렀다. 그리고 처음 보는 후배들에게도 친근했다. 편견과는 달랐던 그의 첫인상이다.

국회 보좌진 세계에서는 아무런 조건 없이 노하우를 전수해 주는 선배를 찾기 어렵다. 장사 밑천을 드러내는 일이기 때문이다. 그런데 이시성이라는 사람은 후배들을 챙기는 데 노력을 아끼지 않는다. 아마도 입법보조원, 비서, 비서관, 보좌관을 거치며 성장해 온 젊은 베테랑이기 때문일 것이다.

바쁜 보좌진 생활 중에도 학업의 끈을 놓지 않고, 이론적 역량을 쌓아온 사람이기도 하다. 여러 대학에서 겸임교수로 학생들을 가르치고, 또 학생들이 이시성 교수를 잘 따르는 모습을 보면 그의 내공이 국회 밖에서도 인정받는 것 같아 후배로서 내심 자랑스럽다.

나는 아직도 큰 벽에 부딪칠 때면 이시성 선배를 찾는다. 그리고 그의 정성스러운 조언은 단 한 번도 틀린 적이 없다. 특히 이론과 실무로 무장한 그의 통찰력과 정무적 감각은 따라갈 재간이 없다. 실력 있는 선배를 주변에 둔다는 것은 큰 복이다.

요즘 유튜브에 부쩍 맛집을 소개하는 콘텐츠가 늘었다. 출연자들은 맛집을 소개하면서 '나만 알고 싶은 마음'과 '나만 알고 있기에는 아까운 마음'이 충돌한다고 한다. 어쩌면 내게 시성이 형은 맛집이 아닐까 생각한다. 나만 알고 싶은, 그렇다고 나만 알고 있기에는 아까운.

이시성표 정책이 이제는 동료 보좌진을 넘어 국민에게 기억됐으면 좋겠다. '이시성의 작품'이 아니라 '이시성의 이름'을 남겼으면 좋겠다. 그를 존경하는 후배 보좌진의 깊은 바람이다.

한세대 교수 윤준영

의(義)와 진(眞)이 머무르는 곳!

인간 이시성은 제목 그대로 의(義)와 진(眞)의 사나이다. 자신의 맡은바 소임을 끝까지 실천해 나가는 추진력과 업무에 대한 냉철한 판단은 그를 대변하는 단어이다. 하지만 이 모든 일에는 의(義)와 진(眞)을 바탕에 두고 있기에 모든 명분이 항상 그를 따라온다.

국회 보좌관으로의 이시성 보좌관도 특별했다. 교육위 국회의원 보좌관을 했을 때 무렵이다. 국정감사 기간에 국회에서 포럼이 있어 갔다가 이시성 보좌관을 만나고 담소를 나눈 후 귀가하던 중 예전에 함께 땀 흘려 일하던 교육부 사무관에게 오랜만에 안부를 묻는 전화를 하게 되었는데 갑자기 그 사무관 입에서 이시성 보좌관의 얘기가 나왔다. 무슨 일이 있냐고 물어보는 내게 사무관은 "우리 직원이 실수를 해서 사과도 드릴 겸 한번 뵙자고 했는데 만나 주지도 않아 고민스럽다"라며 이시성 보좌관을 한 번만 만나게 해 달라고 부탁을 했다.

나는 주저 없이 이시성 보좌관에게 연락을 해서 "나와도 가까운 분이고 무슨 큰 실수를 했는지 모르겠는데 좋은 게 좋은 거 아니겠어?"하며 말로 달랬지만 이시성은 단호했다. "제게 실수한 것은 아무것도 아닙니다. 하지만 국정감사 기간에, 그것도 상임위 의원실에서 요청하는 자료에 대해 이렇게 행동하는 것을 보니 공무원으로서 일반 국민이나 학생들에게 어떻게 했겠습니까? 사과를 하려면 제게 사과하는 것이 아니라 본인의 행동과 태도를 진정으로 뉘우치고 사과하면 됩니다"하는 것이 아닌가!

이시성 보좌관의 말에 오히려 더 부끄러워진 나는 사무관에게 "진정으로 본인이 잘못했다고 느끼면 이시성 보좌관에게 사과할 필요는 없고 본인이 반성하고 태도를 바꾸도록 하랍니다"라는 말을 전했다. 사무관은 알겠다고 하였으나 불안한 마음을 가지고 있었는데 그 이후로 아무런 일도 발생하지 않아 내게 고마워했다.

추후 이 내용을 다시 한번 이시성 보좌관에게 물었을 때 그는 답했다. "제가 바꾸고 싶은 것은 그의 일에 대한 태도였지 그 사람이 아닙니다. 사람을 대하는 태도를 저로 인해 바꾸었다면 저는 그것으로 만족합니다." 백마디의 말보다 한마디의 말로 더 큰 가르침을 주었기에 나 스스로 교수였다는 사실이 부끄러웠다.

또한, 대학에서 학생들을 대하는 태도의 이시성 교수도 남달랐다. 일반적인 교수들은 그들이 가지는 학식과 권위에 사로잡혀 학생과의 관계를 분절적으로 생각하는 데 반해 이시성 교수는 통합적이며 협력의 동반자로 대했다. 학생들에게 수업시간에 교실에서 배우는 철 지난 지식장사가 아닌 본인의 교수 과목에서 학생들에게 필요한 내용을 발췌하여 지도했고, 배운 내용을 꼭 현장에 접목하여 활용하게 만들었다. "백문이 불여일견, 백견이 불여일행"을 학생들에게 몸소 지도한 것이다.

우리 학교는 그다지 명문대학도 아니고 학생들의 학습 의지가 그리 많지 않음에도 불구하고 이시성 교수는 단 한 명의 학생들도 포기하지 않았다. "우리 학생들이 정말 예쁩니다. 그리고 정말 열심히 해요"라며 항상 자신보다 아이들을 칭찬했다. 가르쳐 본 사람은 안다. 교수자의 진심이 학생들에게 먹히지 않으면 수업은 껍데기뿐이라는 것을... 이 모든 것들이 학생들에 대한 의(義)와 지성인으로서 갖추고 추구해야 하는

진(眞)이 없다면 불가능했다는 것은 말하지 않아도 누구나 알 수 있다.

인간적인 면에서 이시성 동생은 가볍지 않고 진중하며 사려 깊었다. 서로 서먹서먹하게 알던 시절 국회 인근에서 술 한 잔을 기울였는데 그날 호흡과 코드가 잘 맞아 형님 동생으로 지내자고 했다. 술자리가 파한 이후에 집에 가는 도중에도 연락하며 "잘 가고 계십니까? 형님, 조심히 들어가세요. 감사합니다"라며 전화했다. 의례적으로 하는 말이겠거니 했는데 다음 날 아침에 "형님, 어제 잘 들어가셨습니까? 해장은 잘 하셨는지요?"하며 또 연락을 하는 것이 아닌가! 처음에는 '그냥 몸에 저런 행동들이 배어 있나 보다' 생각했지만 그 이후로 만날 때마다 그런 행동은 계속되었다. 한 번의 흐트러짐도 없이 일관성 있게...

사람의 환심을 사기 위해서는 몇 번 무엇이든 할 수 있다. 하지만 지속적으로 무언가를 한다는 것은 그에게 의(義)와 진(眞)이 없다면 불가능한 것이다. 우리는 지금도 이렇게 형님 동생으로 수년간을 만나고 있다. 하지만 단 한 번도 흐트러짐이나 예의에 어긋남이 없고, 술을 마시며 나누는 대화 중에도 불의와 거짓에 대해 부르르하는 이시성 동생을 볼 때마다 같은 시대에 내가 하지 못하는 것을 해 나가고 있는 동생이 너무나도 부럽고 대견할 뿐이다.

인간 이시성을 볼 때마다 나는 생각한다. 인간이 살아가는 데 가장 중요한 것은 무엇일까? 당연히 '의, 식, 주'일 것이다. 그렇다면 인간이 문명과 사회를 유지하는 데 가장 중요한 것은 무엇일까? 나는 의(義)와 진(眞)이라 단언한다. 이 두 가지가 없다면 사회는 거짓과 위선이 판치고 서로가 신뢰하지 못하므로 사회가 유지될 수가 없다. 그렇기에 우리 모두는 의(義)와 진(眞)을 목 놓아 얘기한다. 하지만 진정으로 이것을 실천하는 사람이 얼마나 될까? 모두가 원하지만 실현하려는 의지와 노력이 약하다.

나는 단언한다. 위의 사례로 얘기한 보좌관, 교수, 동생을 떠나 인간 이시성에게는 특별함이 있다. 그 특별함을 만드는 원동력은 그가 항상 추구하는 의로움과 진심이다. 그렇기에 그가 가는 길에는 항상 의(義)와 진(眞)이 뒤따르고 명분이 선다. 명분이 선다면 그 무엇도 두려울 것이 없다.

나는 희망한다. 그의 인생 2막은 이것을 더 크게 실현할 수 있는 자리에서 더 큰 의로움과 진심을 대중들에게 보여 주는 모범사례가 되어 주길.

가족 이두성

여리고 따뜻한 마음을 가진 사람, 제 친형 이시성

2009년 8월 강원도 춘천, 지금은 사라진 102보충대에서 동생의 입대를 바라보면서 펑펑 울고 있는 형이 있습니다. 동생의 입대에 격려와 위로를 주기 위해 함께 내려와 눈물을 흘려 주는 여리고 따뜻한 마음을 가진 사람, 그는 바로 제 친형

'이시성'입니다.

입대 시 그랬던 것처럼 형은 제 인생에서 격려와 위로를 주는 존재입니다. 대학 휴학 후 준비하였던 수험 기간 동안에 믿고 지지해 주며 매달 용돈을 보내 주었고, 대학 졸업 후 사회에 나와 먼저 경험한 일들을 잘 정리하여 저에게 가르쳐 주었습니다. 2017년 12월 말 제가 첫 사회생활을 시작하게 되었을 때 진심 어린 조언과 함께 직업 선택에 대한 기준 및 고려해야 할 점에 대해 Case별로 정리하여 전해 준 편지를 보며 "형은 매우 논리적이고 체계적인 사람이구나, 나도 본받아야겠다"라는 생각을 하였습니다.

제가 경험한 형은 '약속'은 반드시 지키는 사람입니다. 어린 시절 보이스카우트를 통해 형과 함께 제주도에 갔습니다. 관광 후 버스가 출발하기 전 정차해 있던 시간에 오미자를 판매하시는 아주머니께서 주신 오미자를 먹고, 오미자의 달콤 시큼한 맛에 반하여 형에게 오미자를 사 달라고 졸랐습니다. 당시 형은 오미자를 살 수 없는 이유에 대해 설명해 주며 훗날 형이 제주도에 오게 된다면 오미자를 사 오겠다고 약속을 하였습니다. 그로부터 몇 년 후 형은 수학여행으로 제주도에 가게 되었고 제가 잊고 있었던 오미자를 사 왔습니다. 형은 저뿐 아니라 누구에게든 '약속'을 지켜 신뢰받는 사람이라 생각합니다.

제가 생각하는 형의 장점은 일관성이 있다는 점입니다. 저는 유치원, 초등학교, 중학교, 고등학교 때 희망하였던 진로에 대한 분야는 수시로 변하였습니다. 이는 저뿐 아니라 누구나 그럴 것이라 생각합니다. 하지만 형은 일관성이 있었습니다. 입법보조원을 시작으로 국회 4급 보좌관까지의 경력은 업무에 대한 관심과 열정 없이는 쉽지 않을 것으로 생각합니다.

아버지께서 퇴근 후 사 오시던 아이스크림 및 초코바를 함께 기다리던 어린 시절로 돌아갈 수 없지만 아버지, 어머니, 형과 함께 살았던 그때를 이따금 생각합니다. 좋은 부모님과 항상 저에게 양보해 주고 배려해 주었던 형이 있어 그때의 기억은 저에게 행복입니다. 제 마음 한 켠에 있는 형과의 추억을 떠올리면 '행복'인 것과 같이 다른 이들도 형이 남긴 발자취를 떠올릴 때 '행복'으로 기억되었으면 좋겠습니다.

원고를 작성하며, 형에 대해 그리고 가족에 대해 생각해 볼 수 있는 좋은 계기가 되어 매우 뜻깊은 시간이었습니다. 뒤돌아 생각해 보면 형에게 항상 받기만 하였고, 표현을 잘 하지 못하였지만, 형에게 항상 고마운 마음입니다. 時成의 이름과 같이 때가 되었을 때 형이 원하는 일들을 이루기를 응원합니다.

고등학교 친구 이성장
지금에 와서 묻는 이야기들

모 인터넷 포털사이트에 이시성 대변인의 이름을 입력하면 여러 경력과 직함이 검색되고 누구나가 그 내용을 통해 그가 이미 공인이라는 사실을 너무나도 자연스럽게 접하게 됩니다.

그렇지만 저에게 있어 이시성 대변인은 고등학교 입학 후 처음으로 생긴 친구입니다.

이 지면을 마주하고 이시성 대변인과 처음 만났을 때를 떠올리면 그가 저에게 처음으로 말을 걸었던 기억, 그가 저를 매점에 데려가서 과자를 사주었던 기억, 함께 사우나에 갔던 기억, 서로가 좋아했던 음악을 주고받았던 기억, 지금은 기억나지 않는 이유로 담임선생님께 불려 가서 "부모님 뜻에 한 번도 거역해 본 적 없는 녀석들인 거 잘 알아"라는 말을 듣고 서로 아무 말도 하지 않았지만, 그 짧은 순간에 '어른들 눈에 우리가 평범한 모범생으로 비친다 한들 우리는 거기에 동의할 수 없다'라는 눈빛을 주고받았던 기억들이 한꺼번에 밀려옵니다.

그중에서도 그 시절 그가 서 있을 때나 앉아 있을 때나 자세가 반듯했던 것, 여러 고민과 특유의 미성숙함으로 인해 세상과 주변 어른들을 저마다 삐딱한 자세로 바라보고 있던 평범한 10대들과 달리 그는 항상 반듯한 사람이었고 그것을 그가 실제로 보인 행동과 말을 통해 드러냈다는 것이 가장 깊은 인상으로 제게 남아 있습니다. 지금 생각하면 그는 이렇게 겉으로 드러나는 모습이 다른 이들과의 관계에 큰 영향을 미친다는 것을 알고 있었던 것 같습니다. 저 또한 당시의 그로부터 영향을 받은 한 사람이고, 자신을 객관적으로 바라보고 반듯하게 바로잡는 것의 중요성을 깨달은 이후 제 삶에서도 많은 도움을 받았습니다.

다음으로는 이시성 대변인이 이미 그 시절부터 정치를

마음속에 두고 있었다는 것이 떠오릅니다. 그는 저와 함께 운동장을 거닐며 세상이 돌아가는 방식이나 정의(正義), 즉 올바른 도리에 관해 이야기를 나누었습니다. 그가 자신의 방에 꿈을 적어 걸어 놓았다는 이야기를 들은 것도 그때입니다. 그때는 묻지 못했습니다만, 10대 고등학생이었던 이시성 대변인은 과연 어떤 마음으로 정치를 꿈꾸고 있었을까요?

바로 다음 해 그와 저는 드디어 "정치는 정의를 실현하는 것이고, 정의는 한정된 자원을 나누는 방식이나 기준을 정하는 것"이라고 배우게 됩니다. 이러한 정의(定義)를 듣고 이시성 대변인은 가지고 있던 꿈을 더욱 확고히 하게 되었을까요? 책상 위에 무릎 꿇고 앉아 눈을 감은 채 이런 내용을 배우면서, 지난날 운동장에서 제게 들은 '힘 없는 正義는 정의가 아니다'라는 말이 머릿속을 스쳐 지나간 건 아니었을까요?

겉으로는 드러나지 않았던 질풍노도의 시기를 거치고 이시성 대변인이 반듯하게 정치외교학과에 진학하였다는 소식을 들었습니다. 제가 이것저것 손대며 결과적으로 허송세월하던 사이 그는 석사과정까지 반듯하게 나아갔고 그 시점에서 저는 딱히 이렇다 할 생각 없이 그저 그가 인생의 방향을 이제는 우직하다고 표현해야 할 정도로 반듯하게 정하였나 보다 하고 멀리서나마 그의 선택에 수긍할 뿐이었습니다.

이제는 그 과정이 당연히 순탄하지만은 않았으리라고 짐작할 수 있고, 미안하게도 그때 함께하지 못했던 저는 그 길을 나아가면서 그가 어떤 고민과 선택을 하였는지, 그러면서 무엇을 느꼈는지, 몸과 마음에 상처 입은 이후에도 어떻게 다시 인간에 대한 믿음을 회복할 수 있었는지가 지금에 와서 너무나도 궁금합니다. 왜냐하면 저 역시 제가 하는 일에서 매 순간 요구되는 판단이 올바른 도리에서 벗어나는 건 아닌지 끊임없이 고민하고 있고, 그 과정을 극복할 자신만의 경험이 부족함을 깨닫고 있기 때문입니다.

이시성 대변인은 국회에서 일하게 된 뒤에도 본인의 표현에 의하면 "스스로 부족함을 느껴" 박사과정까지 밟았고, 같은 뜻을 가진 친구를 끌어주거나 교단에 서서 그가 지나온 길에 있는 후학들을 지도하였습니다. 그때는 묻지 못했지만 지금에 와서 이시성 대변인에게 그가 그 많은 일들을 가능하게 했던 열정을 어떻게 끌어내는 것인지, 어떻게 그것들을 흔들리지 않고 유지하는지 묻고 싶습니다.

왜냐하면 자신이 끌어준 친구가 결국 국회에서 결혼식을 올리게 되었을 때 이시성 대변인이 "이제는 주변을 돌아보고 자신의 인격을 도야하는 것밖에 남지 않았다"라며 보여준 관록으로 인해 저는 이제 어디 가서 '이시성 대변인과 한때 책상을 나란히 하였던 사이'라고 하기 부끄러워졌고, 그가 그만큼 인간으로서 한참 앞서나가고 있음을 느꼈기 때문입니다.

이시성 대변인을 저의 친구라고 소개하며 이 글을 시작했습니다만 새삼 돌이켜보았듯 서로 알고 지낸 기간이 긴 데 반해 그와 저는 지금까지 각자의 인생에 있었던 중요한 사건이나 고민을 가까이서 함께 나누지 못했고, 그 결과 공인으로서의 그의 모습 외에 그가 실제로 어떤 사람인가 하는 것은 지금까지 풀어놓은 몇 안 되는 제 기억으로 다 표현할 수 없음을 깨닫습니다.

그래서 저는 제 삶에 어려움이 닥칠 때 '이시성 대변인이라면 어떻게 할까' 하고 상상해 봅니다. 그는 어떤 계기로 결혼을 결심하게 되었을까요? 딸이 태어났을 때는 어떤 생각이 들었을까요? 그의 자세는 여전히 안팎으로 반듯하지만, 분명한 것은 그간 그가 겪은 제가 모르는 일들과 무엇보다도 그가 그 일들을 마주한 방식이 이시성 대변인을 바라봐 온 사람들이 아는 바로 그 모습을 만들었다는 사실일 것입니다. 그리고 이것이 제가 저의 자랑스러운 친구인 이시성 대변인에게 지금에 와서 이런 이야기들을 묻는 이유이기도 합니다.

며칠 전에는 이시성 대변인이 내년 총선의 지역구 후보로 거론되고 있다는 보도를 접했습니다. 해당 보도에서 그에 관해 "해당 지역구에서 태어나 학창시절을 보낸 인물로 젊은 인력 찾기에 고심인 당내 분위기와 맞아 새롭게 거론되고 있다"라고 전하고 있는 바와 같이, 그리고 그가 수년 전 저에게 공언한 바와 같이 이시성 대변인이 드디어 고향으로 돌아왔습니다.

그는 고향과 고향 사람들을 위해 어떤 일을 하고자 하는 것일까요? 이를 해내기 위해 어떤 각오를 하고 있을까요? 이에 대한 대답은 이시성 대변인이 저와 오랫동안 꿈꿔 왔던 정치의 현장에서 언젠가 직접 답하기를 기대합니다.

이시성의 다양한 매력을 접해보시길 권해드립니다.

제가 본 이시성은 중심이 잘 잡힌 사람입니다. 항상 합리적으로 사고하고 이성적으로 행동하므로 정치적 이슈뿐만 아니라 정책적인 판단, 평소 생활 속 의사결정에 이르기까지 항상 어느 한 방향으로 치우치지 않는 장점이 있습니다. 정치권에서 소위 진영 논리라고 표현하는 "확증편향"을 다양한 의견 수렴과 철저한 논리적 검증을 통해 사전에 배제하는 습관을 잘 갖추고 있습니다.

제가 본 이시성은 열정적이고 끈기 있는 사람입니다. 자신이 하고자 하는 일에는 최선의 노력을 다하는 스타일로, 역경이 닥치더라도 결코 실망하거나 좌절하는 경우가 없습니다. 오히려 고난이 크면 클수록 긍정적인 마인드와 호기로운 자세로 맞서 결국은 해내고야 마는 인내와 용기, 그리고 자신감으로 가득 차 있습니다.

제가 본 이시성은 진실되고 겸손한 사람입니다. 주변을 대함에 있어 결코 교만하지 않고 거짓됨이 없습니다. 항상 열린 마음으로 대화하며, 특정 목적을 위해 스스로를 감추는 경우가 없습니다. 따라서 많은 사람들과 진솔한 교류를 하고 있으며, 특유의 겸양을 바탕으로 특히 형, 누나들에게 인기가 많습니다.

제가 본 이시성은 실력 있는 사람입니다. 성균관대학교에서 행정학을 전공하여 박사수료까지 한 것은 그의 실력 중

일부입니다. 국회의원 보좌관 시절에는 다양한 정책적 문제점과 실패 사례들을 파악하여 공론화함으로써 정책 품질을 높이는 데 크게 기여하였습니다. 이러한 이론과 경험적 배경을 두루 갖추고 대학 캠퍼스로 진출하여 자라나는 학생들에게 좋은 영향력을 선사하고 있기도 합니다.

결론적으로 제가 본 이시성은 한마디로 매력이 넘치는 사람입니다. 앞으로 그가 가고자 하는 길이 정의롭고 현명한 길임을 확신하기에, 부디 그 길이 꽃길이 되기를 기원합니다.

대학 은사님, 인천대 교수 이준한

우리 이시성이 큰 정치 할 때를 기다리며

고마운 이시성

인천대학교 정치외교학과 졸업생 가운데 전공을 살려 국회에 진출한 경우가 적지 않다. 그 역사가 2004년부터 시작됐으니 이제 꼭 20년이라는 긴 세월 동안 소중한 결실이 맺힌 것이다. 우리 이시성은 학교 다닐 때부터 국회에서 인턴으로 일했고 군복무와 석사학위를 마친 뒤 2008년부터 줄곧 국회를 떠나지 않았다. 자기 위로 국회에서 일하는 대학 선배가 많지 않았기에 우리 이시성은 그만큼 자기가 여의도에서 스스로 길을 개척했어야 했다. 그러나 이시성은 국회에서 어느 정도 자리를 잡은 뒤에는 매년 평균 2명 이상 국회로 들어오는 과의 후배들을 이끌었다.

이시성과 같은 학번 동기(신동식과 전기은) 삼총사는
여의도에 있는 우리 학과 졸업생들의 든든한 구심점이다. 물론
그들의 선배들이 물적이고 정신적인 후원을 아끼지 않기 때문에
가능한 일이다. 하지만 대학을 졸업하기도 전에 국회에 발을
담그는 후배들을 위해 일할 자리도 찾아주고 의원실끼리 연결해
주며 동문들 사이에 서로 끈끈한 네트워크를 구축하여 낙오하지
않고 전진할 수 있도록 서로 격려해 주는 역할을 다하고 있다.
불과 몇 해 전까지만 해도 해마다 11월 초에 재학생들의 국회
현장학습을 준비할 때마다 본회의장 방청, 의원식당, 회의장 등
모든 예약을 다 맡겨도 그 바쁜 시간에 묵묵히 다 해결해 주었다.
이제는 국회에서 급수가 높아져서 바빠진 학생들보다 시간이
많아진 내가 할 수 있는 예약은 직접 해결하고 있지만.

자랑스런 이시성

입법기관인 국회에서 실력은 역시 입법으로 입증된다. 우리
이시성은 2018년 사립유치원 개혁의 씨앗을 뿌렸다. 지금도
검색해 보면 해당 의원이 당시 언론과 인터뷰한 내용이 나온다.
"우리 이시성 비서관이 저한테 와서 그러더라고요. '의원님,
교육계에 세 가지 큰 비리가 있습니다. 사학 비리, 사립유치원
비리, 연구 비리입니다. 교육위 계시는 동안 이 세 가지만
제대로 사회적 이슈로 만들고 해결하면 큰일 하시는 겁니다."
이미 교육위원회에서 실력을 쌓아 놓은 이시성이 검투사 의원과

의기투합하여 세상을 바꾸고 역사를 새로 쓴 것이다.

우리 이시성은 여의도에서만 자신의 전문성을 발휘한 것이 아니다. 인천대학교 정치외교학과를 졸업한 뒤 서강대 정치외교학과 석사학위도 땄다. 그 사이에 정치과정 분야에 대한 실력이 깊어졌다. 또한 여의도에서 바쁜 시간을 쪼개서 성균관대 행정학 박사 과정을 수료한 상태이다. 이러한 경력을 바탕으로 이시성은 한세대 인문사회학부와 인하대 정치외교학과에 출강도 했다. 이렇게 열심히 살다 보니 우리 이시성은 인천일보 이번 총선특집에도 등장했다. 2023년 9월 26일 인천일보 3면에는 "22대 국회의원선거 누가 뛰나"라는 기사가 나오는데 거기에는 계양갑으로 출마가 예상되는 인물 가운데 하나로 꼽혔다.

미안한 이시성

내가 우리 이시성에게 미안한 것이 하나 있다. 이시성을 겸임교수로 초대하지 못한 것이다. 이시성보다 준비되지 않은 이도 이미 겸임교수를 했고 이시성보다 학교를 돕지 않은 이도 했으며 앞으로도 이시성보다 학교를 위해서 기여할 준비가 된 사람이 없을 텐데도 말이다.

대신 이시성은 바로 인하대학교 정치외교학과의 겸임교수가 되었다. 이시성은 2022년부터 인하대학교 정치외교학과 학생들을 국회에 인턴으로 또 보좌진으로 진출시키고 진심을 다하여 교육하고 있는 중이다. 듣자 하니 인하대학교 총장도 그런 이시성에 직접 특별한 감사를 표했다고 한다. 이시성이 열심히 인하대학교에서 제 역할을 다하면 그만큼 우리 인천대학교에 돌아올 수 있는 것이 줄어드는 것이지만 그래도 나는 이시성이 더 열심히 하기를 기원한다. 언제 어디서라도 진심을 다하면 지금까지와 같이 좋은 평가를 받고 다른 사람들에게 존중을 받는 법이다. 그리고 앞으로도 똑같이 진지하게 매진하다 보면 곧 지역을 이끌고 사회를 개혁시키며 국회를 바로 세우는 큰 인물이 되리라 믿는다. 미안하다 시성아. 부디 큰 인물이 되거라 시성아.

가족 이초롱

사람 냄새가 나는 사람

내가 기억하는 '이시성'의 모습은 사람 냄새가 나는 인간적인 모습들이 대부분이다. 학교 시험이 중요해지기 전까지는 매 여름마다 일가 친척들이 모여 바닷가로 텐트를 치고 놀러 가곤 했던 때가 있었다. 그 시절엔 어른들 없이 아이들끼리 노는 게 전혀 이상하지 않았던 때였다. 오빠를 포함해 어린 나와 더 어린 동생이 튜브 하나에 의지해 놀다가 갑자기 깊어진 동해의 수심에 놀란 나머지 오빠를 물 속으로 누르면서 허우적거렸는데, 극적으로 오빠가 우리 둘을 물 밖으로 끌고 나와준 기억이 아직도 생생하다. 지금 생각해 보면 같은 또래의 아이였는데 동생들을 구해야 한다는 일념으로 물을 먹어가면서도 어떻게든

뭍으로 동생들을 끌고 나온 오빠의 의지와 끈기에 감사할 뿐이다. 장난을 치고 놀 때는 한없이 짓궂고 개구진 오빠였지만 친척들 중 거의 맏이여서 오빠로서의 듬직한 모습도 많이 보여주었던 것 같다.

시간이 흘러 대학을 가고, 사회인이 되면서 일 년에 교류하는 횟수는 현저히 적어졌지만 오빠에게 감사하고 본받아야겠다고 생각하는 모습이 있다. 그건 바로 자기 주변의 사람들을 챙기는 모습이다. 오빠는 나보다 윗사람임에도 불구하고 항상 먼저 연락하고 안부를 물어주었던 것 같다. 사회생활을 하는 사람이라면 알 것이다. 자주 연락하지 않는 사람에게 먼저 연락하는 것이 얼마나 힘든 일인지 말이다. 명절에 오빠는 항상 나의 부모님을 포함한 친척 어른들에게 꼭 명절인사를 드린다.

내가 보는 모습이 친척에 한정되어 있어 잘 알진 못하지만 내가 아는 '이시성'이라면 친척뿐만이 아니라 주변 사람들에게 시간과 마음을 내어 명절이라는 날을 핑계 삼아 한 번 더 연락을 했을 것 같다. 이건 어른들, 그리고 평소 마음으로는 생각을 하더라도 연락을 해 오지 않았던 사람들에게 연락하는 걸 어려워하는 나 같은 사람에겐 마음이 있더라도 정말 쉽지 않은 부분인데 오빠는 그런 걸 참 잘 하는 사람이다. 얼마 전에 혼자 계시던 외할머니가 돌아가셨는데 돌아가신 외할머니에게도 제일 잘 한, 아마 할머니가 제일 사랑하고 자랑스러워하신 외손자이지 않았을까 싶다.

앞서 말했던 개구진 모습의 연장선상으로, 뜬금없이 아무 날도 아닌 때에 어렸을 적 추억 속의 사진을 꺼내어 안부를 묻기도 한다. 말이 추억이지, 찍힌 나의 입장에서는 그야말로 이불 쓰고 하이킥감인 사진들이 투성이라 "뭐 이런 사진을 보내!"냐며 핀잔을 주곤 하지만 그렇게라도 먼저 연락이 뜸한 동생에게 연락하여 안부를 묻는 건 나이를 먹고 보니 반갑고 감사하다.

바쁜 와중에도 끊임없이 공부해서 대학원도 졸업하고, 사회에서 여러 가지 활동을 하고 있는 듬직한 어른이 된 모습을 보면 대단하다는 말밖에 나오지 않는 것 같다. 사석에서 만나면 여전히 재밌고 유쾌한 오빠인데, 끝없이 노력하고 발전해나가는 모습을 기사로 접할 때면 신기할 때가 많다. 그래서 오빠의 노력의 반의 반 정도만이라도 따라해야지라며 동기부여가 되기도 한다. 사회 속에서 앞으로 얼마나 더 멋진 모습을 보여줄지 기대되지만 동생 된 입장에서는 너무 바쁘게 지내지만 말고 건강을 지키고 본인의 행복을 더 많이 찾을 수 있는 앞으로가 되기를 바란다.

김대중재단 청년위원장 이현주
사랑하는 이시성 후배의 간략한 소견을 드립니다.

어느 날 국회에서 눈에 띄는 후배 한 명이 나타났습니다. 이시성 후배였습니다. 준수한 외모와 정갈한 말투의 썩 괜찮은 인물이구나 하는 생각이 들었던 기억이 납니다. 주변 보좌진들의 평판도 매우 좋고 실력도 좋다는 이야기가 많이 들렸고, 기회가 되면 이시성 후배와 같이 일을 해 보고 싶다는 마음이었습니다.

이시성 후배는 국회 보좌관으로서도 최고의 역할과 많은 성과를 만들어 내서 모시는 의원님들의 의정활동에 큰 기여도 하면서 민주당의 역동적인 발전에도 많은 역할을 했습니다. 자기계발도 꾸준히 노력하여 박사수료까지 한 정책 전문가로서 손색이 없는 인재입니다.

지금은 국회를 떠나 더불어민주당 인천광역시당 수석대변인을 맡고 있고, 후견 양성을 위해 인하대에서 교수직을 수행하고 있습니다. 얼마 전에는 제가 이끌고 있는 김대중재단 청년위원회 부위원장으로 임명되어 김대중 대통령님의 철학과 사상을 이어가는 중요한 역할도 함께하고 있습니다.

이시성 후배에게 국가와 국민의 미래를 맡겨도 되겠다는 신뢰와 믿음을 가지고 있습니다. 준비된 실력과 겸손한 자세, 민심을 품을 수 있는 넓은 마음으로 김대중 정신을 이어받아 제2의 김대중으로 성장하기를 진심으로 바랍니다. 여러분께서도 지켜봐 주시고 많은 관심과 응원을 부탁드립니다.

국회 선임비서관, 변호사 전수진

인성과 전문성을 두루 갖춘 이 시대의 드문 인재

2년 전 나는 이시성 보좌관을 국회 신우회 모임에서 처음 만났다. 처음 신우회 예배에 참석했을 때 신우회 회원들 대부분이 국회 내부 어느 곳보다도 서로 도움을 주고자 하는 의지가 커서 그 분위기에 놀랐다. 그중에서도 이시성 보좌관은 의원실에서 다진 오랜 경력을 바탕으로 그 누구보다도 솔선수범하는 모습을 보였다.

이시성 보좌관은 신우회 회원 한 명 한 명의 목소리를 먼저 듣고자 하였고, 도움을 줄 수 있는 구체적인 방법도 먼저 제시하였다. 신우회 회원들은 신앙으로 어려움을 함께 극복하며 오랜 경력을 갖춘 선배 보좌진인 이시성 보좌관의 값진 조언을 얻을 수 있어 크나큰 위안을 얻을 수 있었다. 사실 국회의원실 내부는 경쟁이 치열하고 각자도생의 분위기가 크기 때문에 이렇게 아무런 대가 없이 서로를 위로하고 도움을 주고받을 수 있는 곳을 상상하기는 어렵다. 이시성 보좌관의 노력으로 철저히 회원들의 자발적인 선행과 공감에 따라 운영되는 신우회가 좋은 방향으로 이어졌다. 신우회에서뿐 아니라 신우회 외부에서도 많은 이들이 이시성 보좌관에게 많은 도움을 받는다는 사실을 쉽게 전해 들을 수 있었다.

이시성 보좌관은 사람들과 친화력이 뛰어나고 좋은 사람들과의 관계를 잇는 능력이 뛰어나다. 실제로 나는 이시성 보좌관을 통해 정말 괜찮은 학교 후배를 알 수 있었다. 친화력의 원동력에는 이시성 보좌관의 의리 있는 성품이 있다. 실제로 이시성 보좌관이 아끼는 선후배를 끝까지 챙기는 모습에 감동한 적이 있다. 나에게 소개해 준 후배를 아끼는 마음을 보며 이시성 보좌관은 배울 점이 많은 사람이라는 생각이 들었다. 바쁜 일정 속에서도 지인들을 끝까지 챙기고 자신이 줄 수 있는 도움을 아낌없이 베푸는 모습에서 치열한 경쟁사회라고 불리는 요즘의 척박한 환경에서 이시성 보좌관은 큰 그릇을 지닌 사람임이 분명하다고 생각했다.

이시성 보좌관은 지인들을 만날 때 절대 빈손으로 만나는 법이 없다. 업무나 삶에 도움이 될 만한 책 한 권이라도 챙겨주고 커피 한 잔이라도 꼭 사주려고 한다. 어떠한 대가를 바라지 않고 주변 사람들을 진심으로 챙기려고 하는 태도는 바쁜 현대 사회에서 쉽게 이룰 수 없는 모습이며 따라서 쉽게 볼 수 없는 모습이기도 하다.

실제로 이시성 보좌관 주변에 있는 사람들은 이시성 보좌관의 인품과 인성을 닮았다. 자신이 필요한 것을 먼저 생각하는 것이 아니라 상대가 필요한 점이 무엇인지 먼저 생각한다. 주변 사람들에게 친절하며 매우 예의 바른 태도로 대한다. 오랜만에 만나도 마치 최근에 본 것처럼 상대의 마음을 편하게 대해 준다. 이시성 보좌관은 이렇게 좋은 태도를 암암리에 체화시키도록 하는 전달자이다.

이시성 보좌관은 국회 전문가이다. 현재 나는 국회의원실 선임비서관을 퇴직하고 이직한 상태에 있지만, 국회 관련 자문이 필요할 때면 꼭 이시성 보좌관을 찾는다. 이시성 보좌관은 오랜 국회 경력과 더불어 랜드마크와도 같은 굵직한 정책을 통과시킨 장본인이기 때문이다. 국회사무처 직원이나 그 어느 국회의원들보다도 뛰어난 전문성을 갖고 있다.

현재 이시성 보좌관은 보좌진을 꿈꾸는 청년들을 대상으로 국회 업무 강의를 하고, 교수로서 대학생들을 대상으로 강의하고 있다. 실제 이시성 보좌관의 도움으로 좋은 정책이 사장되지 않고 국회 절차를 밟아 계속 이어지고 있다. 이시성 보좌관이 없었다면 포기할 수도 있었던 정책이었지만 그의 실무 경험을 바탕으로 전달받은 자문에 힘입어 대안적인 전략을 세워 이어갈 수 있었다.

이시성 보좌관이 국민을 위한 정책 전문가이자 전략가로서 정말 적합한 사람이라는 데 의심할 여지가 없다. 그가 보여준 인성과 전문성, 정당과 국민을 생각하는 가치관을 통해 느낀 바이다. 그 근거에는 지난 2년간 지켜본 이시성 보좌관의 모습과 주변 지인을 통해 들어온 이야기가 있다. 앞으로의 그의 행보를 적극적으로 응원하는 바이다.

같은 의원실 근무, 국회 선임비서관 정내라

국민을 위해 치열하게 싸울 인천사람 이시성

제가 이시성 보좌관님을 만난 것은 2014년 여름이었습니다. 당시 저는 보좌진 생활을 계속해야 하나 떠나야 하나 고민하고 있던 햇병아리 인턴 비서관이었습니다. 고민 끝에 국회에 발을 처음 내딛은 의원실을 떠나 새로운 의원실로 옮기게 되었고, 그렇게 만난 두 번째 의원실에서 이시성 보좌관을 인턴

비서관과 선임비서관의 관계로 만나게 되었습니다. 나이는 3살여 차이였지만 하늘같은 선배였던 이시성 보좌관님(당시 선임비서관)은 처음엔 저에게 무섭기만한 상사였습니다.

지금 생각해 보면 말도 안 되는 질의서를 쓰고 힘들게 첫 국정감사를 끝낸 후 저는 7급 비서관으로 승진하였고, 이시성 당시 선임비서관은 보좌관이 됐습니다. 드디어 인턴 딱지를 떼고 공무원이 되었다는 기쁨도 잠시 엄청난 부담감이 엄습해 왔습니다. 인턴 때와 같아선 안 된다는 절박한 마음 때문이었습니다. 국회에서는 자기가 갖고 있는 지식이 곧 경쟁력이자 내 밥그릇을 책임지는 무기인지라 어깨너머로 일을 배우며 성장할 수밖에 없지만 동시에 선배의 그 어깨란 것은 참 높은 벽이기도 합니다.

하지만 이시성 보좌관은 자기가 가진 노하우를 언제나 공개하고 후배들에게 숙제를 내주기도 하면서 후배들의 성장을 이끌었습니다. 7급이 된 새해에 이 보좌관님은 저에게 매일 인천 지역지 신문의 주요 헤드라인 정리를 비롯해 매주 보도자료를 만드는 숙제를 내 주셨습니다. 힘들고 지난한 과정이었지만 지금 돌이켜보면 그때 체득한 보도자료 작성법으로 저는 그 이후 8년간의 국회 생활을 버텨낸 것 같습니다. 그때 배우지 않았으면 저는 무능한 보좌진으로 연명했거나 국회를 떠났을지도 모른다는 생각을 지금도 합니다.

국회에는 많은 보좌진들이 있지만 그들의 실력이 균등하진 않습니다. 누군가는 몇 년을 지내도 이렇다 할 성과 하나 내지 못하고 윗사람 눈치 보기에만 급급하며 자리를 보전하기도 하지만, 누군가는 한 번의 국정감사도 허투루 보내지 않고 국민들을 위해 새로운 것을 밝혀내고 정부의 허를 찌릅니다. 이시성 보좌관이 그간 의원들을 모시며 내놓은 많은 것들은 그가 국회 생활을 어떻게 해 왔는지를 보여줍니다.

모든 보좌진이 이만큼을 해낼 수 있다고 국민들은 생각할지 모르지만 그렇지 않습니다. 국민을 위해 일하지만 그만큼 상대가 되는 기업과 정부 관계자들로부터 악마 소리도 들어가면서 치열하게 내 신념과 줏대를 밀고 나가야 하는 험난하고 외로운 과정입니다. 적당히 넘어가면서 나 자신의 영달만 챙기는 보좌진과 정치인들 속에서 국민을 대신해 싸우기란 생각보다 쉽지 않습니다. 그게 정치를 하는 자의 당연한 소명임에도 말입니다. 그 쉽지 않은 길을 걸었기에 지금의 이시성이 있고, 그를 바라보는 후배들이 존재합니다.

이시성 보좌관이 국회에서 보낸 모습을 보면 이제 의원이 되었을 때의 이시성 선배의 모습은 쉽사리 연상이 됩니다. 국민을 위해 싸우고, 좌고우면하지 않고, 할 말은 하는 그런 의원을 국민들은 원하고 있습니다. 적당히 타협하고 자신의 자리 보전에만 신경쓰면서 국회라는 곳의 명예와 단맛만을 누리는 것이 아니라 전쟁터에 나가 치열하게 싸워줄 국민의 대변자 말입니다.

또한 누구보다 인천에서 나고 자라 인천에 대한 애정이 큰 이시성 선배가 인천의 정치를 개혁하고 인천을 바꾸어 주기 위해 나선 것이 저는 참 반갑습니다. 이제껏 누군가의 보좌관으로 정치인을 조력해 키우는 존재였다면 이제는 본인의 이름을 걸고 본인만의 길을 닦으며 정치를 해 나갈 꿈을 꼭 이루길 바랍니다. 그리고 그때도 이전과는 같은 마음으로 국민만을 생각하면서 치열하게 일하는 일꾼 이시성이 되기를 국민의 한 사람으로서 진심으로 소망합니다. 보좌관님과의 추억과 함께했던 시간이 주마등처럼 스쳐 지나가면서, 앞으로 보좌관님의 또다른 활약상이 또 제 눈 앞에 펼쳐지는 것 같습니다. 힘든 싸움이 될지 모르지만, 꼭 승리를 기원합니다.

국회 선임비서관 정아름

도전하는 멋진 청춘

'이시성'이라는 이름이 뇌리에 깊숙이 박히게 된 계기는 다름 아닌 '유치원 3법'이다. 다들 알면서도 모른척, 으레 그래왔으니 별 문제가 아니라고 생각했던 유치원 회계 문제를 날카롭게 지적했던 보좌진이 다름 아닌 이시성이었다. 자신이 모시는 의원을 일약 스타덤으로 올리고 세간의 주목을 받게 만든 유능한 보좌진. 해묵은 문제를 끝내 해결해 낸 실력 있는 보좌진. 시성이를 개인적으로 알기 이전에 내가 평가한 '이시성'이었다.

국회 교육위원회에서 보좌진으로 함께 일하다 보니 어느새 이름만 알던 사람이 직접 아는 사람이 되었다. 나보다 훨씬 먼저 국회에 들어와 이른 나이에 보좌관이 되었다는 사실로 인해 내가 느꼈던 묘한 거리감은 우연히 동갑내기 친구라는 사실을 알게 된 후 자연스레 사라졌다. 왠지 모르게 딱딱한 줄 알았고, 냉정할 줄 알았던 이시성은 막상 친해지고 나니 생각보다 진솔하고 생각보다 털털하고, 또 생각보다 허당미도 있는 사람 '이시성'이었다.

국회에 있을 때에도 연말 연시가 되면 정성스럽게 적은 안부 인사를 보내 출마 준비하느냐고 놀렸던 친구인데, 문득 돌아보니 정말 당장 정치를 해도 손색이 없는 인재가 되어 있었다. 내일모레 마흔이라는 나이는 젊은 듯하면서도 새로운 도전을 하기에는 늦은 것 같은 애매한 나이고, 특히 가정이 있으면 더욱 생각이 많아지는 시기이다. 그런데 내 친구 시성이는 오랫동안 몸담았던 국회를 떠나 새로운 도전을 계속하고 있다. 앞으로 어떤 도전을 계속할지 기대되는 친구이다.

이시성은 멋지다라는 수식어가 잘 어울리는 사람, 맡은 일에 책임감을 갖고 열심히인 사람, 문제를 해결하겠다는 의지가 강한 사람, 의지만큼 능력도 있는 사람, 그와 더불어 꽤나 인간적이고 재밌는 사람이다. 도전하는 멋진 청춘 이시성을 항상 응원한다.

고등학교 친구, 한의사 정종훈

성실하고 꾸준한 내 친구

별 특이할 것 없는 그런 만남이었다. 시성이와의 첫 만남은 어릴 적 친구들이 대부분 그러하듯이 일반적이고 평범했고, 여상한 그런 시작이었다. 어쩌다 보니 같은 학교에 배정이 되었고, 같은 학원에 다녔다. 그렇게 은근슬쩍 말을 하게 되고 친해졌다.

다만, 그 여상한 시작과는 다르게 그때 그의 이미지는 아직 선명하게 떠오른다. 짧고 단정하게 자른 머리카락, 건강하게 햇볕에 그을린 짙은 피부, 또렷한 쌍꺼풀 사이로 똘망하게 빛나던 눈빛. 그는 진중했으며 가볍게 나풀거리지 않았다.

그는 친구들의 이야기를 진지하게 들었고, 그와의 대화는 항상 유쾌했다. 친구임에도 나보다 형 같았다. 이유를 딱히 특정하기 어려운 특유의 어른스러움이 있었다. 그의 빠르지 않고 낮은 목소리 탓이었을까? 같은 대화를 해도 다른 아이들과 달리 무언가 차분했다.

학업에 대한 스트레스로 힘들고 지쳤을 때마다 시성이와 대화하면 별일 아닌 것처럼 잘 넘어가곤 했었다. 시덥잖은 이야기들을 같이 나누다 보면 곧 웃음이 터졌고 마음이 편해졌다. 그에게는 명쾌하고 밝은 분위기가 항상 있었다.

그런 분위기 때문이었을까, 시성이는 학창시절에 주변 친구들과 항상 원만하게 잘 지냈다. 지금 와서 생각해 보면 분위기를 잘 이끌어가는 리더로서의 면모가 많이 보였었던 것 같다.

고등학교 졸업 후에는 자연스레 만날 기회가 줄어들었지만 만날 때마다 서로의 안부를 물으면, 그는 항상 무엇인가를 시도하고 있었다. "꾸준한 노력"이 단어가 그를 정확하게 표현하는 단어라고 생각한다. 꾸준한 노력으로 자신의 목표를 향해 나아가는 모습이 항상 부럽기도 하고 좋아 보였다. 늘 변함없이 다음 목표를 향해 나아가는 모습은 나에게도 큰 영감을 주었다. 대학생 시절에도 이후 대학원 진학을 고민했고, 대학원 졸업 후에도 이런저런 일을 새로 시작하고 항상 그다음을 고민하는 모습이 상대적으로 평탄하게 같은 일을 지속해 온 나에게는 참 멋있게 보였다.

그렇게 항상 새로운 일을 시작하고 미래를 위해서 투자하는 그런 삶이 얼마나 고되고 힘들었을까. 어떤 일도 늘 최선을 다하고, 끝까지 완수하기 위해 노력하는 그의 모습, 어려움이 있더라도 포기하지 않고 꾸준한 노력을 통해 성취하는 그의 모습은 주변의 모두에게 긍정적인 영향을 끼쳤을 것이라 생각한다.

이처럼 시성이는 성실함, 꾸준함으로 빛나는 특별한 사람이다. 그의 밝고 긍정적인 에너지는 고등학교 시절부터 이어져 현재까지도 변함없이 유지되고 있다. 그의 항상 노력하는 모습은 곁에서 보기만 해도 주변 사람들에게 긍정적인 에너지를 주고 자신의 삶을 반성하게 한다.

꿈을 꾸게 해 준 사람, 이시성

인하대학교 정치외교학과를 재학하며 겸임교수 이시성의 강의를 들었다. 하지만 그와 처음 마주쳤던 곳은 어색하고 놀랍게도 강의실이 아닌 국회의사당 현관이었다. 그와의 짧은 인연이지만 절대로 작은 인연이 아닌, 그리고 여전히 이어지고 있는 그 이야기를 지금부터 써 보려 한다.

처음 그를 봤던 건 그가 인하대 교수로서 학생들을 데리고 국회 견학을 갔을 때이다. 당시 나는 그의 강의를 듣는 학생이 아니었지만 국회와 한국거래소를 방문한다는 소식에 학과에 급히 연락해 참석했던 기억이 난다. 그날은 여러모로 잊지 못하는 기억이 됐다. '나중에 교수님 강의를 꼭 들어야겠다'는 생각을 하며 바로 다음 학기에 교수님 강의를 수강하기도 했으니 말이다.

그는 그날 학생들을 직접 국회와 한국거래소로 데려갔고, 국회의원과의 간담회 자리, 동문 보좌진 간담회 자리도 직접 마련하였다. 학생들을 위하는 마음이 아니었다면 절대로 할 수 없는 일이었을 것이다. 인하대 정치외교학과에서는 그동안 이 정도 규모의 프로그램이 없었다고 들었다. 교수로서의 열정을 학생들 모두 알게 되었을 것이라 생각된다. 그것이 나와 그의 첫 만남이었다.

두 번째로 그를 본 날은 내가 허종식 의원실 입법보조원으로 채용되었던 날이다. 당시 현직 보좌관이자 인하대 겸임교수였던 그는 내게 진심 어린 응원과 조언들을 남겨 주었다. 아직 그의 강의를 듣지 않았음에도 불구하고 그는 나를 아주 오래 본 학생처럼 대해 주었다. 야생이자 전쟁터인 국회에 아무런 무기도 없이 들어갔다 생각했는데, 지금 생각해 보면 그의 존재가 내게는 커다란 방어막이지 않았나 싶다. 보좌관으로서의 모습을 직접 본 적은 없지만 냉철하고 이성적이었을 것만 같던 그는, 여전히 대학생인 내게 한없이 따뜻한 분이셨다. 입법보조원으로 국회 생활을 이어가던 내게 힘든 일은 없냐며 물어본 사람도, 맛있는 거나 먹자며 점심에 불러낸 사람도, 조언을 해 주는 사람도, 필요한 자료를 보내 주는 사람도 모두 이시성 교수님이셨다.

그 뒤로 나는 국회를 나와 학교로 돌아갔고 바로 그의 강의를 수강하였다. 그는 그의 전문성을 살려 '의회정치론'과 '정당과 선거' 강의를 맡았었다. 그러나 이전 학기 강의의 명성에 수강생이 너무나 늘게 되어 강의 여석이 남아나질 않았고, 다행히 나는 운이 좋아 그의 강의를 수강할 수 있었다. 강의를 들으며 이론 강의를 풀어나가는 능력에 나는 다시 한번 그의 매력에 빠지게 되었다. 수업의 전반부에는 한 주 동안 정치권에서 벌어졌던 이슈를 소개하고 학생들의 정무적 감각을 키우는 한편, 수업의 후반부에는 보좌관으로 경험한 그의 일화를 강의 이론에 더해 풍부한 강의를 만들어냈다.

또 한 학기 동안 시험은 치르지 않고 자유 주제의 논문을 작성하게 하여 평가를 진행하였다. 이 과정에서 학생들은 기존 논문을 찾아보기도 하고 주제를 직접 선정해 연구를 진행해서 교수님께서는 학생들로 하여금 생각하는 시간을 마련해 주셨다. 단순 암기 시험보다 힘들다는 학생들도 있었지만 결국 정치외교학과의 특성에 더 잘 어울리는 강의 방식이었다는 평이 주를 이뤘다.

그는 인하대학교 정치외교학과 겸임교수로 강의하면서 벌써 세 번의 현장체험학습을 기획하였고 모두 성공적으로 마무리하였다. 국회를 비롯하여 공공기관인 한국거래소, 언론사인 MBC, 대기업인 현대자동차까지 강의마다 여러 곳을 방문하며 학생들의 식견을 넓혀 주고 있다. 또 강의 중에는 '선배와의 만남'을 기획하며 국회 보좌진, 지방의회 정책지원관, 스타트업 대외협력관 등을 초청하여 강연 시간을 마련하기도 했다. 나를 포함해 당시 학생들은 강연자분들께 질문을 쏟아내었고 알지 못했던 영역들을 엿볼 수 있는 시간을 만들어 내었으며 진로에 대해 한층 더 다양하게 고민할 수 있게 되었다.

한 학기의 강의 중 '일반적인 강의'를 제외한 모든 활동들은 이시성 교수님이 아니면 할 수 없는 활동이었다고 생각한다. 국회나 공공기관, 언론사, 대기업 등 모두는 대학생들이 찾아간다고 갈 수 있는 곳이 아닐뿐더러 보좌진, 정책지원관, 대외협력관 등은 교수님의 친분이 아니라면 그들을 학교로 부를 수 없는 것은 모두가 알고 있을 것이다. 그래서 그의 강의는 인하대학교에서 몇 년 동안 들은 강의 중 가장 특별할 수밖에 없었다. 그가 담당하는 강의를 모두 들어 아쉬울 뿐이다.

인천대학교를 졸업하고 대학원으로는 서강대, 성균관대를 나온 그의 인하대학교에 대한 애정에 언제인가 한 번 질문을 한 적이 있었다. 그는 인하대와 인천대의 발전이 곧 인천의 발전이라며 인천에 대한 애정을 숨기지 않았다. 강의에서나 그의 일에서나 인천에 대한 애정은 늘 묻어 나온다.

인하대 제자, 국회 비서관 정효은

학생들의 길잡이, 이시성 교수

안녕하세요. 인하대학교 정치외교학과에 재학 중인 정효은입니다. 이시성 교수님과는 2023년 정당과 선거라는 과목을 통해 연을 쌓게 되었습니다. 이시성 교수님께서는 2022년 2학기에 타 강의와 같이 15명 내외의 학생과 함께 강의하셨으나, 2학기에는 그 명성에 편승하여 두 배가 넘는 약 30명이 넘는 학생과 함께 강의를 이어가신 것으로 알고 있습니다.

이시성 교수님께서 정치외교학과 학생들 사이 학번을 가리지 않고 인정받고 갖고 계신 것은 비단 강의력뿐만이 아니라고 생각합니다. 저에게 이시성 교수님은 방황하던 저에게 진로를 고려해 볼 수 있는 계기를 내어 주신 분이셨습니다.

먼저, 교수님께서는 정치외교학과의 강의에서 쉽게 경험할 수 없었던 실질 정치에 대한 여러 이야기를 강의에 덧붙여 주셨습니다. 일전에 보좌진으로 계시면서 겪으셨던 경험과 여러 고충을 강의와 함께 풀어 주시면서 이론뿐만이 아닌 의미 있는 조언이 함께하는 강의를 해 주셨습니다. 실무를 담당하셨던 주변 직장동료와 함께 수업을 진행해 주시면서, 강의로는 풀지 못했던 간지러움을 풀 기회도 제공해 주셨습니다. 아울러 학생들의 발표와 질의응답 시간을 충분히 주시면서 자유롭게 토론할 수 있는 분위기를 조성해 주셨고 교수님도 함께 그 토의에 참여하시면서 더욱 풍부한 인사이트를 얻을 기회도 제공해 주셨습니다.

교수님의 강의는 강의실에만 국한되지 않았습니다. 강의를 적용할 수 있는 현장실습도 직접 발로 뛰어 주도해 주셨습니다. 강의에 국회의사당과 방송국 등의 현장견학을 함께하여 실무를 간접 경험할 수 있도록 해 주셨습니다. 또한, 인하대학교 국회 대학생 인턴십 프로그램 등을 소개해 주시며 참여해 볼 것을 강의 수강자를 대상으로 적극적으로 권유해 주시기도 하셨습니다. 저도 해당 인턴십 프로그램을 통해 대학생으로서 쉽게 경험하지 못했을 업무를 직접 해 보았습니다. 이러한 경험들은 그간 강의를 통해 들었던 교수님의 고견이 경험과 맞물려 진로를 결정할 수 있는 하나의 단계로 작용하게 되었습니다.

저는 이것이 최근 정치외교학과에서 겪고 있는 최고의 애로사항, 진로의 편협성을 깨부수는 데 일조하셨다고 생각됩니다. 제가 과 회장단으로 있으면서 겪었던 경험상, 요즘 신입생이 입학하면 제일 먼저 묻는 것은 '전과'와 '복수전공'과 관련된 것이라고 할 수 있습니다. 그 이유는 정치외교학과의 낮은 취업률과 관련이 있었습니다. 이전에는 후배의 뜻을 응원해 주었지만, 이시성 교수님의 도움이 있었던 이후에는 정치외교학과에도 여러 인사이트를 얻을 선택권이 있음을 설명해 줄 수 있었습니다.

언제나 호탕한 웃음이 함께셨던 교수님께서는 따뜻한 진심이 느껴지는 몇 없는 어른이었습니다. 언제나 학생에게 조금이라도 더 챙겨주고 싶어 하셨고, 그 마음과 함께 능력과 인성을 모두 겸비하고 계셨습니다. 또 정치외교학과 겸임교수 이외에 여러 직무를 맡아 해 오시는 모습은 제가 그랬듯이 교수님을 바라보는 모든 학생에게 도전의 용기와 포기하지 않을 다짐을 알려줄 수 있었다 믿어 의심치 않습니다.

그간 학생들을 위해 눈에 보이지 않은 노력을 하셨을 교수님께서, 저와 같이 많은 학생도 감사함을 느끼고 있음을 알아 주셨으면 좋겠습니다. 항상 감사합니다, 교수님!

같은 의원실 근무, 국회 선임비서관 조대희

늘 나에게 힘이 되는 사람

시성이와 함께했던 지난 5년여간의 국회 시간은 지금의 나를 이끌어가는 가장 큰 원동력이다. 특히 아이 둘에 늦은 나이 사회초년생으로 함께 일을 시작했던 나로서는 동생인 시성이를 더욱 의지할 수밖에 없었다.

앞을 내다보고, 조직을 이끌었던 리더

내가 아이 둘을 키우는 아빠로서 '늦깎이' 인턴으로 국회에서 업무를 시작했을 때 그는 어린 나이지만 이미 의원실 내의 모든 직책을 거친 경험 많은 젊은 보좌관이었다. 국회에서의 일은 누가 붙잡고 가르쳐 주지 않는다. 모든 것을 어깨너머 배워야 하기에 '여의도의 경험'은 천금과도 같다. 더욱이 국회의원실은 업무 특성상 예측 가능성이 떨어진다. 나에게 언제 어떤 일이 도사리고 있을지 아무도 알 수 없다. 그래서 언제나 불안하고, 늘 버겁다.

이런 불안한 업무를 예측한 일로 바꾸고, 전쟁터 같은 여야의 정쟁 속에서도 '생존의 길'을 찾아냈던 사람. 시성이는 어린 나이지만 보좌관으로서 흔들림이 없었고, 계획과 소신이 늘 확고했다. 어린 시성이에게 보좌관 자리를 선뜻 내어 준 신학용 의원님은 이런 면모를 나보다 먼저 더 깊게 지켜보셨을 것이다. 옆에 있으면 안심이 되고, 늘 힘이 되는 사람. 그게 이시성이다.

'사립유치원 감사 결과' 발표 하루 전, 방대한 분량의 내용을 밤새 정리했던 그날은 아직도 내게 생생하다. 나는 실무자로서 이런 큰일을 처음 겪는 일이기에 이러한 내용을 공개하는 것과 앞으로 벌어질 일에 대한 부담이 매우 컸다. 내용에 착오가 있어

혹시나 실수하진 않을지, 향후 후속 대응방안은 무엇을 준비해야 할지, 모든 것이 막막했고 막연했다.

하지만 시성이는 나와 달랐다. 망설임 없이 준비했다. 전 국민의 관심사를 받고 있을 때도, 그에 앞서 준비할 때도, 이것을 최초 추진하자고 제안했을 때도, 그의 태도에는 흔들림이 없고 변함이 없었다. 전국 사립유치원 원장이 몰려와 토론회를 막아설 때도, '유치원 3법'을 당론 발의할 때도 실무자로서 그는 모든 부담과 책임을 감내했다. 남에게 미룰 법도 한데 한사코 해낸 그가 참으로 대견했다.

'비법이 무엇일까' 5년간 그를 지켜보며 늘 고민했던 생각이다. 그는 무엇이 옳은 일인가 숙고의 시간을 가졌던 것 같고, 이후 결정한 것에 대해서는 주저하거나 되돌림이 없었다. 말이 아니라 행동으로 보여준 그의 면모는 나의 글에 담기에 벅차다.

말은 신중하게, 내뱉은 말은 확고히

시성이에게는 남에게 없는 것이 있다. 농담으로라도 "그냥 한 말이에요", "웃자고 한 소리예요" 이런 표현을 하지 않는 성격을 가졌다. 소위 성공이 빠른 사람은 어깨에 힘이 들어가고, 자신에게 관대해지기 쉽다. 어린 나이에 보좌관이란 직책을 달면 그러기 더 쉽다. 실무 최고 결정자로서 상황이 바뀌었다고 이래저래 말을 바꾸며 책임을 피해 갈 수 있다. 하지만 시성이는 여느 사람들과는 달리 그의 말은 매우 신중했다. 책임감 있는 자리에 오르면 자기 과시용으로 여러 실언하기가 다반사이지만 시성이는 달랐던 것이다.

교육위로 내쫓기듯이 간 2018년, 시성이가 의원님께 보고했던 말이 생각난다. 그는 "세 가지만 기억하시면 됩니다. 유치원 비리, 사학비리, 연구비리." 모두가 아는 것처럼 이 세 가지는 20대 국회 후반기에 빠짐없이 다뤄졌다. 내뱉은 말을 실천에 옮기는 일이 얼마나 어려운 일인지, 실무자로서 여전히 실감한다. 특히 시시각각 변하는 국회 상황 속에서 이를 지켜내는 것이 보통 일은 아니다. 그리고 그렇게 하지 않는다고 해서 뭐라 하는 사람도 없다. 하지만 시성이는 스스로의 감시자가 되어 자신의 말을 지켜냈다. 남들이 보기에는 어린 친구가 상대적으로 운이 좋아 빨리 올라갔다 생각할지 모르지만 자신의 몸에 맞는 옷을 입고 있었을 뿐이다.

국민과의 약속이 필요한 시점

윤석열 정부가 들어서면서 정치 영역에서의 신뢰와 소통이 사라졌다. 국민에게 믿음을 주는 말이 실종된 것이다. 정치는 '말'이다. 그리고 그 말에 힘을 싣는 것은 그 행실에 있다. 이 모든 것이 사라진 지금, 국민은 무슨 희망으로 살아갈 수 있겠는가라는 생각을 많이 하게 되는 요즘이다.

이번에도 이시성의 도전이 치기 어린 시선이 아닌 말의 신뢰를 다시 쌓는 정치 회복, 민주당의 가치 복원이 되기를 바래본다.

대학원 동기, 행정학 박사 조민혁

불의와 부당함에 분노하며 자신의 결정에 끝없이 고민하는 사람

내가 바라본 이시성은 언제나 자신감이 가득한 사람이다. 우리는 대학원에서 함께 공부하며 정부와 공직자, 그리고 공공정책이 나아가야 할 길을 논의하곤 했다. 우리 사회가 가진 숙제와 해법을 이야기하고 뉴스에서 보도되는 부당한 일에 열변을 토하는 그의 모습이 기억에 남는다. 소외된 이들이 왜 소외되어야 하는 건지 마치 본인이 당사자가 된 것처럼 억울해 하던 표정도 기억에 남는다. 그렇게 매사에 옳고 그름이 분명하고 확신과 자신감이 넘치는 사람이라고 생각했다. 그러나 함께하는 시간이 쌓이며 알게 된 새로운 사실은 그 자신감 이면에는 고민과 질문이 끊임없이 충돌하고 있다는 것이다. 아마도 입법과정에 깊이 관여하고 있는 직업적 특성이 낳은 버릇이리라 생각한다.

자신의 의사결정이 많은 사람들에게 얼마나 큰 영향을 미칠 수 있는지 알고 있기에 확고한 자신감의 뒤에는 깊은 숙고가 자리한 것이다. 불의와 부당함에 분노하면서도 자신의 결정에 대해 끝없이 고민하고 되새김질하는 모습이 이시성에 대한 믿음을 갖게 되는 지점이다. 앞으로 그가 어떤 선택을 하더라도 정의에 대한 확신과 자신의 결정에 대한 신중함이 결국에는 옳은 길로 이끌 것이라고 생각한다.

미래에 나라를 위해 일하는 모습 꼭 보고 싶습니다.

이시성이라는 분을 보게 된 나는 미래의 대한민국의 정치 경제 발전을 위해 꼭 있어야 할 인재라고 생각합니다. 처음 이분을 만나게 된 인연은 나의 절친의 선거 때문에 만나게 되어 알게 되었습니다.

선거라면 학교 때 반장선거를 해 본 것이 전부였던 나에게 절친이 선거 계획을 수립해 달라고 해서 막막해하던 중 국회의원의 보좌관을 하고 있던 사람이 온다고 해서 그저 때마다 다니는 선거꾼 중 한 사람으로 생각했었습니다.

그러나 막상 선거 준비가 시작되고 나니 이분의 생각과 일에 임하는 것을 보고 완전히 내 생각이 잘못되었던 것을 알 수 있었습니다. 창의성, 준비성, 실행성에 성실성, 어느 한 가지 나무랄 것 없는 그저 완벽한 사람이었습니다. 덕분에 절친은 자기 사업과 지역 봉사활동만 하다가 구의회 의원이라는 더 큰 봉사를 하게 되었습니다.

또한 한 초선 국회의원을 우리나라의 대선주자급까지 갈 수 있게 만들어 준 유치원 3법, 교육시장에 종사하는 나로서는 과연 이 철옹성을 누가 건드릴까 했는데 그걸 이시성 보좌관은 철저한 준비와 실행으로 대한민국 교육시장의 부조리를 완벽히 바꾸어 놓았습니다. 아마 유치원 3법을 준비하지 않았으면 오늘의 해당 재선 국회의원은 없었을 것 같습니다.

아직도 근절되지 않고 있는 우리 사회의 각종 부조리를 위해 직접 싸우시는 모습을 보고 싶습니다. 저는 생각해 보았습니다. 이런 사람이 국회의원으로 국회에 입성해서 대한민국의 발전을 위해 노력해 주면 나의 노년은 더욱더 행복할 것으로 생각합니다.

다른 곳에서 일하고 있을 때도 지역을 위해 항상 관심을 두고 글을 쓰고 때론 걱정하며 때론 즐거워하며 자기가 태어나고 자기가 공부한 지역의 미래의 인재들을 양성하고 있는 그대! 이제는 더 큰 뜻을 가지시고 나라를 위해 할 일을 하셨으면 합니다. 항상 건강과 행복이 함께하시길 응원하겠습니다.

고등학교 친구 조우영

22년 친구가 본 이시성

나이가 들어갈수록 날카로워지는 촉이 있다. 다른 사람이 가진 단점에 대한 판단이 대표적이다. 인간은 진화론적으로 안 좋은 것에 주목하는 경향이 있다. 좋은 것은 위협이 될 가능성이 적지만 안 좋은 것은 주의하지 않으면 자신에게 위험이 될 가능성이 크기 때문이다. 그런 점 때문일까? 우리는 상대방의 단점, 혹은 잘못된 행동에 유난히 집착한다. 반면에 가끔 우리는 다른 이의 장점을 잘 찾아내는 능력을 가진 사람들도 보곤 한다. 쉽지 않지만 그런 존재를 만나면 행운이다. 솔직히 말하자면 나는 그런 능력을 가진 사람이 따로 있다고 보지는 않는다. 그건 그저 누군가를 좋아함으로써 그의 장점이 눈에 들어오는 과정이 아닐까 싶다.

내겐 시성이가 그러한 존재였던 것 같다. 고등학교 때 처음 본 시성이의 이미지는 잘생긴 외모지만 잘 놀 것 같은 소위 말하는 일진의 무리들? 싸움도 잘할 것 같은 이미지? 그랬던 것 같다. 지금 생각하면 웃음이 나오지만 어릴 때 시성이를 처음 봤을 땐 그랬던 것 같다.

얼마 못 가 내가 정말 잘못 알았다는 걸 알았다. 공부도 잘했고, 친구들과도 잘 지내고 선생님들도 시성이를 좋아했던 것 같다. 물론 나도 시성이가 좋았다. 지금 생각해 보면 시성이의 장점은 다른 이의 장점을 잘 찾아내는 능력을 가진 사람들 중의 하나가 아닐까 싶다. 나의 장점을 알아봐 주고 인정해 주는 것, 남을 비난하지 않으며 내 이야기를 잘 들어 주는 그런 친구였던 것 같다.

20년이라는 세월이 지났어도 항상 같았다. 그런 친구가 대학교를 가더니 정치 쪽 일을 하고 싶다고 했다. 그 시절 20대의 우리로서는 이해할 수 없었다. 이해하려고 했던 것보다 너무 막연한 생각이고 그게 하고 싶다고 할 수 있는 건가라는 생각이 들었기 때문이다. 잠깐 지나가는 이야기인 줄 알았지만 시성이는 끊임없이 노력하고 있었던 것 같다. 부족한 공부가 있다고 대학원을 들어가고, 끝내 국회에 들어갔다.

만날 때마다 국회에서 본인이 무슨 일을 하고 있는지 힘들지만 보람 있고 재미있다고 항상 말했었다. 시성이가 전쟁에서 이긴 군인이 무용담처럼 이야기를 하는 모습이 아직도 생생하다. 국회에서 밤을 새우며 일했던 이야기, 예산을 가져오기 위해 드러누웠던 이야기, 국정감사 준비하는 이야기 등등 정말 본인이 하는 일에 대해서 진심이었던 것 같았다.

　　내년이면 우리 나이도 40살이다. 생각하기 나름이지만 정치인으로서의 나이로는 어리다면 어린 나이일 수 있다. 하지만 내가 지켜본 시성이는 20대부터 하나의 길만 갔다. 누구보다 열정이 있으며, 누구보다 전문가라고 자신있게 말할 수 있다. 나는 시성이가 유명하고 힘 있는 정치인이 되기는 원하지 않는다. 그냥 지금처럼 본인이 하는 일에 열정을 가졌으면 좋겠고, 보람되고 딸에게 부끄럽지 않은 정치인이자 아버지가 되었으면 좋겠다.

대학 선배, 아시아투데이 기자 조은국

"저승사자"

'저 승 사 자'. 이 시 성 더불어민주당 인 천 시 당 수석대변인(인하대 정치외교학과 겸임교수)을 일컫는 말이다. 신학용 의원실 등에서 근무했던 그는 금융당국 관계자들에게 악명(?)을 떨쳤다. 두 의원이 국회 정무위원으로 활동할 당시 금융시스템의 문제를 적나라하게 드러내고, 제도개선을 이끌어내는 등 다양한 활약을 펼칠 수 있었던 배경도 이 수석대변인이 심도 깊게 의정활동을 도왔기 때문이다. 기자를 만난 금융당국 관계자들은 하나같이 그에게 "금융당국도 금융제도를 개선하기 위해 최선을 다하고 있다"며 말을 잘 전해 달라고 하기도 했다.

일례를 들어 최근 금융당국이 공매도 금지조치와 함께 제도개선 방안을 들고 나왔는데 방안 중에는 불법 무차입 공매도를 차단할 수 있도록 하는 전산시스템 구축 검토도 담겨 있었다. 금융감독원과 한국거래소는 공동으로 태스크포스를 만들어 내년 상반기까지 전산시스템 도입 가능성 여부를 검토한다는 방침이다.

사실 이는 2021년 4월 이 수석대변인이 준비한 자본시장법 개정안에 포함된 것이다. 그는 2020년 은성수 전 금융위원장을 만나 불법 무차입 공매도 근절을 위해 공매도 전산시스템 도입을 주문했고, 관련 법안을 마련한 것이다. 그는 지금의 공매도 문제를 수년 전부터 지적해 왔고, 해결할 수 있는 방법도 구상해 왔던 것이다.

그의 인사이트는 금융정책에 그치지 않는다. 의원을 스타의원 반열에 올려 놓은 '유치원3법'도 그의 작품이다. 박 의원은 2018년 국정감사에서 사립유치원의 회계 비리 감사내역을 공개하며 유치원의 회계투명성을 요구했다. 또 사립유치원 회계관리시스템 사용 의무화와 유치원 설립자의 원장 겸직 금지, 학교급식 대상에 유치원 포함

등 사립유치원의 공공성을 강화하는 내용을 골자로 한 '유아교육법·사립학교법·학교급식법' 등 유치원 3법을 마련했다.

여기에도 이 수석대변인의 노고가 고스란히 담겨 있다. 유치원 회계비리는 딸을 키우고 있는 이 수석대변인이 직접 확인한 문제다. 이를 바로잡기 위해 국감에서 지적했고, 법안으로까지 이어질 수 있었던 것이다. 이 과정에서 이 수석대변인은 유치원 업계의 강한 압박을 받았지만 그는 묵묵히 자기 일을 해 나갔다.

하지만 그는 일절 공치사 없이 모든 공을 동료들에게 돌렸다. 유치원 교육제도가 변화할 수 있는 계기를 마련할 수 있었던 것에 만족했다. 이 수석대변인의 인품을 알 수 있는 대목이다.

2008년 국회 입법보조원으로 현실정치에 입문한 그는 십수 년이 넘는 국회 생활 동안 항상 바빴다. 일을 만들어서 했고, 자신을 필요로 하는 곳에는 달려가 경청했다. 정부 부처 공무원들은 그를 불편해했지만 그는 더욱 그들에게 다가갔다. 우리 사회의 문제가 변화할 수 있는 정책을 만들도록 그들이 움직이게 했다. 그게 그의 역할이었다. 그는 또 20~30대 젊은 세대들이 국회에 들어와 목소리를 내기를 희망하고 있다. 그들이 현실정치에 관심을 가질 수 있도록 만남의 장을 만들어가는 데도 노력하고 있다.

이 수석대변인은 더 바빠야 한다. 그를 찾는 곳이 많아야 한다. 그가 관심 갖고 움직인 곳에선 분명 변화의 바람이 불기 때문이다. 정치인이자 교수이면서, 온라인투자연계금융협회

사무처장이고 칼럼니스트인 이시성 수석대변인이 또 어떤 비전을 가지고 우리 사회의 역할을 하게 될지 그의 행보가 궁금해진다.

국회 인연 최석민

열정 넘치는 이시성 화이팅!

'열정이 넘치는 이시성'

제가 바라본 이시성 전 보좌관님은 주어진 업무에 최선을 다하는 사람이라는 점이 가장 인상 깊습니다. 저는 대학에서 대외협력 업무를 맡고 있습니다. 10년 동안 연구처, 기획처 등 관리 업무를 도맡다가 처음으로 외부 파트너를 상대하는 부서에서 일하면서 국회 쪽 인연을 맺은 분이 이시성 보좌관입니다. 사실 사립대학에서 대관업무를 함에 있어서는 사기업과 비교하여서 일하는 측면과 영역이 다소 다릅니다.

그러한 부분에 있어서, 이시성 보좌관님께서는 사립대학에 필요한 부분을 먼저 기획하고 저희 학교 졸업생들이 국회 중앙 보좌관직으로 잘 진출할 수 있도록 디딤돌이 되어 주신 분이라 말할 수 있습니다. 물론 제가 인연을 맺은 시간은 짧으나 그의 이런 면모 하나만 보더라도 주어진 환경과 시간에서 최선을 다하시는 분이라 짐작이 됩니다. 그래서 첫 번째 이시성이라는 사람의 꼭지로 '열정이 넘치는 남자'라고 말해 드리고 싶습니다.

'모든 사람들과 인연을 맺고 도와 주는 홍반장 이시성'

모두에 말씀드렸다시피 이시성 보좌관님과 인연을 맺게된 시점은 그리 길지 않습니다. 허나 제가 대외협력팀에 오게된 것이 마치 운명인마냥 제 지인들과 상당히 많은 연을 맺고있었다는 사실을 알게 되었습니다. 지상파 기자인 친구와도 연이있으시고, 제 중학교 동창인 식당을 운영하고 있는 친구와도연을 맺고 있으시더군요.

제가 네트워크가 필요한 업무인 대관업무를 전담으로하는 기업 소속이라면 이러한 인연들이 저 또한 노력을 하고있는 분야여서 감동이 덜할지도 모릅니다. 하지만 10년 동안관리직으로 살아온 저로서는 이것이 우연이라 생각이 들지는않습니다. 그만큼 많은 사람들을 상대하고 인연을 소중하게생각하기 때문에 이러한 인연이 닿아 있다고 저는 생각합니다.

국회에서 일을 해 나가면서 많은 인연들을 거쳤을 것인데그들로부터 꼭 비즈니스 관계가 아니더라도 좋은 사람 그리고정직한 사람으로 평가받는 것은 그리 쉬운 일이 아닐 것입니다.저와 인연을 맺은 것처럼 앞으로 더 많은 인연을 맺으면서본인의 역할을 다해 나갈 이시성 전 보좌관님의 앞날을 미리축하드리고 싶습니다.

최근에 인천시 민주당 대변인직을 맡게 되어서축하드렸습니다. 워낙 본인 일에 프로페셔널하고 일처리가깔끔하신 분이라 당연한 수순이라고 생각이 들었지만 물밑에서본인의 노력도 대단했을 것이라 짐작됩니다. 앞으로의 미래가 어떻게 펼쳐질지는 모르겠으나 민주당의 주축 일원으로서 맡은 소임을 다하시면 본인이 원하시는 그 자리에 도달할 것이라 저는 믿습니다. 지금과 같이 주위에 인연을 맺는 분을 소중히 여기고 앞으로 정진한다면 더 큰 자리에서 꿈을 펼치시리라 믿습니다. 이시성 화이팅입니다!

같은 의원실 근무, 서울 강북구의원 최인준

국회생활 길잡이, 역동적인 정책 지휘자 이시성

내가 이시성 보좌관을 처음 만난 것은 2020년 6월, 21대 국회 개원 직후다. 나는 그해 2월 해병대 장교로 군 복무를 마치고 의원실에서 보좌진으로 첫 사회생활을 시작했다. 그 당시 이시성 보좌관은 의원실에서 정책을 총괄하는 30대 중반의 젊은 보좌관이었다.

이시성 보좌관의 첫인상은 워낙 젊은 나이였기에 외관으로만 보면 영락없는 동네 형이었다.(나이에 비해 더 동안인 것도 있다) 그러나 능력은 이미 나이를 초월해 있었다. 20대 국회에서 큰 이슈가 되었던 유치원 3법을 의원실에서 주도적으로 이끌어나간 경험이 있었고, 정무위원회 상임위에서도 날카로운 정책으로 인정받고 있었다.

이시성은 내게 한마디로 국회생활 길잡이였다. 국회에 발을 들인 이후, 내게 국회에서 벌어지는 일들은 모든 게 다 새롭기만

했다. 국회라는 곳이 입법기관으로서의 역할을 어떻게 해내는지,
각 상임위원회들은 어떤 국가부처를 소관하는 곳인지도 전혀
몰랐다. 완전 햇병아리와 다름없는 신세였다. 그때 이시성
보좌관이 내 옆에 있어 주었다. 국회가 어떤 역할을 해야
하는지, 정치가 우리 국민들에게 어떤 역할을 해야 하는지 그를
통해 배웠다. 그리고 가끔 업무에 지쳐 있는 나에게 끊임없이
자신감을 불어넣어 주었고, 정책을 만들고 다루는 방법을
세세하게 알려주었다.

　나는 국회에서 보좌진으로서의 내 역할을 하는 데 자신감이
점점 붙기 시작했고, 내가 일조한 정책이 펼쳐지는 모습을
보며 효능감을 느꼈다. 무엇과도 비할 수 없는 뿌듯함이었다.
나는 그렇게 즐겁게 일하며 하루하루를 보내기 시작했다. 계속
정치권에서 일해 보리라 마음을 먹게 되었다. 이시성 보좌관이
내게 용기를 불어넣어 주고 기본기를 다져주지 않았다면 나는
지금 정치권에 없었을지도 모른다.

　나에게만 그랬던 것이 아니었을 것이다. 그는 국회 안에서
신우회, 보좌진연구단체 등의 활동을 주도해 나가며 선후배들을
꼼꼼하게 챙겼다. 진취적으로 본인의 업무를 해 나가면서도
본인이 알고 있는 것을 끊임없이 남에게 나눌 줄 아는
사람이었다. 그에게는 항상 여러 사람이 곁에 있었고, 덕망
있기로 이미 정평이 나 있었다. 이시성 보좌관이 나에게 은인이
되어 주었듯이 정치권에서 그의 은덕을 입고 활약하는 사람들이
곳곳에 있으리라.

이시성은 정책의 판을 짜서 움직일 줄 아는 플레이메이커이기도 하다. 2021년 5월, 우리 의원실에 큰 바람이 불어왔다. 의원의 대통령선거 민주당 경선 출마 선언이었다. 상황이 마냥 좋다고는 할 수 없었다. 다른 후보들의 캠프들과 비교했을 때 누가 봐도 모든 부분에서 열세였지만 이시성 보좌관은 캠프의 정책실장을 맡으며 능력을 여실히 증명해 보였다. 우리 캠프의 정책공약은 다른 캠프와 비교해도 전혀 손색없던, 오히려 더 선명한 정책이었다고 생각한다.

이시성 보좌관은 특히 금융정책 전문가이다. 그는 수많은 전문가들과 회의를 하고 아이디어를 수합해서 당장 우리가 사용할 수 있도록 다듬어냈다. 그렇게 만들어낸 '국부펀드 공약', '공매도 제도개선' 등 반짝반짝 빛났던 정책들은 짧게나마 많은 사람들에게 희망을 주었다. 비록 당장 실현되지는 못했지만 우리 정치권이 한 발짝 앞으로 나아갈 수 있는 소중한 백데이터를 쌓았다.

이시성은 앞으로 더 큰 역할을 해 낼 사람이다. 도전하는 젊음에게 이 세상이 큰 도움을 줄 것이라고 믿어 의심치 않는다. 나는 그가 더욱 큰 일을 하게 될 사람이라고 굳게 믿고 있다. 국회 보좌관으로서 그랬듯이 이시성 보좌관은 어려운 매듭을 쉽게 풀어낼 수 있는 능력이 있는 사람이다. 그리고 그는 어려움에 처해 있는 다른 누군가를 진심으로 돕고 빛나게 만들 줄 아는 사람이다.

나는 이시성 보좌관과 함께하며 정치권에 있으리라 마음을 먹은 이후, 지금 서울 강북구에서 구의원으로 활동하고 있다. 내가 출마를 결심하는 상황에 있어서 많은 어려움과 고민이 있었지만 그는 모두 이해하고 전폭적인 도움과 조언을 건네주었다. 방향을 잃고 넘어져 있던 나는 이시성 보좌관의 진심 어린 한마디 덕에 다시 또 일어날 수 있는 자신감을 얻었다. 국회 보좌진으로서 어려움을 겪을 때 한 번, 선출직으로서의 길목에서 어려움을 겪을 때 한 번. 두 번의 은덕을 입은 셈이다.

이시성이라는 사람은 정치권이 어떤 역할을 해야 하는지 잘 알고 있다. 입법기관에서 만들어 나가는 정책이 국민들에게 어떤 영향을 미치는지 누구보다도 잘 알고 있는 사람이다. 나는 그가 더 큰 사람이 되어서 더 많은 사람의 어려움을 해결해 주고, 좋은 후배들을 발굴하고 양성하며 사회에서 큰 역할을 해 주었으면 좋겠다. 나는 이시성이라는 사람이 결국 그렇게 해 주리라 굳게 믿는다.

대학원 선배, 국회 인연 최재원

팔색조와 같은 매력을 가진 남자, 그는 누구인가?

그를 처음 만나게 된 곳은 대학원 첫 수업이 끝난 후 으레 가지는 뒤풀이 장소였습니다. 당시 시성이형과 저는 같은 대학원 소속이었지만 일반적인 직장인(파트타임)과 구분되는 전일제(풀타임) 학생으로 재학 중이었기에 서로 다른 수업 시간을 선호하여 같은 강의를 듣게 된 경우는 처음이었죠.

첫 강의 오리엔테이션이 끝나고 갖는 뒤풀이에서는 서로 다른 사람들이 같은 강의를 듣기에 강의 정보도 교환하고 자신의 직업이나 관심 분야 등을 얘기하는 자리입니다. 뒤풀이 장소에서 처음 형을 봤을 때의 이미지는 굉장히 샤프하고 전문적인 인상을 주는 사람이었습니다. 또한 뒤풀이 시간의 대부분을 다른 사람이 이야기하는 것을 경청하였는데, 특이했던 점은 본인이 궁금한 부분에 대해서는 거침없이 파고들면서 지적 의구심을 해소하는 부분이었습니다. 당시에 전일제 학생으로서 지도교수님에게 일방향적인 가르침을 받는 처지인 저에게는 굉장히 신선한 충격이었습니다. 이후 시성이형의 직업과 전문성을 이해하게 되면서 자연스럽게 이런 충격 또한 사라졌고, 오히려 학문을 연구하는 입장에서도 아주 바람직한 태도인 것을 인지하게 된 계기로 바뀌었습니다.

어느덧 대학원을 박사과정까지 모두 수료하게 되었고, 수료와 동시에 첫 직장으로 형과 같은 국회 보좌진으로서 활동하게 되었습니다. 학교에서 바라본 이시성과 직장에서 바라본 이시성은 같지만 다른 사람이었습니다. 연일 언론에 오르내리는 소속 의원님을 보면서 의원을 보좌하는 역할을 어떻게 하는 것인지 어렴풋이나마 알게 되었고, 바쁜 국회 일정 속에서 여야 가릴 것 없이 다양한 사람들 입에 오르내리는 형의 이름을 들으며 어떻게 하면 나도 저렇게 잘할 수 있을까?라는 부러움도 생겼습니다.

맡은바 과업을 진행할 때는 거침없이 진행하고, 쉬어야 할 때는 적절하게 풀어 주는 역할도 곧잘 하시는 것을 보고 같은 소속 의원실 직원들이 부럽기도 하였습니다. 언젠가 저와 함께한 자리에서 의원실 직원들의 편안한 퇴근을 유도하기 위해 별다른 이슈가 없는 경우 퇴근 시간 전에 미리 자리에서 일어나 부하직원들이 눈치 안 보고 퇴근할 수 있도록 하고 다시 사무실로 들어온다는 말씀을 들었을 때 정말 감탄했습니다.

이후 제가 국회를 그만두고 개인 사정으로 인해 다른 직장으로 이직했을 때도 잘됐다고 좋아하시면서 가끔 저를 국회 근처로 부르시곤 하였습니다. 국회에 우리 대학원 소속 사람들이 꽤 많았기에 그분들과 가끔 저녁 식사나 모임을 하게 되면 꼭 저를 챙겨줬습니다. 모임에 참석하면 서로의 안부도 묻고 대학원 과정에 필요한 부분들을 서로 체크하고 도움을 주기도 합니다. 저에게는 항상 "지금 하는 일은 어때? 어렵거나 도와줄 부분은 없어?"라며 항상 물어봐 주셨기에 아무리 먼 거리에서 모이더라도 기꺼이 가고 싶은 자리였습니다.

아울러 코로나19로 인해 소식이 조금 뜸할 때 우리 딸이 태어났었고 제대로 된 소식을 전하지 못했었는데요, 모임 자리에서 소식을 듣고선 정말 축하한다며 곧 다가올 첫돌에 딸에게 필요한 용품을 사라며 축의금도 주셨습니다. 코로나19를 핑계로 자주 연락드리지도 못했었고 과거에도 매번 챙겨주시고 받기만 했었는데 그때의 따뜻한 마음을 평생 잊지 못할 거 같습니다. 여기서 저는 그동안 사회생활에서 오르내리는 형의 이미지와는 또 다른 느낌을 받았습니다.

사회생활에서 접하던 형의 이미지는 모시는 의원님을 뒤편에서 든든하게 보좌하고 있는 전형적인 엘리트였으며, 유치원 3법으로 의원을 단숨에 전국구 스타로 발돋움시켜가는 일련의 과정을 지켜보면서 매번 감탄의 연속이었습니다.

특히 1년 농사를 마무리하는 국정감사의 경우 더욱 강렬한 인상들을 심어주었습니다. 언젠가 형의 SNS에 "대한민국에서 국정감사를 가장 잘하는 사람은 바로 자신이다"라는 게시글이 있었는데요. 다른 누구에게 물어봐도 그 말을 부정할 사람은 없다고 저는 생각합니다.

같은 직장에서 일하면서 느낀 형의 이미지는 같이 일하고 싶은 사람, 배우고 싶은 사람, 존경하는 사람 등 다양한 모습의 형태로 비추어졌습니다. 그런 형이 이제는 과거와 달리 직장인에서 정치인으로 한 단계 한 단계 준비하는 모습을 보면서, 지금과 같은 모습으로 정치를 한다면 분명 기존의 정치인과는 전혀 다른 새로운 인물이 등장할 것으로 기대됩니다.

다만 걱정되는 것은 주변에서 존경받아 마땅한 분들도 정치인이 된 이후에는 전혀 다른 모습을 보여준 사례가 많았기에 형도 그렇게 변하지 않을까 하는 불안함이 있습니다. 그럼에도 불구하고 이시성이란 사람이 여태껏 주변 사람들과 직장 동료들에게 보여준 모습으로 미루어 짐작했을 때, 초심을 잃지 않은 정치인이자 팔색조의 매력을 가진 정치인이 될 것이라 믿어 의심치 않습니다.

앞으로도 꾸준하게 한결같은 모습을 보여주시길 바라며, 한 가정의 가장으로서, 정치인으로서 많은 활약을 기대합니다.

초등학교 친구 최준석
올곧은 사람을 필요로 하는 세상

제가 바라본 이시성은 한마디로 표현하면 '올곧은 남자'입니다. 사회생활을 하다 보면 입장에 따라 시류에 따라 어느 순간 좋은 게 좋은 거라는 자가당착에 빠지기 마련인데 이시성은 어느 상황에서도 올곧음이라는 기둥 위에 서 있었습니다.

저와 무려 25년 동안 관계를 쌓아오며 때로는 매일, 때로는 1~2년 만에 보게 되는 경우가 있더라도 변치 않았던 모습은 바로 올곧음이었습니다. 그는 언제든 일관성이 있었고 요행의 수단보다는 목표하는 가치가 앞서 있었습니다. 그럴 수 있었던 이유는 스스로를 속이지 않고 목표를 향해 하루하루 앞으로 가고자 했던 그의 노력과 신념이 있었기 때문이라고 믿어 의심치 않습니다. 그런 모습이 가까이서 바라보는 저에게는 감사하기도 했지만 때로는 안쓰럽기도 했습니다. 과정 중에 지쳐 쓰러지거나 회복하지 못할 상처가 생기지는 않을지 괜한 염려에 말리고 싶을 때가 늘 있었지만 결국 그를 믿고 묵묵히 응원해 주기로 했습니다.

이 세상에는 사람의 마음을 쉽게도 사로잡는 사람, 쉬운 방법을 아는 똑똑한 사람들로 둘러싸여 무엇이 옳고 그런지가 불분명해지고, 끝없는 현혹에 그 끝이 좋지 못함이 다반사입니다. 하지만 저는 올곧은 이 사람이 여러분이 생각하는 같은 꿈을 꾸고 있다면 흔들리지 않고 기꺼이 앞에 서서 걸어가 줄 사람이라는 것, 그리고 그 끝은 결과를 떠나 아름다울 것이라는 것을 분명히 말씀드리고 싶습니다.

시성이와 저는 25년 전 초등학교 때부터 친구로 지내왔습니다. 그는 친구들의 마음을 잘 이해하고 또 그 마음을 잘 보살피는 친구였기 때문에 친구들의 지지를 한 몸에 받으며 반장으로서의 리더 역할도 했습니다. 저는 시성이와 함께 공부방도 다니고 놀기도 하며 많은 시간을 보냈는데 시성이의 집에 가면 늘 책상이 정리 정돈되어 있고, 계획을 세우는 일을 즐겨하며 몸과 마음가짐을 바로 하고자 하는 친구였습니다. 학생으로서도 학업에 누구보다 성실히 임하며 선생님들의 신뢰와 사랑을 받았고, 자신보다 약한 친구에게는 정을 나누고 강한 친구에게는 당당히 맞서는 정의롭고 의리가 있는 아이였습니다. 그 모습은 지금도 변치 않아 누구보다도 더 나은 사회를 꿈꾸는 청년으로 살아가고 있다고 생각합니다.

시성아! 산을 넘고 산을 넘어도 더 높은 곳을 향해 나아가는 너의 모습에 때로는 안쓰럽지만 그 뜻하는 바가 있기 때문에 멈출 수 없다면 한없이 응원을 해 주고 싶다. 그 과정 중에 겪는 모든 일들 또한 훈련과 단련이라 생각하고 지치지 말고 높은 뜻을 바라보며 나아가길 바란다. 그러다 보면 언젠가는 그 뜻에 다다를 수 있을 거고, 그 뜻에 다다르지 못했다 하더라도 분명 많은 사람들에게 선한 영향력을 끼치며 또 다른 열매를 맺을 수 있을 거라 생각한다. 묵묵히 그 뜻을 펼쳐나가는 너의 건강과 앞길의 건승을 빌며 언제나 응원하마.

인하대 제자, 국회 비서관 표상원

교수님은 인천을 사랑하는 사람입니다.

저는 인하대학교에 재학 중인 학생이며, 이시성 수석대변인님과는 인하대학교 사제 간으로 만나게 되었습니다. 우리 교수님은 2023년 현재 겸직을 7개나 하고 있으신데요, 인하대학교에서는 '정당과 선거' 강의와 '의회정치론' 강의를 가르치십니다. 제가 바라본 우리 교수님은 '정말 부지런하다.' 이 한 단어로 압축할 수 있을 것 같습니다. 항상 매 수업마다 PPT를 100페이지가 넘는 분량으로 3시간에 압축해서 학생들에게 가르치시는데, 괜스레 학생의 입장에서 교수님을 보자면 정말 열정적이고 꾸준하다는 느낌을 받을 수 있습니다. 보고 배울 게 많은 우리 교수님입니다.

우리 이시성 교수님은 중부일보나 인천일보에 가끔씩 칼럼을 올리시곤 하십니다. 어쩌다가 보게 된 교수님의 칼럼은 항상 '인천'이 키워드로 들어가 있었습니다. 교수님의 교편이 인하대학교라서 그럴지도 모르겠지만, 교수님의 연고지가 인천인 것도 한몫한다고 생각합니다. 인천의 발전을 위해서 때로는 학문적 연구자로, 때로는 국회의 유능한 보좌진으로, 때로는 인천시민으로 인천시민의 이익을 대변하기 위해서 열성을 올리시는 것을 보면 인천에 대한 교수님의 사랑이 대단하다고 생각합니다.

돌이켜보면 교수님과 저는 정말 많은 추억들이 있었습니다. 1년간 교수님의 강의를 수강하거나, 교수님과 같이 갔던 한국거래소, 국회, 현대차, MBC, 아니면 교수님과 같이 들었던 수많은 저녁 식사도 그중의 하나로 포함할 수 있겠네요. 그중에서도 가장 기억에 남는 교수님과의 추억은 단연코 의원회관에서의 첫인사 자리였겠죠.

저는 윤상현 의원실에서 교수님의 추천을 받아 입법보조원으로 일하게 되었습니다. 입법보조원으로 업무를 시작하기 전에 저와 교수님은 의원실에 한번 인사드리러 갔었습니다. 그때가 처음이었습니다. 교편에 서 계신 교수님이 아니라 대한민국 국회에서 유능한 보좌진으로 일하는 교수님의 모습은요. 정말 놀랐습니다. 사실 제게 교수님은 정말 따뜻한 이미지로 있었는데 의원회관에서 보았을 때는 그 누구보다 냉철하셨습니다. 괜히 5년 만에 최연소 보좌관으로 진급하신 게 아닌 것을 느꼈습니다. 저도 이후에 윤상현 의원실에서 일할 때 교수님처럼 열심히 국회에서 일했던 기억이 있습니다.

앞서 말했다시피 교수님은 정말 부지런하신 게 장점인 것 같습니다. 우리 인하대학교 강의의 질을 ppt의 장수로 평가할 수는 없지만 교수님은 정말 압도적입니다. 매번 100페이지가 넘는 양의 ppt를 준비하십니다. 이것도 강의하시다가 중간에 그만두는 것 없이 3시간 안에 끝내십니다. 사실 저는 ppt 페이지가 너무 압도적으로 많다 보니 교수님의 첫 강의인 '정당과 선거'에는 교수님이 ppt 만드는 것을 조교한테 시키시는 줄 알았습니다. 나중에 알고 보니 교수님이 직접 조간 언론 동향 파악부터 주교재 원고 요약까지 함께하시는 거였더라고요. 진짜 인간적으로 대단하다고 생각했습니다.

저는 교수님이 윤상현 의원실에 추천해 주시기 전까지는 국회와는 아무런 연결점이 없는 정말 일반 대학생이었습니다. 물론 나중에 졸업하기 전에 외교 7급 공무원으로 임용되는 것을 목표로 공부하긴 했지만 이 또한 막막했었던 것 같습니다. 하지만 교수님과 박찬대 의원실의 유광종 선임비서관님이 발로 뛰며 의원실과 접촉하며 학생들을 국회로 진출시키기 위해서 만든 프로그램(국회 인턴십 프로그램)에 합격하게 되어 국회에 발을 들여놓게 되었습니다.

사실 예전에는 제게 있어서 일반적인 혹은 막연한 '교수'의 정의는 '명목적 가르침이나 연구를 하는 사람'으로 일컫곤 했습니다. 하지만 이시성 교수님을 만나고 나서 이제는 '교수님'이란 '학생들에게 실질적인 기회를 주면서 가르침이나 연구를 하는 사람'으로 바뀌었습니다. 이 자리를 빌려 다시 한번 교수님께 감사하다는 말씀을 올리고 싶습니다. 감사합니다,

교수님!

또한 우리 교수님은 정당, 의회, 정치, 행정에 대해서 굉장히 눈이 밝으신 분입니다. 때로는 교수님의 강의를 수강하면서 느낄 때도 있고, 아니면 off the record로 교수님과 함께하는 저녁식사에서 말씀하신 내용들이 그렇겠네요.

제가 대학생인 점, 그리고 교수님의 제자인 점을 감안해서 교수님께 바라는 점은 "더 큰 곳에서 가르침을 베풀어 주십시오"입니다. 이 한 문장이 함축하는 뜻은 해석하기에 달라지겠지만, 저는 교수님이 가진 생각이나 이념 혹은 지식들을 더 높은 곳에서, 더 많은 사람에게 베풀어 주신다면 그것이 바로 학문적 연구자, 유능한 당직자로서의 방향이 아닐까 싶습니다.

오늘 어쩌다가 교수님이 인하대 국회 인턴십 2기 단체 대화방에 쓰신 글을 보게 되었습니다. "힘들게 5개 의원실을 직접 발로 뛰어서 연결을 해 드린 만큼, 꼭 최선을 다하는 모습으로 의원실에 누가 되지 않도록 하고 또 많이 배웠으면 합니다."

교수님 덕에 2023년 최고의 7월과 8월을 보냈습니다. 제가 했던 어떤 경험들보다도 값졌고, 가치 있던 2달이었습니다. 그리고 교수님의 강의 '정당과 선거'와 '의회정치론'을 들으면서 인간 '이시성'의 열정과 부지런함을 따라하고, 따라가고 싶었습니다. 교수님 덕에 2023년 최고의 1학기와 2학기를 보냈습니다. 제가 들었던 어떤 강의들보다 값졌고, 가치 있던 두 개 학기였습니다. 교수님! 언제나 그랬듯이 교수님의 뒤에서 묵묵히 응원하겠습니다! 감사합니다.

군대 동기 허성수

0중대 0소대 0생활관으로 점호집합!

중대 막사를 울리는 교관의 큰 목소리에 갓 입대를 한 20대 초반의 앳된 아이들이 우리 생활관으로 모여들었다. 다들 처음 겪는 불편함과 새로운 환경에 긴장되어 있는 표정이 역력한 우리들 사이에 반대쪽 침상에 앉아 저녁 점호를 기다리는 시성이가 우리의 첫 만남이었다. 당시 나는 상당히 까불까불한 녀석이어서 같은 훈련소 동기들과 군기 빠진 장난을 치기 일쑤였다. 그때마다 반대쪽 침상에 앉아 있는 시성이와 그 동료들은 우리를 탐탁지 않게 여겼던 것 같다. 가끔 만나는 자리에서도 시성이는 나를 그때 그랬다면서 놀리곤 한다.

시성이는 한눈에 봐도 정돈된 행동과 자세를 갖고 바르게 자란 청년 같았다. 군 생활에서도 마찬가지로 모든 면에서 소위 FM이었다. 우리는 훈련기간이 끝나고 같은 자대를 배치받았다. 다른 생활관이어서 서로 대면대면한 사이였으나 앞으로 이등병 생활을 함께한다는 유대감 때문이었을까, 우리는 금방 마음의 문을 열었다. 선임 때문에 힘들었을 때, 달고 맛있는 게 생겼을 때, 휴가를 떠나거나 어떤 일이 일어났을 때, 힘들고 고된 훈련 후 우리는 선임들의 눈치를 피해 몰래몰래 함께 그 상황을 이겨내고 또 즐겨왔다.

힘든 이등병 생활을 함께 겪어 보고 느낀 건 시성이는 참 리더십이 있고 동기들과 후임들을 살뜰하게 챙긴다. 5명의 동기들 사이에서도 무슨 일이 생기면 제일 먼저 자리를 만들고, 이야기를 주도하며 우리를 이끌어나갔다. 감정적으로 쉽게 흔들리는 20대 초반의 나는 시성이의 그런 모습이 형같이 느껴져서 좋았다. 힘든 군생활에 큰 의지가 되었으며 전역을 하고도 이 친구하고는 평생 연락을 하며 지낼 수 있는 관계였으면 좋겠다고 생각하곤 했다.

이런 성숙한 면모의 시성이도 군생활 선임들의 괴롭힘에 많이 힘들어 한 적이 있었다. 한 번은 취사장 뒤에서 얘기 좀 하자고 부르더니 자신의 고충을 나에게 털어놓기도 하였고, 난 그런 시성이를 많이 다독이고 위로해 주었는데, 시간이 지나 어른이 된 후 그 상황을 회상했을 때 시성이는 그때가 인생에서 제일 힘든 일이었다고 했다. 이 친구의 제일 힘든 시기에 내가 힘이 되어 줬음에 한편으론 뿌듯하고 좋았다. 그리고 날 찾아 주었다는 생각에 고마웠다.

전역을 하고 각자의 삶에 치여 바쁘게 살다 보니 어느덧 30대 후반, 곧 40을 바라보는 사이에 시성이는 사회적으로 많은 역할을 하게 되었다. 가끔씩 군 동기들 사이에서 크고 작은 일로 서로의 안부를 묻기 위해 모일 때 이따금 시성이는 의외의 명함을 주곤 했는데 어떨 때는 000 의원의 보좌관, 국회 보좌관, 국회 입법보조원, 모 대학의 정치외교학과 겸임교수, 금융협회 직책까지, 난 얼떨떨하게 명함을 받아 들고는 그 명함을 한참을 살핀다. 정치, 경제 관련의 위치에서 스스로 자신만의 입지를 다져가는 그 모습이 "역시 이시성!"이라는 생각이 들었다.

어릴 때부터 보아온 반듯하고 뚜렷한 행동과 소신들, 그리고 자신을 '인천의 아들'이라 지칭하며 훗날에도 정치를 하고 싶다고 말하던 20대 청년이 곧 40을 바라보는 지금도 그 신념과 소신들을 지켜가며 목표를 달성해 나가는 모습에 참 배울 점이 많은 친구다. 그가 준 명함 한 장에 그동안 시성이가 겪어 왔을 여러 고충과 노력들이 담겨 있음이 어렴풋하게 느껴진다.

자신의 목표를 향해 달려가면서도 종종 동기들을 찾아 연락을 하고, 모임을 주도하고, 우리의 어려움을 살피는 그의 모습에 잊혀져 있던 20대 초반의 향수가 생각나곤 한다. 까무잡잡한 피부, 여러 작업과 훈련으로 먼지를 가득 뒤집어 쓴 우리였지만 눈빛만큼은 생기가 가득했던 그 시절 말이다. 그중에서도 유난히 빛나는 눈을 가졌던 시성이와 함께 삶을 공유하는 지금의 삶이 즐겁고 기대된다.

국회 보좌관 홍진옥

의인이 되고 싶은 사람

"의인이 되고 싶습니다." 우연히 그의 꿈이 '의인'이란 것을 알게 됐습니다. 2012년 국회 보좌진들이 모인 자리였습니다.

어떤 사람이길래 의인이 되겠다고 말할 수 있을까? 참 궁금했습니다. 이후 10년이 넘는 세월을 함께 지내며 그 뜻을 이해하게 되었습니다. 살다 보면 내가 당한 만큼 돌려주고 싶을 때가 있습니다. 아니, 오히려 그 이상으로 되갚아주고 싶을 때가 있습니다. 못된 것을 어깨 너머 배운 사람이 그보다 더 못된 사람이 되거나, 빼앗긴 사람이 더 빼앗는 사람이 됩니다. 수만 냥의 빚을 탕감받는 사람이 수십 냥 빚진 자를 상대로 지독한 채권자 노릇을 하는 경우와 같습니다.

의인은 정반대의 사람입니다. 빼앗기면 남은 것마저 주는 사람, 왼뺨을 맞으면 오른뺨도 내놓을 수 있는 사람입니다. 이시성은 의인이 되고 싶은 사람입니다. 상대를 죽여야 사는 정치 구조 속에서 이런 사람들이 있다면 어떨까 상상해 봅니다. '바보처럼 손해만 보겠지'란 생각 뒤로, 변화의 희망이 떠오릅니다. 저는 이시성이 그의 입으로 고백한 '의인'의 길을 계속 걸어가기를 바랍니다. 어느 시대나 그 한 사람, 의인이 필요하기 때문입니다.

국회 인연 강○○

인간 이시성이란 따뜻한 사람

시성이를 처음 만났던 그날을 기억한다. 국회 본청에서 알던 분을 만나던 중 그분의 소개로 처음 인사를 나누게 되었는데 그간 수많은 사람들을 만나봤지만 그렇게 똘망똘망한 눈과 스마트한 인상을 가진 사람은 본 적이 없었다고 느낄 정도로 참 스마트하다. 그리고 참 나이스하다는 느낌을 받았던 것 같다. 그 첫인상은 내가 점점 이시성이라는 사람과 지속적으로 교류하고 얘기를 나눠보면서 정말 그런 사람이구나라는 확신을 갖게 했다. 결론적으로 말하면 인간 이시성은 참 나이스하고 스마트한 사람이다.

그날의 첫 만남이 인연의 꼬리의 꼬리를 물고, 결국은 점점 인간 이시성이란 사람에게 빠져들게 되었다. 그중 내가 기억하는 인간 이시성의 두 번째 모습은 의원회관 세미나실 앞에서 얼굴과 온몸에 땀을 뻘뻘 흘리면서도 평정심을 유지하며 의연하게 고군분투하던 그의 모습이었다. 당시 사회적으로 부각된 중대 법안 논의를 위해서 개최한 세미나에서 반대 측의 몰려든 사람들 사이에서 그들에게 본인의 주장을 설득하기 위해 흥분하지 않고 논리정연하게 얘기하던 그 모습을 분명히 기억한다. 그때 받은 느낌은 '이 친구, 위기 상황에서도 저렇게 당당하게 이겨내는 것을 보니 결국 언젠가는 뭔가를 해내겠구나'라는 신념에 가까운 인상이었다.

이런 스마트하면서 어떤 역경도 의연하게 이겨내는 호연지기의 모습과 함께 내가 기억하는 이시성의 모습은 따뜻함이다. 서로 업무적 관계를 통해서 시작된 관계였지만 그 어떤 사람보다도 진정성 있게 대해 주었고 이제는 그 업무와는 상관없는 사이임에도 불구하고 꾸준한 안부와 인사와 교류와 심지어 건강에 대한 걱정 염려까지도 건네는 참 따뜻한 사람이었다. 그런 모습을 보면서 내가 사람 하나는 잘 봤구나, 참 진국이다라는 생각이 들었고 앞으로도 이시성이라는 사람과는 계속 만나고 싶다라는 생각을 갖게 되었다.

다만 한 가지, 너무 열정적으로 일하기 때문에 혹시나 본인의 건강은 잘 챙기고 있는지 그런 부분이 많이 걱정되는데 부디 자기 관리도 잘해서 이 나라가 필요로 하는 일꾼 그리고 지역 주민들에게 사랑받는 일꾼으로 오랫동안 활동했으면 하는 작은 바람으로 이 글을 마쳐본다.

국회 인연 고○○

대한민국을 이끄는 젊은 리더, 이시성 교수!

이시성 교수님이자 보좌관님은(교수, 대변인 등의 활동을 하시지만 보좌관 시절 개인적 인연이 컸던바, 이하 "보좌관"으로 호칭) 지성과 인품을 겸비한 대한민국의 젊은 인재이자 리더이다. 세대를 아우르는 소통의 가교 역할을 훌륭히 해내고 있는 흔치 않은 인물로서 앞으로 한국 정치 발전의 혁신을 가져올 일꾼이기도 하다.

나는 지난 2020년 4월 15일 총선을 통해 당선한 21대 의원실의 핵심 보좌관으로 일하던 시절의 이시성 보좌관님을 처음 만났다. 유치원 3법을 기획하였고, 현대차 결함 문제,

삼성의 지배구조 문제 등의 구조적 문제를 짚어내는 등 혁신적인 성과를 많이 낸 것으로 유명하였다. 국회의장, 부총리, 공정위원장 등으로부터 받은 표창들이 탁월한 성과였음을 잘 입증해 주었다.

또한 정무위 보좌관 시절, 나는 협력관 업무를 하면서 해박한 업무처리와 원활한 조정자 역할, 기관을 이해해 주는 합리성을 두루 갖추고 어려운 점을 보살필 줄 아는 분으로 기억하고 있다. 입법 의정활동도 왕성하여 유치원 3법, 보험업법 개정 등의 굵직한 법안을 추진하신 바 있다.

국회에서의 경험상 이시성 보좌관님이 고민하시는 모습을 보면서 굵직굵직한 스케일과 캐릭터를 보유하신 분이라는 것을 자연스럽게 알게 되었다. 탈석탄 등 ESG 발전을 위한 노력도 그와 같은 부분의 하나이며, 시리즈로 진행되었던 세미나 중 기후변화에 따른 노동시장의 변화라는 행사는 아직도 기억을 채우고 있다. 기후변화 대응 과정에서 산업구조 변화에 따른 비용과 고통이 수반되므로 준비가 필요하다는 의견과 성공적인 산업 전환의 토대 마련을 위해 노력하자는 말씀 등 감명 깊은 세미나를 기획하였다. 아울러, 많은 자금이 투입되었던 조선, 건설, 항공 및 해운 등 국가 및 국민경제에 영향을 미치는 기업 현안에 대해서도 발전적 대안 마련을 위한 고민을 끊이지 않고 하셨던 모습에 배울 점이 참 많다는 생각을 했다.

또한 인상 깊었던 점은 약자를 보호하고 경영자가 개선을 통해 발전방안을 추구하도록 정부기관, 공공기관 등의 제도적

뒷받침을 하자는 메시지를 많이 주었다. 비전문적 관리행태의 배제, 노조와 국민의 경영 참여 등을 통한 기업의 경쟁력 강화 또한 강조하였다. 금융기관들의 국제금융 업무가 활발해지는 반면에 자금세탁 방지 관련 규제 준수 등 미흡한 측면이 많은 점을 잘 지적하여 금융 선진화의 발판이 되도록 하였다.

한편 환경문제, 탄소발생 문제와 관련해서 친환경적, 탄소중립적으로 제품을 만들고 지향해서 국가의 전통적인 전략산업을 세계적 트렌드에 맞추어 장점을 더욱 강화시켜야 앞으로도 주력산업으로 지속될 수 있다는 점 등을 깨닫게 하였으며, 이와 같은 메시지들을 기획하신 이시성 보좌관의 역할은 얼마나 중추적이었던가를 느끼며 고무되기도 하였다.

이시성 보좌관님을 항상 응원하는 우리의 마음이 앞으로 국가 및 지역경제, 국민 복지 등을 위해 큰일을 하실 수 있게 이어지기를 바라고 있다. 국회 의정활동 및 인천시당 수석대변인 활동, 대학에서의 강의, 투자협회에서의 사무처장 등의 경험과 역량, 지역기반 등을 완벽할 정도로 갖추고 있는 젊고 패기 넘치는 에너지가 잘 발현될 수 있도록 항상 응원할 것이다.

다가오는 22대 총선에서 큰 역할을 갖고 좋은 결과로 이어진다면 이 보좌관님을 응원하는 모든 이들에게 크나큰 기쁨이 될 것이다. 이시성 보좌관님 화이팅!

같은 의원실 근무, 국회 비서관 고○○

다양한 분야에 대한 이해를 기반으로 한 소통자

　최선의 결정을 위한 판단을 돕고 조직을 원활하게 운영하는 임무를 수행하는 보좌진, 이 직업의 표본을 보여준 사람이 바로 이시성 보좌관이다. 이러한 그를 떠올렸을 때 가장 먼저 떠오른 단어는 소통자이다. 그는 다양한 분야에 대한 이해를 기반으로 사람들과 소통하는 사람이었다.

　그와 함께 보낸 시간은 본인 직무에 대한 능력치의 중요성을 느낄 수 있는 시간이었다. 자기 자신의 직업에 대한 자부심과 이를 뒷받침할 수 있는 업무 능력은 그가 선택한 직업을 더욱 두드러지게 만들었고, 직업을 더욱 매력적으로 보이게 만들었다. 그뿐만 아니라 같이 근무하는 시간 동안 그를 통해 여러 분야를 바탕으로 사람들과 소통하는 것이 중요하다는 것을 느낄 수 있었다. 이렇게 느낀 이유로는 크게 내가 생각하는 그의 장점 여섯 가지를 들 수 있겠다.

　첫 번째는 종합적 시각이다. 그는 다방면에 대한 지식을 바탕으로 전체적인 비전과 전략을 구축하는 인물이다. 여러 부처와 부서 간의 상호 작용을 이해하고 이를 기반으로 종합적인 시각을 가지고 주장을 할 수 있는 장점이 눈에 띄던 사람이었다. 보좌관은 조직의 운영에 있어 큰 역할을 한다고 할 수 있는데, 그는 효율적인 기관적 역량과 통합적 시각을 통해 해당 역할을 잘 수행하는 인물이었다.

두 번째는 융합적 문제 해결 능력이다. 그는 여러 분야에 대한 높은 식견을 가지고 여러 관점에서 문제를 바라볼 수 있다. 다시 말해 그는 한 가지 문제에 대해 다양한 해결책을 고려하고 도출할 수 있는 인물이었다. 다양한 해결책을 구성원에게 제시함으로써 구성원이 더욱더 창의적이고 효과적인 결과를 도출해낼 수 있도록 도움을 주던 사람이었다.

세 번째는 높은 의사소통 능력이다. 보좌진에게 있어 다양한 인물과의 원활한 소통은 매우 중요하다고 할 수 있는데, 그는 뛰어난 언어 능력과 리더십 그리고 협상 능력을 갖추고 있어 이를 기반으로 사람들과의 상호 소통을 원활하게 했다. 서로 다른 배경과 성격을 가진 사람들과의 효과적인 소통을 가능하게 하는 그의 장점은 집단의 효율적인 협업과 팀워크를 촉진했다.

네 번째는 민감한 대응력이다. 그는 변화에 대한 대응력이 높은 사람이었다. 기술, 경제, 시장 동향, 정책 등 다양한 분야에 대해 발 빠르게 소식을 접하고 이를 통해 빠르게 변화하는 환경에 더 민감하고 적절하게 대응할 수 있도록 구성원을 이끌어 주었다. 이러한 그의 성향은 구성원이 예상치 못한 문제가 발생했을 때 스스로 신속하게 대처하고 해결할 수 있는 능력을 키웠다. 자신의 발전뿐만 아니라 해당 집단 구성원의 발전까지 도모하는 인물로 자신의 주변에도 세세하게 신경을 쓰던 사람이었다.

다섯 번째는 지속 가능성 고취이다. 그는 집단의 구성원뿐만 아니라 정책이 지속가능한 모델이 되기 위해 노력하는 인물이었다. 환경, 사회, 경제 등 여러 측면에 대한 이해를 바탕으로 나아가야 할 방향을 제시할 뿐만 아니라 지향점을 논의할 수 있도록 도왔다.

마지막 여섯 번째는 비판적 사고이다. 그는 상황을 분석하고 비판적으로 생각해 최선의 결정을 내릴 수 있는 능력을 갖추고 있다. 또한, 자신이 생각한 의견을 구성원과 공유하며 다양한 식견과 지식을 나누고자 하였다. 이는 서로의 의견을 나누며 구성원 간의 이해도를 높임과 동시에 넓은 시각을 가질 수 있도록 했다.

짧다면 짧고 길다면 긴 시간 동안 그와 함께 일을 하며 느낀 그는 미래의 불확실성에 대처하고 자신뿐만 아니라 주변의 지속적 발전을 추구하는 인물이었다. 매일 아침 출근을 할 때 구성원에게 아침 인사를 먼저 건네며 세심하게 안부를 물었던 그 한마디 한마디는 모여 동료들의 협업과 팀 분위기 향상을 이끌었다. 조간 및 석간신문을 매일 확인하며 다양한 분야에 대한 이해도를 높이던 그 시간은 동료들의 자기 주도적 일 처리 및 능력 향상을 도모했다. 그는 주변에 말을 통해 조언할 뿐만 아니라 행동을 통해 자신에 대한 주변의 신뢰를 쌓고 유지했던 인물이었다. 이러한 그의 존재는 집단 안에서 안정감을 주고 발전의 도화선이 되었다.

같이 보낸 시간 동안 다양한 생각을 할 수 있었고 여러 경험을 바탕으로 나 자신을 발전시킬 수 있었다. 이제는 같이 근무하지 않지만 그는 여전히 나에게 좋은 영향을 주는 인물이다. 특별한 능력과 적극적 자세를 가진 탁월한 리더로서, 항상 구성원과 조직의 목표를 위해 최선을 다한 그의 열정과 노력은 나뿐만이 아니라 구성원 모두에게 긍정적 영향을 끼치고 영감을 주었다.

근무를 함께 하는 동안 그가 보여준 전문성과 무한한 노력에 박수를 보내며, 그가 조직에 더한 가치는 측량할 수 없을 정도로 크다고 생각한다. 앞으로 다가올 시간에도 그는 뜻깊은 시간을 가질 것을 믿어 의심치 않는다. 앞으로의 생활에도 그의 삶에 늘 행운과 행복하길 바라며, 그의 앞으로의 모든 도전과 발걸음에 큰 성공이 있길 기원한다.

대학 선배 김○○
이시성의 새로운 길을 바라봅니다.

선배로서, 업무 파트너로서 이시성이라는 사람을 경험하였습니다. 이시성은 어떠한 상황 속이나 업무를 함에 있어 철저한 자기 절제와 목표를 가지고 말하고 행동하는 사람입니다. 인간적이나 원리 원칙에 입각한 사람입니다. 철두철미할 것 같지만 의외로 인간적인 사람입니다. 그렇기에 이시성이라는 사람은 다양한 사람들의 얘기를 경청하고 공감하고 함께합니다.

선후배 모임이 있습니다. 이시성은 특유의 낯가림으로 말이 많지는 않지만 후배들을 위해서는 많은 시간과 노력을 할애합니다. 후배들과 머리를 맞대고 진지하게 얘기 나누는 모습, 후배들이 고마워하는 그 표정, 그 상황을 보고 있노라면 이시성이 대견해 보이다가도 선배인 나도 무언가 도움이 되고자 고심하게 되는 훈훈한 상황이 연출됩니다.

이시성이 업무를 하는 모습을 곁에서 지켜봤습니다. 항상 본인의 사명과 역할을 생각하며 사회적 이슈에 대한 접근과 해결 시도를 위해 끊임없이 연구하고 공부하는 모습이 대단했습니다. 특히 이슈 해결을 위해 거침없이 내달리는 모습에선 낯가림하는 이시성이 아닌 이글거리는 눈빛과 열정이 충만한 이시성으로 변하곤 합니다.

가끔 그런 이시성을 보고 있자면 무엇보다 건강이 우려스럽습니다. 지금은 젊음으로 쉽게 이겨낼 수 있겠지만 나이가 들어도 계속 그렇게 행동하기 위한 건강 관리에 힘쓰길 바랍니다. 문득 업무로 인해 지쳐 보이는 이시성이 늦게나마 모임에 참석하러 달려왔던, 그렇게 바쁘면서도 다른 이들의 어려움에 도움이 되고자 노력하던 모습들이 떠오릅니다.

이런 후배 이시성이 새로운 길에 도전한다고 합니다. 그 얘기를 들었을 때 놀랍지 않았고 뜻밖이지 않았습니다. 당연한 도전이라 생각합니다. 빠르지도 늦지도 않았습니다. 부족하지도 과하지도 않습니다. 가장 적합한 시기와 위치에 의미 있는 선택이다라고 말해 주고 싶습니다. 혹자는 선택의 결과가 중요하다고 하실 수 있습니다. 하지만 이시성의 도전은 과정에 대한 응원으로 시작해야 하며 응원이 모여 자연스럽게 바라는 결과가 만들어질 듯합니다.

시성아! 새로운 길을 선택하고 간다는 게 쉬운 일이 아니라는 건 잘 알고 있겠지. 그래도 도전하는 사람은 멋있고, 특히 그 길이라면 더더욱 의미가 있을 거 같아. 모든 사람을 보듬어 줄 수 있는 시성이가 될 수 있길 기원해. 진부하지만 '넌 해 낼 거야'라는 말을 해 줄게. 힘내고 멋진 도전 만들어. 화이팅!

국회 선임비서관 김○○

이시성 보좌관은 '사기캐'다.

'엄친아'라는 말이 있다. 얼굴은 보지 않았지만 모든 게 완벽한 캐릭터를 말한다. 이시성 보좌관님이 딱 그런 캐릭터이다. 국회에 이런 '사기캐'가 있을까 싶다.

나에게 이시성은 국회 선배이자 영원한 보좌관님으로 불릴 것 같다. 이시성 보좌관님을 처음 뵀을 때는 조금은 차갑고 딱딱하게 느껴졌지만 일할 때 그 누구보다도 진정성과 열심을 투여하시는 분이고, 냉철한 모습 뒤에 늘 따뜻한 걱정과 위로가 있는 분이다.

이시성 보좌관님을 떠올리면 가장 대표적으로 '유치원 3법'이 떠오른다. 유치원 운영에 있어서 많은 문제들이 제기되어 왔지만 그것을 공론화하는 것은 결코 쉽지 않다. 왜냐하면 '표를 잃기 때문'이고, '거대 이해관계자들의 민원에 시달려야 하기 때문'이다. 하지만 이시성 보좌관에게 문제는 문제이다.

문제라면 당연히 지적을 해야 하고, 거기에 그치는 것이 아니라 대안까지 제시했다.

이시성 보좌관님은 많은 반대세력과 부침이 있어도 문제나 해결과정을 절대 약화시키지 않는다. 오히려 원동력으로 삼아 문제가 확실하게 재발되지 않을 법과 제도를 마련한다. 유치원 재정 운영의 투명성을 제고하는 법을 마련할 때에도 이 법의 이해관계자들에게 이시성 보좌관님은 내용 없는 육두문자와 고함과 갖은 모욕에 시달렸다. 하지만 난 이시성 보좌관님의 피곤한 내색을 본 적이 없다.

국회에 있다 보면 많은 사람들은 어떤 의원님을 모시는지를 중요하게 생각하기도 하지만 난 단연코 말할 수 있는 건 "의원님은 정말 인복이 있다"고 생각한다. 국회의원이 이슈를 선점해 시그니처 정책을 가졌다는 것만큼 투표자들에게 좋은 홍보거리가 또 있을까? 내가 만약에 첫 국회생활을 이시성 보좌관님과 함께했다면 업무를 대하는 태도, 업무역량 등이 좀 더 다르지 않았을까?라는 생각을 종종 해 본다.

이시성 보좌관님은 윗사람보다 아랫사람을 더 귀하게 여기는 사람이다. 이시성 보좌관님을 정말 '사기캐'라고 생각하는 것은 이렇게 업무적인 역량이나 퍼포먼스가 출중해서가 아니다. 업무와 인격에서 모두 훌륭해서이다. 사회생활을 하다 보면 윗사람에게 충성하고, 아랫사람에게 홀대하는 사람을 종종 보는데 이시성 보좌관님은 어딜 가서든 윗사람 흉을 보지 않는 것은 디폴트 값이고 아랫사람이 잘되도록 자기만의 업무

노하우를 아낌없이 전수해 준다. 밑에 있는 직원들이 항상 잘되도록 지원하고 응원하고 진심으로 축하해 준다.

이시성 보좌관님은 가장 바쁠 때 국회 내 작은 기도모임 회장직을 맡았다. 기도부터 스케일이 다르다. 개인과 가정뿐만 아니라 국회와 나라를 위해 기도하자고 제안한다. (정말 다시 생각해도 '사기캐'가 맞는 것 같다.) 국회 신우회 후배들의 작은 고민에도 늘 진지하게 들어주며, 다음에 만나면 잊지 않고 그 고민의 진행 상황을 점검한다. 이시성 보좌관의 "함께 기도하겠다"는 그 말은 그냥 하는 말이 아니다. 정말 그 사람을 위해 같이 고민하고 있다는 뜻이다.

이시성 보좌관님이 무얼 하든 잘해 내실 거라 믿어 의심치 않는다. 그러나 그 과정을 쉽게 해 낼 것이라고 생각지도 않는다. 왜냐하면 이시성 보좌관님은 늘 그렇듯 누구나 다 지적할 수 있는 문제를 건드는 게 아니라 보이지 않는 것, 모두가 문제라고 생각하지만 쉽게 문제라고 이야기할 수 없는 문제들을 건드리기 때문이다. 이런 사람들이 우리나라 국회에 있기를 소망한다.

국회에 있다 보면 경험하기도 하고, 듣기도 하는 것이 "권력의 맛을 보면 사람들은 변한다"고 한다. 이시성 보좌관은 '지금처럼' 해 달라고 말하고 싶다. 거침없이 문제를 제기하고, 늘 약자를 먼저 생각하며, 공감과 논리가 적절하게 조화로운 사람으로 있어 달라고.

이시성 보좌관님의 '사기캐' 활약을 응원합니다!

虎의 기백을 가진 人

「호랑이는 썩은 고기를 먹지 않는다」그의 카톡 프로필에 오랜 기간 걸려 있는 문구다. 나는 이 문구가 그가 누구인지, 어떤 생각으로 그가 인생을 살아왔고 또 앞으로 어떻게 인생을 만들어 갈지를 정확하게 알려 주는 문구라고 생각한다. 그의 기백을 보여 주는 문구를 스스로 잘 찾았고 그 문구로 그를 주변인들에게 각인시킨다.

내가 지켜본 그의 여의도에서의 인생은 '썩은 고기를 먹지 않는 호랑이' 그 자체다. 소시민들을 위해 살아 있는 사회적 부조리와 이슈를 찾고, 관찰하고, 그 이슈의 가장 아프고 치명적인 부분을 찾아 물어버린다. 그가 물어버린 것이 사회적 부조리와 이슈가 맞다면 그는 결코 입을 벌려 문 것을 놓아 주지 않는다. 그렇게 그에게 먹힌 고기는 그 혼자 차지하는 게 아니라 다시 소시민과 사회에 자양분으로 돌아간다.

그를 잘 모르는 사람들은 그에게는 호랑이의 용맹함만 있는 것으로 오해할 수 있으나 적어도 내가 지켜본 그는 우리나라 서울/평창올림픽의 마스코트인 호돌이와 수호랑의 친근함과 의리도 있다. 사회의 부조리와 이슈에는 한없이 용맹하게 달려드나, 일상의 그는 그의 눈웃음처럼 친근하고 달달하다. 주어진 것에 감사할 줄 알고, 또 그것을 달달하게 표현할 줄 아는 친근한 청년이다. 주변인의 어려운 일을 그냥 지나쳐 넘어가지 않는 사마리아인이다. 나의 개인적인 어려운 사정을 얘기하지도 않았는데 주변에서 우연히 나의 이야기를 듣고 기도해 줬던 고마운 이다.

나는 그가 사회나 여의도에서 지위가 오르고 육체적인 나이가 들어가도 이빨 빠진 호랑이가 되어 썩은 고기를 먹을 거라고 결코 생각하지 않는다. 그는 호돌이와 수호랑의 친근함으로 우리 옆에 있을 것이나, 호랑이의 매서운 눈으로 사회를 볼 것이며, 소시민들을 살필 것이며, 부조리를 물 것이며, 그걸 물어서 변화시킬 것이다.

우리 한반도의 상징이자 우리가 제일 좋아하는 동물인 호랑이의 기백을 가진 그가 더 큰 기회를 얻어 국민들을 위해서, 사회를 위해서, 정치를 위해서 신선하고 엣지 있는 큰 변화로 호돌이와 수호랑이 그랬던 것처럼 여의도 정치의 인기 있는 마스코트가 되기를 기대한다. 사회의 약자에게는 친근하고, 부조리에는 용맹스러운 그에게 여의도는 어울리는 무대다.

국회 비서관 김○○

인생 멘토의 새로운 시작을 응원합니다.

언제나 새로운 환경과 새로운 시작은 혼란스럽고 두렵게 마련입니다. 제가 국회라는 곳에 첫발을 디뎠을 때도 마찬가지였습니다. 내가 가고 있는 이 길이 올바른 길인지,

계속해서 믿고 정진해도 되는 길인지 언제나 헷갈리고 스스로 되묻고는 했습니다. 특히나 국회는 1명의 국회의원당 9명이라는 턱없이 부족한 보좌진 인력으로 하나의 개별적인 입법기관으로서의 업무와 의원님의 의정활동을 뒷받침해야 하는 과중한 업무를 맡고 있습니다.

그렇기 때문에 국회는 아무래도 새로 임용된 보좌직원이 누구에게나 일을 배울 수 있는 환경이라기보다는 사실상 맨땅에 헤딩하며 일을 배우는 것이 다반사입니다. 물론 현재는 각 정당의 보좌진협의회나 국회 의정연수원의 교육자료, 국회 출신의 선배 보좌관님이 출판한 서적 등 참고할 자료가 많긴 하지만 어느 공공기관과 회사보다 가장 특이한 성격을 가졌다고 해도 과언이 아닌 국회의 모든 사내 분위기와 업무 풍토를 따라잡기에는 역부족인 부분이 많습니다.

저도 마찬가지였습니다. 학부에서 열심히 정치학을 전공했어도 국회에서 업무를 처리하기에는 난생 처음 겪어보는 일이 참 많았습니다. 그럴 때마다 좌절도 많이 하고 직접 몸으로 부딪히며 스스로도 많은 성장과 발전을 이뤄냈다고 자부하지만 그 기간이 참 어렵고 힘든 시간이었습니다.

이시성 선배님을 알게 된 지는 얼마 되지 않았습니다. 하지만 지금까지 겪은 이시성 선배님의 모습과 저에게 아낌없이 조언해 주신 그 모습을 보며 선배님을 조금만 더 일찍 알게 되었다면 국회에서 혼자 부딪히며 힘들게 성장했던 그 시기, 미래가 뚜렷이 보이지 않던 그 시기에 큰 힘과 미래에 대한 청사진을 그릴 수 있지 않았을까 하는 아쉬움이 있습니다.

'인생 멘토'라는 것이 얼마나 중요한지 깨닫는 순간이었습니다. 이시성 선배님과 항상 말씀을 나누다 보면 그동안 다른 선배님들의 조언과 피드백과는 확실히 결이 다르다는 걸 알 수 있습니다. 다른 선배님들을 비하하려는 것은 아니지만 아무래도 실무적인 관점과 제가 이 시기에 지금까지 쌓아놓은 경험과 커리어를 바탕으로 앞으로 국회라는 특수성을 가진 조직에서 어떻게 어떠한 방향으로 나아가야 하는지와 같은 고민에 대한 갈증을 속시원히 해소해 주시는 분은 그동안 뵐 기회가 매우 적었습니다.

저보다 경력이 몇 배로 많으신 선배님들께서는 다소 추상적이고 은유적인 인생 조언을 많이 해 주셨지만 이시성 선배님은 달랐습니다. 본인이 입법보조원부터 최연소 보좌관까지 역임했던 그 과정과 실무경험을 바탕으로 정말 현실적이고 구체적인 조언과 충언을 아낌없이 말씀해 주셨습니다.

국회 안에 이시성 선배님을 존경하고 믿고 따르는 후배들이 많은 이유는 아마도 이런 선배님의 진심 어린 조언과 현실적인 피드백, 아낌없는 응원 때문이지 않을까 생각합니다. 저 역시 쑥스러워 아직 제대로 말씀드리진 않았지만 제 '인생 멘토'로서 늘 신경써 주시고 챙겨 주심에 감사드립니다.

이시성 선배님과 함께하는 자리는 늘 시간이 부족합니다. 언제나 다양한 주제와 현안에 대한 속 깊은 이야기를 나누고 저의 고민거리에 대한 조언을 듣다 보면 정말 시간 가는 줄 모릅니다. 더군다나 동향 선배님이시고 제 모교의 겸임교수까지 맡고 계시어 언제나 늘 이야깃거리가 가득하고 선배님과 함께하는 자리는 언제나 즐겁습니다. 더 자주 뵙고 인사드려야 하는데 곧 국회의원선거를 앞둔 국회 보좌진이라는 핑계로 자주 뵙고 연락드리지 못해 아쉬운 마음이 큽니다.

이렇게 제가 닮고 싶고 항상 뵙고 싶은 '인생 멘토'이시성 선배님이 새로운 시작을 준비하신다고 합니다. 그간 국회에서의 노하우와 경험을 총집약하여 인천에 새로운 활력을 불어넣을 준비를 하신다고 하여 무한 응원을 보내드리고 있습니다. 이시성 선배님이라면 믿어 의심치 않습니다. 누구보다도 국회의 커다란 흐름을 이해하고 입법과 정책 전문가로서 국민을 대변할 충분한 적임자라고 생각합니다.

또한 선배님은 누구보다 먼저 직접 행동하고 직접 실천하는 현장 전문가입니다. 이시성 선배가 꿈꾸고 기획하는 것이 무엇이 되었든 이시성 선배가 깊이 고민하고 계획한 것이라면 뭐든지 믿고 맡길 수 있다는 것을 제가 보증할 수 있습니다. 이렇게 새로운 시작을 준비하고 계시는 선배님을 제가 두 팔 걷고 도와드려야 하는데 마냥 그럴 수 있는 환경이 되지 못해 아쉽고 죄송스러운 마음뿐입니다.

언제나 새로운 길을 개척하고 후배들의 믿음직한 본보기가 되어 주시는 이시성 선배님의 또 다른 시작과 출발을 멀리서라도 지켜보며 응원하겠습니다. 앞으로도 언제나 지금처럼 제 '인생 멘토'로서 오래 함께해 주셨으면 좋겠습니다.

국회 인연 김○○
상생과 통합의 정치를 이끌 젊은 인재

　이시성 수석대변인을 처음 만난 것은 국회 담당자로 부임해 인사를 하는 자리였습니다. 생각했던 것보다 훨씬 젊고 단정한 외모에 처음 놀랐고, 다양한 분야에 대한 해박한 지식과 정제되고 논리적인 말솜씨에 강한 인상을 받았던 기억이 납니다. 나중에 알게 되었지만 이시성 수석대변인은 30대의 젊은 나이에도 불구하고 이미 19대 국회부터 10년이 넘게 보좌관을 역임해 온 베테랑으로 유치원 3법, 현대차 결함 리콜 등 일반인들도 익히 들어보았을 정책 사안들을 처리해 온 국회의 스타 보좌관이었습니다.

　국무조정실, 금융위, 공정위, 보훈부 등 다양한 분야의 부처와 기관을 관할하기에 보좌진들이 개별 부처나 기관의 세세한 실무까지 세밀하게 다 파악하기는 어려운 것이 일반적인 현실임에도 불구하고 이 수석대변인은 기관 담당자보다도 깊이 있게 현안을 파악하고 있어 내심 놀랐고, 몇 년 전부터 국회의 여야 보좌관들이 함께 참여하는 금융정책연구회 대표를 맡아 금융감독 체계 개편이나 국책금융기관의 역할 정립 등에 관해 연구해 온 것을 나중에 알고 감탄했던 기억도 있습니다.

3년간 국회 담당관으로 국회를 출입하면서 본 국회의원과 보좌진의 모습은 생각한 것 이상으로 힘들고 고단한 것이었습니다. '일 안 하는 국회'라는 세간의 인식과 다르게 주말, 휴가도 챙기지 못하고 국정감사의 시기에는 몇 달간 퇴근도 못 하면서 밤을 새우는 모습을 보면서 안쓰러운 생각이 들 때도 많았습니다.

20대부터 10년 넘게 국회 보좌관을 계속해 온 이시성 수석대변인의 삶도 치열한 것이었을 겁니다. 다만 정치 현장을 지키면서도 끊임없이 공부하고 미래를 준비하는 모습에서 더 큰 꿈을 간직한 사람이라는 것을 짐작할 수 있었습니다.

선거 때마다 청년 정치가 화두가 되고, 외부 전문가의 인재 영입을 강조합니다. 하지만 나름대로 국회를 몇 년간 출입하면서 현장을 지켜본 입장에서 깨닫게 된 건, 정치 현장에서 훈련된 청년 정치인이 성장하고 국회로 진출할 수 있어야 한다는 것이었습니다. 상생과 협치가 실종된 정치 양극화의 시대에 민주주의와 대의정치의 본질과 시스템을 깊이 이해하고 여야의 벽을 넘어 긴밀하게 소통할 수 있는 인재의 발굴이 외부에서 경력을 쌓은 경제인, 언론인, 법조인의 수혈 이상으로 더 필요한 것이 아닌가 생각합니다.

젊은 정치신인 버락 오바마가 2004년 7월 민주당 전당대회에 기조연설을 하기 전까지 그가 미국의 첫 번째 흑인 대통령이 되리라곤 아무도 생각지 못했습니다. 미국의 갈등을 치유하고 하나의 미국으로 회복을 희망했던 오바마 대통령은 연설에서 다음과 같이 말했습니다.

"진보적인 미국이 따로 없습니다. 보수적인 미국도 없습니다. 미합중국만이 있습니다. 흑인들의 미국도, 백인들의 미국도 라틴계 사람들의 미국도 아시아인들의 미국도 없습니다. 미합중국만이 있습니다."

보좌관으로 또 당직자로서의 풍부한 경험에 30대의 젊음을 겸비한 이시성 수석대변인이 4개월 앞으로 다가온 22대 총선에서 중용되어 한국 정치가 상생과 통합의 정치로 도약하는 데 기여하고 큰 정치인으로 성장하기를 기원하며 추천사를 마칩니다.

대학 후배 박○○

내가 본, 내가 겪은, 그리고 나와 함께하는 이시성

나에게 이시성은 아득히 먼 학번의 선배에서 눈에 보이는 뚜렷한 성과를 내는 보좌진, 그리고 늘 후배들보다 먼저 나서서 새로운 길을 개척해 온 리더였고, 이제는 나이 많은 기성 정치인들 사이에서 지역구 대물림 등의 구태를 밟고 승리할 청년 정치인이다.

먼 학번의 선배 이시성을 처음 만난 건 대학생 때였다. 정치외교학과의 특성상 국회에 방문해 선배들을 만날 기회가 잦았는데 이시성 선배는 당시 새정치민주연합 신학용 의원실의 비서관, 보좌관을 맡고 있었다. 당시 이시성 선배는 이렇게 말했다. "보좌진은 국민이 뽑은 국회의원과 함께 각종 정책·정무적 지원 역할을 수행하며, 의정활동을 보좌하는 것은 곧 국민을 위한 일이다." 뭣 모르던 대학생의 나로서는 참으로 인상 깊은 내용이었다. 그리고 의문이 이어졌다. "국회의원 보좌진도 결국 의원이 아니라 국민을 위해 일하는 것이구나. 저 선배처럼 보좌진이 되려면 어떻게 해야 하지?"

이시성 선배는 2008년 입법보조원으로 시작해 최연소 보좌관이라는 닉네임까지, 보좌진으로서의 경험을 차근차근 쌓아온 사람이다. 국회 내에서 최연소 보좌관 중 한 명으로 이름을 올리면서도, 늘 후배에게는 "현재 보좌관을 맡고 있지만 부족한 점이 많다. 하지만 의원님께서 믿고 맡겨 주신 만큼 기대에 부응하기 위해 최선을 다하고 있다"며 겸손한 태도 또한 잃지 않았다. 이시성 선배가 보여준 직업적인 가치관과 노력은 후배들에게 그리고 나에게 있어 국회에서 일하는 것에 대한 동경이라는 새로운 시각을 제공해 주었다.

그리고 마침내 나도 국회라는 조직에 입성하게 되었다. "인생은 멀리서 보면 희극이고, 가까이서 보면 비극이다"라는 말이 있던가. 국회 또한 마찬가지였다. 바다로 물이 뻗어가기 위해서는 더 치열하고 매서운 강물의 굽이침이 필요했다. 국회 내부에 들어오니 이시성 선배의 노력과 헌신, 그리고 성과가 얼마나 대단한 것인지 알게 되었다.

치열하고 쉼 없이 흘러가는 국회의 삶은 나에게 새로운 도전과 열정을 안겨주었다. 그러나 동시에 의원에게 가려지고, 나이로 인해 받는 대우의 차별, 직장 내 다양한 문화와 업무 강도에 지쳐가는 동료들의 어려움도 명확히 보였다.

이런 환경 속 이시성 선배의 행동과 조언은 나에게 있어 국회 보좌진으로서의 가치와 사명감의 정립 등 직무를 수행하는 데 큰 영향을 줬다. 어떤 어려움에 부딪혀도 결국 국민을 위한 일이라는 헌신과 그에 상응하는 노력이 필수라는 것, 그리고 처한 어려움을 이겨내기 위해선 동료들과 단결과 협력이 중요하다는 것을 배웠다. 나는 그가 알려준 가치를 토대로 국민을 위한 일에 최선을 다하고 있다. 더불어, 선배의 흔적을 따라 뚜렷한 성과를 내는 보좌진으로 성장하고자 치열히 노력하고 있다.

이시성 선배의 노력은 단순히 직장 내에서만 그치지 않았다. 바쁜 국회 생활에서도 목표를 가지고 학업을 병행하였으며, 학교 후배이자 이제는 직장의 후배인 나에게 늘 새로운 도전을 권장했다. 그리고 본인은 늘 앞장서서 선배들이나 경력이 오래된 정치인들이 가지 않은 길을 개척해나갔다.

이제 이시성 선배는 국민을 위해 평생 걸어온 삶을 유권자에게 평가받는 정치인 이시성이 되고자 한다. 그의 삶을 오랜 기간 지켜본 사람 중 한 사람으로서 나는 감히 말한다. 적어도 정치인 이시성은 기성 정치인들의 구태정치에 빠지지 않고, 본인이 가지고 있는 소신을 자신의 원칙으로 삼는 정치인이 될 것이다. 그리고 그 원칙에는 늘 국민이 함께할 것이다. 그의 삶이 그러한 궤적으로 흘러왔기에.

의인이 되기를 간구하던 그

내가 그의 첫인상으로 기억하는 이미지는 짙은 눈썹과 선한 눈 그리고 과묵한 듯하나 친절한 미소다. 큰 체구는 아니지만 무척이나 단단한 느낌을 주는 사람이었다. 내가 겪어본 그는 그 첫인상처럼 선하고, 과묵하면서도 친절하다. 그리고 겸손하면서도 단단하다. 내가 그를 안 세월이 거의 10년 정도 된 것 같은데, 그는 그때나 지금이나 한결같다.

우리의 인연은 국회 보좌진 신우회에서 시작되었다. 신우회는 초당적인 모임이었기에 서로 소속된 당이 달랐지만, 같은 신앙으로 금세 가까워졌다. 우리는 매주 목요일 점심에 모임을 갖고 서로의 기도 제목을 나누었는데, 그는 늘 '의인이 될 수 있도록' 기도해 달라는 요청을 했었다.

내 기억으로 그 기도는 거의 몇 년 동안 변함이 없었다. 이런 특이한 기도 제목을 그토록 오래 요청하는 사람은 내 주변 신앙인 중 그가 유일무이하다. 그런 기도를 요청하는 이유가 늘 궁금했지만 직접 물어본 적은 없다. 다만, 그가 하나님 앞에서 진실하게 살고자 애쓰는 사람이겠구나 하는 짐작은 충분히 할 수 있었다.

그래서 내가 국회를 떠나면서 신우회 회장직을 누구에게 부탁할 것인가에 대해서는 큰 고민을 하지 않아도 되었다. 회장직을 맡아 주겠냐는 제의에 선뜻 수락한 그는 그가 국회를 떠나기 전까지 성실하게 신우회를 이끌어주었다.

최근에 그가 정치에 뜻이 있다는 것을 알게 되면서 나는 기대가 생겼다. 그가 그토록 간구했던 의인의 모습으로 정치하는 멋진 미래에 대한 기대. 세상에서 의인을 보는 것이 얼마나 어려운지는 성경에도 기록된 일인데, 하물며 정치판에서는 오죽할까. 그러나 왠지 그에게는 믿음이 간다.

정치가 사람들에게 희망을 주지 못하는 시대를 살고 있다. 하여 우리에게는 좋은 정치인이 너무나 갈급하다. 나는 그가 사람들에게 희망을 주는 좋은 정치인이 되었으면 한다. 그리고 앞으로도 하나님 앞에서 의로운 모습으로 살기 위해 애쓰기를 멈추지 않기를 바란다. 나는 그가 개척해 나갈 그 길을 기대에 찬 마음으로 응원하며 지켜볼 것이다.

대학원 선배 박○○

이시성이라는 상대는 난공불락이다.

한 길 사람 속을 모른다는 말이 있다. 생애가 압축된 한 사람의 마음은 바라보는 각도에 따라, 대하는 입장에 따라 다를 수밖에 없을 것이다. 하지만 사회적 상호작용 속에서 사람의 행동은 대체로 예측이 가능하다. 열심히 사는 사람은 더욱 그렇다. 예측을 넘어 기대를 갖게 하기도 한다.

'이시성'하면 어렵게 느끼는 사람을 많이 보았다. 하지만 그가 어려운 이유는 그가 예측 불허의 인물이 아니라 너무나 한결같기 때문인 경우가 많았다. 자신의 뜻대로 사람의 행위를 통제하거나 마음을 유혹하고 싶은 이들에게 이시성이라는 상대는 난공불락이다. 맞는 것은 맞고 틀린 것은 틀린 그대로 판단하고 미혹되지 않는 사람이 이시성이다.

한 번은 주위의 부탁으로 그와 식사 자리를 마련했다. 식사 한 번 하는 것도 쉽지 않은 위치에서 열심히 일하는 그이지만, 언제든 편히 연락 달라고 했던 말대로 했더니 선뜻 자리를 승낙한 것이다. 그와 만나보고 싶어 하는 사람이 고맙다고 연신 감사를 표했다. 하지만 그 사람은 무례했다. 어렵게 마련한 자리에서 자신의 입장만을 전달하기 바빴다. 나는 불쾌했지만 일단 연장자인 그를 옹호해 주었다. 이시성은 어차피 영향받지 않을 것을 알았기 때문이다.

예상대로 이시성은 나에 대한 배려로 자리도 함께해 주고 상대의 일방적인 이야기도 경청해 주었다. 다만 거기까지였다. 자리를 마치기 전에 공손하면서도 단호하게 자신의 입장을 재확인했다. 정치적으로 영악한 사람이라면 굳이 그럴 필요 없이 한길 속으로 마음을 숨겨 버리면 그만이지만, 이시성은 그러지 않았다. 투명하고 담백한 시성이가 더욱 미더웠고 오히려 예측대로인 그에게 고마웠다. 헤어질 때 앞서 당당하고 의연하던 보좌관의 모습에서 '제가 너무 단호하게 얘기했나요?'라며 공손하게 묻는 후배 이시성으로 금세 돌아와 나를 배려해 주는 그의 모습을 보고난 후부터 나에게 이시성은 예측이 아닌 기대의 대상이 되었다.

좋은 사람이 꼭 좋은 정치인인 것은 아니다. 사람 간의 갈등을 조정해 질서를 창출하는 것이 정치 본연의 임무라면 오히려 그 반대인 경우가 더 많다. 때로는 모질어야 한다. 좋은 정치인으로 성과를 남기는 것이 그저 좋은 사람으로 남는 것보다 더 어렵고 희소한 이유이기도 하다. 그렇다고 가슴까지 차갑고 이기적인 사람이라면 그가 아무리 정치를 잘 해낸다 한들 기대할 것이 없다.

따뜻한 가슴으로 사람들을 늘 배려하고 위하면서도 좋은 정치를 위해서는 기꺼이 비난도 감수할 용기와 흔들림 없는 명철함을 지닌 이시성을 가장 필요로 하는 자리가 정치의 세계라는 생각은 나만 갖는 게 아니리라 믿는다. 이시성이 불편하고 어려운 사람은 스스로에게 물어보기 바란다. 그를 내 뜻대로 움직이고 싶어 하지는 않았는지. 그리고 그와 나 중 어느 쪽이 더 공의로운 입장인지. 그리고 오직 공의의 관점에서 그에게 해 주고 싶은 말이 있다면, 시간과 장소, 형식 따위 무시하고 꼭 그에게 전달하기 바란다. 그는 공의의 관점에서 자기가 더 살필 측면이 있다면 한 치의 주저함 없이 상대의 말을 수용할 것이다. 공손한 감사 인사까지 덤으로 얹어주면서 말이다.

재인박명이라 했던가. 재주 많고 정의롭기까지 한 그가 부디 오래 활약할 수 있도록 자기 자신도 좀 살펴가며 일하기를 희망한다. 건강하게 좋은 정치인으로 성장해 가기를 마음 깊이 응원한다.

대학 후배 안○○

새 술은 새 부대에, 퇴보하는 인천을 되살릴 적임자 '이시성'

저는 대학교 때부터 이시성 선배와 학교를 같이 다녔고, 소속 의원실과 정당은 다르지만 같은 국회 보좌진으로서 이시성 선배님을 지금까지 14년간 곁에서 쭉 지켜봐 왔습니다. 제가 14년 동안 본 이시성 선배는 늘 한결같은 사람입니다. 언제 어디서나 한결같이 후배들을 따뜻하게 잘 챙겨줬고, 대학에서나 직장에서나 늘 똑똑하고 소위 '낭중지추'였습니다.

특히 이시성 선배는 국회 보좌진으로 국회에 입성하려는 인천대 정치외교학과 후배들의 귀감과 롤모델 그 자체였습니다. 이시성 선배는 대학 시절인 2008년 입법보조원부터 국회 보좌진 생활을 시작해, 31살에 여야를 막론하고 최연소 보좌관(신학용 국회의원 보좌관)에 오른, 보좌진으로서 입지전적인 인물입니다. 저도 이시성 선배를 보면서 국회 보좌진이라는 직업에 대해 확신을 갖게 됐고, 이시성 선배 덕분에 지금까지 국회 보좌진으로서 나라의 녹을 먹으며 밥벌이를 하고 있습니다.

이시성 선배는 국회 보좌관 시절, 다른 보좌관들이 하지 못할 남부러운 혁혁한 성과를 일궜습니다.

먼저, 이시성 선배는 자신의 고향이 지역구(인천 계양갑)인 신학용 의원(더불어민주당)을 모시면서 인천의 발전을 위해 헌신했습니다. 또한 국회 교육문화체육관광위원장·교육과학기술위원회위원장인 신학용 의원을 도와 대한민국 교육·문화·과학기술 발전을 위해 노력해 왔습니다.

이어 이시성 선배는 국회 교육위원회 소속 위원이던 의원의 보좌관으로서 유치원 3법(유아교육법, 사립학교법, 학교급식법 개정안) 발의와 비리 유치원 명단 공개 등을 통해, 신학용 의원을 모시면서 문제 의식을 갖게 된 유치원의 심각한 비리 문제를 일망타진했습니다. 또한 이시성 선배는 의원이 국회 정무위원회로 옮긴 이후, '재벌 개혁'을 통해 의원이 일명 '삼성 저격수'로 스타덤에 오를 수 있도록 큰 공헌을 했습니다.

이시성 선배는 국회 보좌관으로서의 성취를 뒤로 하고, 현재는 온라인투자연계금융협회 사무처장과 더불어민주당 인천광역시당 수석대변인, 더불어민주당 국민소통위원회 상임부위원장, 인하대학교 정치외교학과 겸임교수 등을 맡으며 입법·금융·정당·학계 등을 망라한 다양한 분야를 섭렵하는 팔방미인 전문가로 성장했습니다. 이제 이시성 선배는 이러한 경험을 바탕으로, 고향인 인천에서 고향을 위한 새로운 도전을 준비 중에 있습니다.

인천은 인구 300만에 달하는 대한민국 제3의 도시로 성장했지만 이시성 선배의 고향인 인천 계양은 오히려 인구가 지속적으로 감소하며 한때 34만까지 달했던 인구가 28만까지 추락했습니다. 전통적 '베드타운'인 계양은 성장 동력은 없는 반면에 검단·청라 등의 신도시로 인구가 지속적으로 유출되고 있기 때문입니다.

의사가 진단을 잘못하면 환자가 병에 걸린 줄도 모르고 손 쓸 틈도 놓치고 방치돼 죽듯이 국회의원이 국정과 지역 경제에 대한 제대로 된 진단과 적절한 처방을 하지 않으면 대한민국과 지역 경제는 퇴보하게 되고, 그 피해는 고스란히 국민과 지역 주민들에게 돌아갑니다.

그리고 지금 인천 계양갑의 현실이 바로 이와 판박이입니다. 계양갑 현역 국회의원이 지역에 대한 제대로 된 진단과 처방을 하지 않고 중앙 정치에서 정쟁에만 매달리는 동안 계양갑의 도시 경쟁력은 매일 퇴보하며 인천 계양의 아들·딸들이 계양을 떠나고 있습니다. 이제 계양은 더 이상 퇴보하는 계양의 과거의 전철을 답습할 여유조차 없습니다.

'새 술은 새 부대에'라는 말이 있듯이 계양의 새로운 미래를 위해선 새로운 인물이 필요합니다. 그리고 바로 여기, 30대 정치 신인의 참신함과 도전정신, 그리고 인천 계양 토박이로서 지역에 대한 높은 이해도와 입법·금융·정당·학계에서의 전문성으로 무장한 이시성 선배만이 계양의 새로운 미래를 열 수 있는 유일한 적임자라고 생각합니다.

인천의 새로운 변화를 위한 이시성 선배의 도전이 성공해 계양갑이 인천의 중심 도시로 거듭나길 대학교 후배로서 간절히 기원합니다. 감사합니다.

국회 비서관 유○○

빛이 나는 올라운드 플레이어

시성이를 처음 만난 때는 각자 소속 의원실의 보좌진으로 대선캠프 파견을 나왔던 2012년 대선이었습니다. 뚜렷한 이목구비에 서글서글한 미소, 항상 예의 바른 말투를 잊지 않는 매력 있는 어린 청년이었습니다. 10년이 지난 지금도 이 친구는 늘 그렇듯 항상 예의 있게 안부를 물으며 대화를 시작합니다.

이 친구를 더 멋지게 보게 된 사건이 있었습니다. 바로 유치원 3법입니다. 보좌진 경험을 했던 사람이라면 누구나 지역에서 영향력을 행사하는 사람들이 주는 부담감을 공감할 것입니다. 사립유치원 원장님들은 인원수도 그렇고 유치원 학부모님과 지역사회, 더 나아가 정치계에도 영향을 주기 때문에 쉽게 상대할 분들이 아닙니다. 그렇기 때문에 부조리한 면이 있다 하더라도 지적하기 어렵고, 더군다나 영향을 많이 받는 정치인인 자신이 모시는 의원님이 그러한 결정을 내리도록 설득하는 것은 더 힘듭니다.

하지만 당시 해당 의원님은 만나는 언론마다 '이시성 덕분에 이 문제에 대면할 수 있었다'라고 할 정도로 시성이는 주인공으로서, 공익을 위해 어려움과 위험을 기꺼이 감수하고 뛰어들어 공론화시키고 사회를 더 나은 방향으로 틀었습니다. 어렸을 때 만나 같이 일하며 어리게 봐 왔던 동생이 큰일을 해내는 것을 보고 놀라움과 존경심이 일어났던 것이 기억이 납니다.

시성이는 보좌진 시절 담당했던 상임위 공무원들 사이에서도 늘 유명했습니다. 왜냐면 질의를 위한 질의가 아닌 늘 문제가 되는 부분을 잘 짚었고, 거기서 그치지 않고 그 문제가 해결이 될 때까지 놓지 않아 공무원들이 진땀을 뺐기 때문입니다. 평범한 보좌진으로는 얻을 수 없는 유명세였고, 본인 스스로도 스페셜리스트가 되고자 하는 노력을 했습니다. 써 놓고 보니 정말 멋있는 친구네요.

그런 시성이에게 바라는 것이 하나 있습니다. 바로 제가 아는 이런 이시성이라는 사람을 다른 사람들도 널리 알 수 있도록 노력해 달라는 것입니다. 잘 알지 못하는 사람들은 저처럼 생각하지 못하고 다가가는 데 주저할 수 있기 때문입니다. 일만 아는 딱딱한 친구는 아니에요.

이제 시성이가 그동안의 경험을 바탕삼아 더 큰 일을 준비한다는 소식도 들었습니다. 더 이상의 트레이닝도 필요 없고, 어디에서든 능력을 발휘해 빛이 나는 올라운드 플레이어입니다. 부디 이 친구가 크게 쓰여지기를 간절히 바라봅니다.

늘 약자의 편인 그는 '덤덤하고 담담한 사람'

2018년의 가을 겨울은 나에겐 어둠의 터널과도 같은 시기였다. 나름 규모가 큰 조직에서 팀장으로 오래 일했던 나는 좋지 않은 일로 반강제 휴직을 택하고 오직 집에서만 시간을 보냈었다. 그렇게 몇 달을 집에서 하루종일 티비만 틀어 놓았다. 티비에서는 방송 3사에서 연일 사립유치원 비리에 관한 뉴스가 쏟아졌다. 가히 국민적 관심을 독차지하게 된 그야말로 교육계의 핫이슈를 떠뜨린 멀쑥한 그 국회의원은 삼사일 간격으로 뉴스 인터뷰에 등장하였는데 내 눈에는 앞으로 본인이 유명세를 떨칠 생각에 한껏 신이 난 모습으로 인터뷰를 하는 모양새였다.

어릴 적 잠시나마 정치와 관련된 일을 해 보았던 경험이 있기에 나는 당사자인 국회의원보다 그 의원을 보좌하는 보좌진들에게 더 관심이 쏠렸더랬다. 이 어마어마한 이슈를 파헤치기 위해 얼마나 많은 노력과 공을 들였을까 하고 말이다. 국회의원의 의정활동 뒤에는 보좌진들의 크나큰 희생이 뒤따른다는 점을 이미 나는 잠깐의 경험을 통해 잘 알고 있었다. 이내 국민적 핫이슈가 되어 버린 '유치원 3법'을 정책했던 그 보좌진의 이름을 우연히 라디오방송을 통해 알게 되었고, 그분이 나의 지인과 선후배 사이인 것을 알고 신기해했었다. 그 사람은 바로 '이시성' 보좌관님이었다.

시간이 지나 다방면에 걸쳐 그와 관련된 미담을 듣게 되었고,

회사에서 부당한 일에 휘말려 반강제로 휴직 당한 채 하루하루 고통의 시간을 보내고 있던 나에게 어느 날 지인은 이시성 보좌관을 만나 볼 것을 권유했다. 나는 두려웠지만 이시성 보좌관님이라면 해결 방안을 찾을 수 있을 것이라는 지인의 끈질긴 설득에 어렵게 만남을 가지게 되었다.

그의 첫인상은 매섭고 날카로워 보였지만 대화를 시작한지 얼마 지나지 않아 나는 그가 굉장히 명석할뿐더러 대화의 이해도가 높고 공감능력이 좋은 마음 따뜻한 분이라는 걸 알 수 있었다. 내가 처한 상황에 대한 심심한 위로와 함께 합리적인 대안 제시로 인해 몇 달이 지나 나의 억울한 상황이 점차 해결되기 시작했고, 그 과정에서 나는 그의 인간적인 면모에 반해 개인적인 친분을 맺고 싶었지만 제보자와 보좌관이라는 뭔가 어색한 관계 형성으로 인해 그 이상으로 더 가까워지지는 못했다. 그 대신 나는 늘 그가 속한 의원실에 관심을 가졌고 지인들에게 그의 안부를 묻곤 했다.

어느 날 지인을 통해 보좌관님이 본인의 고향에서 큰 일을 준비하신다는 이야기를 들었다. 포털에 검색해 보니 정말 관련 기사가 여러 개 올라와 있었다. 나는 인생 처음으로 인터넷 기사에 자발적 '좋아요'를 누르고, 지인들에게 기사를 열심히 퍼다 나르며 마음속으로 열띤 응원을 보내는 중이다. 작은 일이지만 이것이 내가 그를 위해 할 수 있는 전부일 것이다. 언제나 그랬듯 내가 보낸 어색한 응원의 메시지에도 '훗날 후회하지 않기 위해 도전해 보고 싶었던 것뿐'이라며 겸손한 감사의 인사만을 표하시는 보좌관님이다.

그는 나와 비슷한 처지에 있는 무수한 사연들과 민원을 접했고, 그때마다 늘 본인의 일처럼 도움을 주고 싶어 하던 사람이다. 그를 알아가는 몇 달 동안의 과정 속에서 그의 강인하고 우직한 일처리 방식과 오직 힘없는 약자만을 위한 마음 씀씀이를 발견하였고, 그것은 마치 학창시절 사회 교과서에서나 나올법한 의인이 내 눈 앞에 나타난 기분이었다. 본인의 본업만으로도 많이 힘들 텐데도 귀찮은 내색 한 번 없이 많은 조언과 대안을 아끼지 않았고, 무엇보다 제보자였던 나를 보호해 주기 위한 그의 배려가 너무나 돋보이던 시간들이었다.

몇 달 전 그는 페이스북에 자신의 상황과 관련하여 다소 속상한 마음을 덤덤히 적어 올린 적이 있다. 아마도 본인 출마와 관련된 일에 어디선가 상처를 받고 올렸던 글이 아닐까 혼자 추측하며 괜시리 걱정이 되었다. 나는 그가 가진 무한한 능력과 성품에 반해 기회가 주어지지 않는 사람이라 생각해 왔기에 지금의 그의 도전을 열렬히 응원하고 지지하고 싶다. 당장 그의 앞에 외로운 가시밭길이 펼쳐져 있음을 나는 알고 있다. 우리가 보아 왔던 정치판이란 게 항상 그렇듯이 사실과 다른 공작이나 수많은 음해에 시달릴 수도 있을 것이다. 그때마다 그는 늘 덤덤하고 담담하게 행동할 것임을 나는 안다. 그의 행보에 지대한 관심을 가지고 있는 국민의 한 사람으로서 어떠한 상황에서도 늘 그가 덤덤하고 담담한 모습으로써 주변인들을 안심시켜 주었다는 사실을 우리는 기억하고 있으니 말이다.

나는 그분이 늘 약자의 편에 서서 진심을 담아 행동했던 긴 과정들을 보아 왔기에 나와 같이 보이지 않는 곳에서 조용히 응원의 박수를 보내고 있는 많은 분들을 떠올리며 더 큰 용기를 내 보시라고 말씀드리고 싶다. 늘 그랬듯 '덤덤하고 담담하게' 말이다.

군대 동기 이○○

이시성의 세 가지, 스마트함. 반듯함. 발전하는 사람

그와는 군대 신병교육대를 나와 자대배치 받을 때 처음 만났다. 모 연대에서 제일 낙후되고 환경이 열악하여 절대 피해야 한다던 모 대대에 배치가 확정되고 한껏 우울하고 초조할 때 같은 곳에서 군생활을 할 동기 중 그가 있었고, 그렇게 군대 동기라는 인연으로 우리는 만났다.

낙후된 곳에서 우울한 기분으로 시작할 수밖에 없던 군생활에 동기들과 그는 큰 위로와 힘이 되었다. 그와는 다른 중대라 직접 살 비비며 생활은 하지 않았지만, 작은 부대였기에 업무적으로나 생활적으로나 교류가 많았고 덕분에 그와 많은 정도 쌓고 곁에서 그를 지켜볼 수 있었다. 전역하고도 우리가 정을 통한 지 세월이 십수 년이 흐른 지금, 내가 그에 대해 생각했을 때 떠오르는 화두는 세 가지다.

첫째, 스마트함. 극단적으로 학벌은 좋지만 허당끼 가득하거나 몸 쓰는 일머리는 있지만 애국가도 못 외우는 전우들 속에서 그는 항상 스마트했다. 일 처리, 대인관계 모두 깔끔하여 부족하거나 넘치는 일이 없고, 문제를 만들거나 누군가의 원망을 사는 일도 없었다. 군대에서의 일들이 이제는 제법 시간이 흘러 흐릴 때가 종종 있는데 그 시절 이야기를 할 때면 그는 나와는 달리 작은 일 하나, 잊을법한 이름들을 다 기억하고 있다. 단순히 기억력이 좋아서가 아니라 스마트한 관찰력과 통찰력이 있어야 가능하리라 생각한다. 아울러 내가 현재 하는 일은 어떤지, 업황은 괜찮은지 궁금해하고 알려고 노력하는 건 그가 하는 일과도 연관된 그만의 스마트한 면모라 생각한다.

둘째, 반듯함. 첫인상이랄까? 첫눈에 들어온 그는 생긴 것도 반듯하고 앉은 자세도 반듯하며 목소리조차 반듯했다. 겪어보니 성격도 반듯하고 신앙심도 반듯했다. 그냥 바르고 올곧았다. 내면의 반듯함은 같은 표현으로 '구김이 없다' 표현하고 싶다. 놀리거나 짓궂은 장난에도 농담으로 대꾸할지언정 정색하거나 화를 내는 일은 없었다. 비슷하게 농담하다 말실수해서, 행동에 배려가 없어서 등의 이유로 크고 작은 다툼이 전우들 사이에 종종 있었지만, 그에게는 해당하지 않는 일이었다. 그는 싸움의 원인이 되거나 흠 잡힐 일은 하지 않았고 분쟁이 있을 때면 중재를 위해 노력하는 반듯한 남자였다.

셋째, 발전하는 사람. 전역 후 이따금 모임이 있을 때마다 마주한 그는 항상 발전이 있었고 그런 그를 보며 나 역시 열심히 살아야겠다는 동기부여가 되곤 했다. 시간이 흘러 그는 학부생에서 대학원을 거쳐 의원실 인턴에서 보좌관, 겸임교수, 시당대변인까지, 세세하게는 모르지만 국회를 포함한 이곳저곳에서 꽉꽉 채운 경력으로 여러 일을 맡고 능히 소임을 다하는 인재로 성장했고 나 역시 미약하지만 발전이 있어서 현재 작은 사업체의 대표로서 성장해가고 있다.

나는 장사하는 사람이라 돈에 뜻을 두고 일하여 나중에는 사업체를 더 성장시키고 수익을 공고히 하여 더 큰 부자가 되고자 하는 목표가 있다. 그의 목표는 잘은 모르지만 현재가 끝은 아님은 분명할 것이다. 스마트하고 반듯한 그는 정치에 일신한 사람이라 민의에 뜻을 두고 일하니 나중에는 국회와 지역사회를 넘나드는 더 큰 쓰임을 받는 큰 사람이 되지 않을까 감히 기대한다. 나의 전우이자 호우인 '그' 이시성. 이시성의 앞날에 무한한 발전과 영광이 있길 바랍니다.

국회 인연 이○○

배울 점이 많은 자랑스러운 동생 이시성

저는 삼행시로 제가 아는 시성이를 표현해 볼까 합니다.
'이' : 이런 배울 점 많은 동생은 없습니다.

시성이는 저보다 나이 앞자리 숫자가 하나 적으니 나이 차이가 있다면 꽤 있는 동생입니다. 10년 전쯤 신학용 의원실 비서관으로 있을 당시부터 업무상으로 알고 지내다가 제가 부서를 이동하면서 업무 관계가 없음에도 계속 관계를 이어가면서 형동생 사이로 발전하게 되었습니다. 업무상 관계가 있을 때는 그나마 자주 보게 되지만 서로 다른 영역에서 다른 일을 하는 사람들이 사회에서 만나는 건 학창시절처럼 자주 만날 수 없는 게 현실인지라 시성이와도 한동안은 분기나 반기에 한 번 정도 보면서 회포를 풀었습니다.

당시 시성이는 만날 때마다 한 단계씩 앞으로 나아가고 있었습니다. 최연소 보좌관 승진뿐만 아니라 유치원 3법 같은 사회적으로 중요한 법안 등을 처리하거나 바쁜 와중에도 대학원을 다니며, 학교에서 강의까지 하는 모습 등 볼 때마다 발전하는 시성이를 봤습니다. 형으로서 너무 한 자리에만 안주하고 하루하루 버티기 바쁜 저를 부끄럽게 만들고 새롭게 동기를 부여해 주는 배울 점 많은 동생입니다.

'시' : 시간이 지날수록 진해지는 곰탕 같은 친구입니다.

시성이는 만날 때마다 지난번 만남에서 사소하게 이야기했던 일에 대해서 묻는 친구입니다. "형 지난번 그 고민하던 일은 해결됐어요? 조카 아픈 건 별일 없었죠? 대학원 준비하신다는 건 진행 잘 하고 계시죠? 수술하신 건 이제 괜찮죠?" 등등등 어찌나 지난 일을 잘 기억하는지, 한번은 도대체 어떻게 이런 사소한 것까지 다 기억을 할 수 있는거냐고 물어봤는데 "글쎄요, 형에 대한 관심이죠."라고 대수롭지 않게 대답을 하더군요.

또, 시성이가 국회 교문위에서 보좌관으로 근무했을 당시 술자리에서 선생님이었던 지인의 고민을 이야기 한 적이 있었습니다. 실업계 선생님이셨는데 실업계 고등학생이 취업 실습을 나갔다가 관리자로부터 부당한 처우를 받았다는 뉴스가 이슈가 되면서 교육부, 교육청 등에서 이를 막겠다며 현실을 무시한 과도한 탁상 규제를 내놓은 적이 있습니다. 과도한 규제로 인해서 기업들이 실업계 고교생들의 취업을 꺼리게 되어 결국 취업을 준비 중인 고등학생들이 피해를 보고 있는 상황이 됐다는 푸념 섞인 말을 잠깐 했었는데 시성이는 이 이야기를 잊지 않고 실제 현황을 조사한 후 국회에서 교육부를 대상으로 개선안 마련을 유도한 사례가 있습니다.

이처럼 시성이는 누군가의 고민을 그냥 넘기지 않고 같이 고민해 주고 본인이 도움을 줄 수 있는 분야에서는 최선을 다해 도와주려는 자세가 몸에 배어 있는 시간이 지날수록 진해지는 진국 같은 친구입니다.

'성' : 성공의 DNA까지 보유한 이시성!

고기도 먹어본 사람이 먹는다는 말이 있습니다. 성공도 마찬가지라고 생각합니다. 작든 크든 성공한 경험은 자신감 상승과 함께 다음번에도 성공할 가능성을 높여준다고 생각합니다. 이런면에서 시성이는 어린 시절 국회 인턴부터 시작해서 최연소 보좌관까지 역임했으며, 유치원 3법 등 쟁점 법안과 사회적 이슈를 해결했던 수많은 성공 경험, 성공 DNA로 내재화되면서 앞으로 무슨 일을 하더라도 성공할 수 있는 토대로 작용할 것으로 확신합니다.

시성이가 어디까지 성장할지 형으로서 기대가 정말 큽니다. 이런 짧은 글로 시성이를 다 표현하기에는 너무나도 부족하지만 형으로서 정말 자랑스러운 동생입니다. 항상 응원하겠습니다!

국회 선임비서관 이○○
오래 기다렸다, 이제 큰일을 해라!

제가 이시성 씨를 처음 본 때는 지금으로부터 약 10년 전입니다. 그러니까 이시성 씨는 당시 요즘 말하는 MZ세대 또래에 해당하는 꽤나 젊은 나이의 친구였던 것입니다. 당시 국회 보좌진이었던 이시성 씨에 대한 평가는 누가 뭐래도 "일 정말 잘하는 인재"였습니다. 누구라도 인정할 수밖에 없는 그런 역량을 가지고 있었습니다. 당시에는 높지 않은 직급의 보좌진이었지만 동급의 보좌진들 중에는 당연 가장 빛나는 친구였습니다.

역시나 또래 보좌진들보다도 젊은 나이에 빠른 진급을 했습니다. 과연이라고 해야겠습니다. 그것을 두고 질시의 시선이 제법 있기는 했어도, 함부로 그것이 부당한 진급이라고 시비를 거는 사람은 없었습니다. 그만큼 이시성 씨의 역량은 누구라도 인정할 수밖에 없었습니다. 저 역시 종종 "어떻게 저렇게

해낼까, 어떻게 했을까" 그 방법이 궁금했을 정도로 맡은 일을
해내는 사람입니다.

군이 제가 구구절절 설명하지 않아도 적지 않은 언론에서
이시성 씨의 성과를 인정한 것을 쉽게 찾아볼 수 있습니다.
의원이 아닌 보좌진의 성과가 이렇게 주목받는 것은 굉장히 드문
일입니다.

저는 이러한 이시성 씨를 "무슨 일이라도 어떻게든 해내는
사람"이라고 자신 있게 평가하겠습니다. 감탄스럽고, 신기할
정도로, 그래서 몹시 질투가 날 정도로 뛰어난 역량을 가진
이시성 씨는 어떠한 일을 맡겨도 안심할 수 있는 사람입니다.
무슨 일이든 반드시 해내고야 마는 사람입니다.

"너는 차라리 더 큰일을 해라", 이시성 씨를 알고 지낸
10년 동안 반농담으로, 아니 반이 훨씬 못 미치는 농담으로
이렇게 이야기하고는 했습니다. 이는 반을 훌쩍 넘어서는
진담이었습니다. 큰일을 하기에는 아직 어린가 싶어 농담을 조금
섞었지만, 어느새 당당히 큰일에 당당히 도전해도 부족함 없는
경력과 연륜을 갖췄습니다.

이제 조금의 농담을 섞을 필요 없이 순도 100%의 진담으로
이야기하겠습니다. "오래 기다렸다, 이제 큰일을 해라!"

바른 마음가짐, 이시성

이시성님은 학교 후배이자 교회 동생으로서 오랫동안 알고 지내왔습니다. 처음 봤을 때는 오래 전이지만 20대의 예의 바르고 형들을 잘 따르는 이미지였고, 함께하기를 즐겨하는 든든함이 느껴지던 동생이었습니다.

무엇보다 나설 때 나설 줄 알고 또 아닐 때는 빠질 줄 아는 개념 있고 듬직함이 여타 다른 동생들보다 두드러져 개인적으로 더 애착이 있었습니다. 그런 성품은 나이가 들어가면서 더 성숙해진 것 같고 누구보다 어른스럽고 먼저 다가가 상대에게 베풀고 말을 건넬 줄 아는 대인배가 되지 않았나 싶습니다.

정치외교학과 전공자로서는 일찍이 정치 분야로 꿈을 가지고 나아가기 위해 대학원에서도 열정과 열심으로 공부하고 도전하던 모습이 매우 깊은 인상으로 아직도 남아 있습니다. 그런 열심과 열정, 도전정신은 차근차근 미래의 정치 이력과 인생을 만들어 가고, 지금의 이시성을 만들어 온 것 같습니다.

제가 기억하는 이시성의 강점은 성실, 강직함, 바른 마음가짐, 진실성입니다. 늘 변함없는 모습으로 뚝심있게 나아가는 지금의 모습을 보며 머지 않은 미래에 더 큰 인물이 될 거라 기대를 합니다. 앞으로의 행보와 도전에 있어서도 큰 응원과 격려를 보냅니다! 화이팅!

길 잃은 아기새를 지나치지 못하는..

　저는 이시성 보좌관님을 2021년 국회 지인의 소개로 식사 자리에서 처음 뵙게 되었습니다. 이시성님은 이미 이쪽 세계에서 젊고 능력 있는 보좌진으로 워낙 유명하셨기 때문에 다소 거만하거나 어려운 분이 아닐까 내심 걱정이 되었지만 식사자리는 이시성님이 합석하신 이후에 이내 화기애애해졌습니다.

　첫인상은 모두가 느끼는 대로 서글서글한 외모와 화려한 언변의 소유자셨고, 나이는 어리지만 어떤 주제가 나와도 능숙하게 대화를 이끌어 나가며 주변분들을 편하게 해 주는 분이었습니다. 왜 서로서로 이시성님을 만나고 싶어 하는지, 왜 한 번 만나면 그 인연이 깊어질 수밖에 없는지 알게 된 자리였습니다. 사적인 주제로 이야기를 할 때는 더할 나위 없이 따뜻하고 친절한 분이시지만 사회와 정치에 관한 물음을 던질 때는 특유의 강렬하고 매서운 통찰력으로 거침없이 상대를 제압하는 진정한 정치분석가라는 생각이 들었습니다.

　이시성님을 떠올리면 날카롭고 강직하다는 느낌이 일번이지만 사실 알고 보면 그는 길 잃은 아기새를 발견하고도 그냥 지나치지 못하는 한없이 마음 여린 분이십니다. 무당벌레가 실내에 침입하였는데 차마 죽이지 못하고 살아서 밖으로 내보내기 위해 땀을 뻘뻘 흘리며 애썼다는 에피소드는 이미

지인들 사이에서 유명한 일화가 되었습니다.

1년 전쯤 이시성님께서 잠시 국회를 떠나신다는 연락을 받은 뒤로 저는 생각했습니다. '아, 드디어 보좌관님이 더 넓은 세상에서 능력을 발휘하시려는구나'. 제가 만나본 많은 분들 중 이시성님처럼 명석한 두뇌와 능숙한 스킬을 가진 분은 거의 없다고 생각합니다. 그렇기에 정치면 기사를 볼 때마다 때때로 이시성님을 머릿속에 떠올리곤 했습니다. 언젠간 큰 울타리에서 다시 만나 뵙게 될 분이라며.

저는 이시성님을 지근거리에서 열심히 응원하기로 결심했습니다. 비록 원하는 길에 도달하지 못한다 하더라도 그 과정에서 보여주는 당신의 열정과 선한 영향력을 가슴에 새기고 늘 감사히 생각할 것입니다. 지면에 한계가 있어 그와의 따뜻한 일화들을 더 자세히 나열할 수 없음이 안타깝습니다.

늘 '따뜻한 사람' 이시성을 위해 기도하고 응원합니다. 이시성 파이팅!

같은 의원실 근무, 국회 비서관 조○○

가장 기억에 남는 선배 '이시성'

제가 첫 사회생활로 모든 것이 서툴렀고 어떻게 일을 할지 몰라서 고민했던 시기에 멘토 같은 존재였습니다. 기본적인 비서로서 소양과 의원실 내 업무 역할을 알려주고 어떻게 하면 일을 잘할 수 있는지 노하우도 전수해 주었을 뿐만 아니라 관련 분야 선배를 소개해 주며 제가 업무에 잘 적응할 수 있도록 도와주었습니다. 그때는 정말 큰 힘이 되어 주었고 고마웠습니다.

또한 항상 업무 성과를 위해 항상 열심히 고민하고 했던 모습이 저에게 가장 큰 배울 점이었습니다. 저는 이런 점을 본받아 회사 업무를 수행할 때마다 어떻게 하면 잘할지 고민하고 노력하여 회사 내에서 큰 성과를 거두었습니다. 그리고 가장 기억에 남는 부분은 같이 업무하면서 제가 실수했을 때, 지적하기보다는 같이 상황을 빠르게 해결하기 위해 노력했습니다.

그때 저는 실수에 사로잡혀 낙담해 있었는데 낙담하기보다는 지금 닥친 상황을 해결하는 것이 가장 중요하다는 것을 깨달았습니다. 그 이후로 지금도 사회생활 하면서 제가 업무상 실수하게 되면 상황을 빠르게 해결하는 것에 집중합니다. 덕분에 제가 업무 대처 능력이 좋다는 평판을 얻게 되었습니다.

이처럼 제가 이시성 보좌관을 통해 배우고 느꼈던 부분이 지금 제가 사회생활을 잘할 수 있는 발판이 되었습니다. 그래서 많은 상사들과 함께했지만 가장 기억에 남는 선배입니다. 마지막으로 이시성 보좌관에게 감사하다고 말하고 싶고 하는 일마다 잘되기를 응원합니다.

20년 동안 이시성이 보여준 것들

　내가 이시성을 처음 만난 것은 20년 전 고등학교를 막 졸업하기 직전, 교회 청년부의 새내기로 들어왔을 때(2004년 1월)였다. 처음 만난 순간이 자세히 기억나는 경우는 굉장히 드문데, 지금 생각해 보면 마치 군대에서 일 잘할 것 같은 신입을 맞이했을 때의 느낌과 비슷했던 것 같다. 아직도 그날의 기억이 선명한 것을 보면 분명 무언가 인상 깊은 첫 만남이었다고 생각한다. 하지만 좋은 첫인상이 이후로도 지속되는 경우는 드물다. 개인적인 경험에 비추어 본다면 오래 만나면 만날수록 그 사람의 좋은 면을 발견하기보다 크고 작은 단점들을 보게 되는 경우가 더 많기 때문이다. 나에게 이시성은 이러한 오랜 기간의 시험(?)을 통과한 몇 안 되는 친구이자 후배 중 하나이다.

　교회에서 소그룹 활동을 오랜 기간 함께 했는데 교회에서의 '봉사'는 사회에서의 '일'과 달리 아무런 대가가 따르지 않기 때문에 책임감 있게 임하지 않는 친구들을 종종 볼 수 있다. 하지만 이시성은 본인이 하기로 결정한 일은 대가의 유무와 관계없이 늘 책임감 있게 임했던 것으로 기억한다. 모임시간을 준수하고 연습에 성실히 임하는 태도와 같은 기본적인 것들을 지키는 것이 가장 중요하면서도 어려운 일이라고 생각하는데, 이러한 부분에 있어서 언제나 가장 신뢰할 수 있는 후배 중

하나였다. 이러한 책임감과 일관성이 내가 생각하는 이시성의 가장 큰 장점 중 하나이자 무슨 '일'을 맡든지 잘할 수 있을 것이라고 믿는 근거이다.

단지 오랜 기간 알고 지내서 인간적으로 가까운 친구도 있지만, 오랜 기간 함께하면서 배울 점이 있는 친구도 있다. 20년 간 내가 느낀 이시성은 가까운 사이일지라도 이러한 관계를 핑계로 예의를 지키지 않는 실수를 하지 않았고, 상대를 존중할 뿐만 아니라 본인도 상대로부터 존중받는 법을 아는 후배였다.

개인적으로 여러 가지 시험을 준비하고, 오랜 기간 공부하면서 주위에 미처 신경을 쓰지 못한 경우가 많았는데 이시성은 이러한 상황에서도 계속 관계를 유지한 몇 안 되는 지인 중 하나이다. 내가 주위에 관심을 갖지 못할 때 상대방 역시 나에게 관심을 갖지 않는 것이 일반적이지만 이시성은 항상 먼저 안부를 묻고, 자신의 일에 대해 이야기하기도 하며, 작은 것이라도 나눠주는 모습을 보여주었다.

어려움을 겪을 때 진짜 친구를 알 수 있다는 말처럼 이시성은 내가 어떠한 상황에 처해 있든지 항상 같은 모습과 태도를 보여줬다. 이러한 모습이 나에게는 이시성이 단지 오래 알고 지낸 사이가 아닌, 후배이지만 배울 점이 있는 사람으로 느껴지도록 만든 것 같다. 사회에서 개인이 이루는 성취가 신뢰할 만한 인간관계 없이 이루어지기 어렵다는 점을 생각해 볼 때, 이처럼 어떠한 상황에서도 상호 존중하는 관계를 오랜 기간 지속할 수 있다는 점은 내가 생각하는 이시성의 아주 특별한 능력이자 개인적으로 배우고 싶은 점이기도 하다.

작은 일에 소홀하며 큰 일을 이루는 경우는 없다. 설사 이러한 경우가 있다 하더라도 이러한 성취는 오래 지속될 수 없다. 비록 이시성과 사회에서 일을 함께한 적은 없지만 짧지 않은 기간 동안 이시성을 보면서 느낀 위와 같은 장점(대가의 유무와 관계없이 보여줬던 책임감과 일관성, 인간관계에서의 신뢰)들은 앞으로도 쉽게 변하지 않을 이시성의 본질적인 성품이자 지금까지 이룬 성취는 물론 앞으로 이룰 '일'들에 대한 믿을만한 근거라고 생각한다.

교육부 고위 공무원 주○○

미래를 생각하고 뚝심과 자신감이 넘치는 이시성

2018년 국회 교육위 국정감사장에서 5년간 사립유치원 감사결과를 최초로 공개하면서 커다란 파장을 불러온 적이 있었다. 최초로 사립유치원 감사 결과가 공개된 내역에는 사립유치원 설립자나 원장이 아이들에게 사용돼야 할 교비를 명품백, 성인용품 구매 등 사적으로 사용했다는 사실이 구체적으로 드러났고, 국민들은 크게 분노했으며 언론은 이를 대대적으로 보도했다. 이는 곧 유치원 3법(유아교육법, 사립학교법, 학교급식법 일부개정법률안)을 개정하는 데 기폭제가 되었으며, 개정안이 발의된 이후에도 당시 상황이 결코 순탄하지는 않았던 기억이 난다.

사립유치원 반발과 동료 의원들께서도 법 개정의 필요성은 인정하면서도 추후 지역에서 당선에 영향을 미칠 수 있는 표 계산으로 법 개정에 있어서는 적극적이지 않았지만 해당 의원께서 변함없이 추진을 할 수 있도록 당시 보좌관으로 근무하고 있던 이시성 보좌관이 자료와 논리를 완벽하게 준비하면서 결국 주변의 압박을 견디어 내고 유치원 3법을 통과시키는 데 일조를 하였다.

내가 그동안 보아온 이시성 보좌관은 매우 성격이 강직하지만 의외로 정이 많은 사람이다. 무슨 문제가 있을 때 해당 부처가 솔직하게 이야기를 하면 이해를 해 주지만 그렇지 않은 경우에는 끝까지 힘들게 하기도 하는 강직하고 뚝심 있는 보좌관이었던 것으로 기억하고 있다.

아울러 바쁜 보좌진 생활 중에도 학업을 계속하면서 이론과 실무를 모두 갖추고자 노력하는 사람으로 여러 대학에서 학생들을 가르치면서 현장의 살아있는 경험들을 전달함으로써 학생들로부터 존경과 인정을 받아 왔는데 매우 자랑스럽다.

이제 새로운 도전을 시작하는 이시성 보좌관이 그동안 의원 보좌관으로서 갈고 닦은 많은 경험을 바탕으로 많은 국민과 소통하면서 상대를 배려하는 마음으로 더 큰 내일을 향해 첫 발걸음을 시작하는 것에 무한한 응원과 격려를 보낸다.

새로운 시작의 길은 결코 쉽지 않을 것이다. 때로는 좌절과 실망함도 있겠지만 모든 일에 있어서 항상 진심을 가지고 최선을 다한다면 그 결과는 좋은 결과로 이어질 것이다. 순간의 달콤함에 빠진다든가 조금 힘들다고 해서 포기하고 양지만을 찾는 사람이 된다면 그 순간은 좋을 수 있을지라도 먼 내일을 내다 보지 못한 행보라고 보여진다.

모든 일에 정답은 현장에 있다고 했듯이 남녀노소, 연령 등을 구별하지 말고 열린 마음으로 진심을 가지고 많은 사람을 만나서 이야길 들어보고, 약자의 입장에서 사소한 일이라도 해결이 될 수 있도록 열심히 노력하는 이시성의 멋진 모습을 기대합니다.

국회 선임비서관 채○○

그가 걸어가면 길이 됩니다.

딱 10년이 되었다. 10년 전 이맘때, 허름하지만 가볍게 소주 한 잔 나누기에 넉넉한 삼겹살집에서 이시성 교수를 처음 만났다. 지인과 잡은 저녁 자리에 꼭 소개시켜 줄 사람이 있다며 함께 온 이가 이 교수였다. 지금은 학계, 정당, 협회 등 다양한 분야에서 활동하고 있지만 당시에 이 교수는 국회의원실의 젊은 비서관이었다. 300개의 의원실에 보좌진만 어림잡아 2천 명이 넘으니 으레 있어 왔던 통상적인 소개와 만남으로 생각했다. 하지만 이후 만남을 이어갈수록 커지는 이 교수에 대한 인간적인 존경과 신뢰에 이때의 인연은 10년간 조용하면서도 탄탄히 이어져 왔다.

후배지만, 선배 같은 생각의 크기와 마음 씀씀이

이 교수는 동네 후배이면서 국회 후배이다. 인천에 연고-초·중·고 동문은 아니지만 같은 동네였다 -를 두고 있고, 이 교수가 비서관으로 재직했던 의원실은 내가 거주하는 지역구의 의원실이었다. 같은 민주당 보좌진 출신이기도 했다. 알고 보니, 한 다리만 건너면 '형 - 동생'으로 친분 맺은 분들과 알 수 있는 관계(?)였다. 하지만 10년의 시간에도 지금껏 서로에게 단 한 번도 존대를 하지 않은 적이 없다. 이유는 단순했다. 비록 물리적 관계는 선·후배지만 이 교수가 갖고 있는 생각의 크기와 마음 씀씀이는 선배 그 이상이기 때문이다.

국회 연관된 일을 하다 보니 때로는 심리적 답답함에, 때로는 업무적 어려움에 봉착할 일이 심심치 않게 발생한다. 그럴 때 그에게 조언을 구하면 길을 찾을 수 있었다. 항상 진지한 자세로 얘기를 들어주고 큰 시각에서 합리적인 사고에 기반해 해법을 함께 고민해 주었다. '워라밸'과는 거리가 먼 국회 보좌진 생활의 바쁨을 익히 알기에 분명 쉽지 않은 일이다. 그럼에도 그는 손을 내밀면 손을 잡아 주었다. 간혹 내가 이 교수에게 작은 도움이 될 때 그는 감사함의 표현을 잊지 않았다. 이 교수 주변에 사람이 많은 이유도 그의 이런 모습이 아닐까 확신한다.

소신과 강단, 눈으로 말해요.

눈은 마음의 창이다. 어떤 생각을 하고 있는지, 현재 상태가 어떠한지, 무슨 얘기를 전하고자 하는지를 보여준다. 누구와 대화하든 눈을 마주하며 대화하는 이유도 여기에 있다. 이 교수가 딱 그렇다. 이 교수는 대화를 할 때 상대방과 시선을 강하게 마주하며 얘기한다. 강렬한 눈빛에 부담스럽거나 어색할 법도 있지만 나는 그런 그의 눈빛이 좋다. 눈빛은 거짓말하지 않는다. 자기 확신이 없으면 그러지 못한다. 그의 눈빛은 국회 보좌관 등 다양한 분야를 경험하고 수많은 사람들을 만나면서 자연스레 내재된 믿음과 자신감의 표출이다. 본인의 생각이 서면 대화의 상대가 누구든 당당히 자신의 의견과 주장을 피력한다. 고집과 독단이 아닌 두려움과 주저함이 없는 믿음이고 강단이다. 이 교수가 보좌관 재직 시 통과시킨 '유치원 3법'이 대표적이다. 온갖 난관에도 물러섬 없이 혁신을 이루었다. 그가 정치를 시작한다면 - 이미 시작했지만 - 설득과 대화의 미(美)가 필요한 정치에 가장 필요한 덕목일 것이다.

담대한 도전을 위한 멈춤 없는 변화

대부분의 남성들이 그렇듯 이 교수와 자주 연락하며 살갑게 지내는 사이는 아니다. 종종 연락을 하다 보면 깜짝 놀라곤 한다. 이전 내 기억과 다른 직책과 일을 하고 있기 때문이다. 국회 보좌관을 하면서 강단에서 강의(인하대/한세대 겸임교수)를 하고, 협회에서 실무를 총괄하기도 하며, 여러 당직을 맡아 활동하기도 한다. 그의 탁월한 능력을 보여주는 반증이다. 무엇보다 현실에 안주하지 않고 꿈을 현실로 만들기 위해 멈춤 없이 변화하며 도전하는 모습이 아름답다. 그리고 그의 변화를 지켜보는 것이 흥미롭기도 하다.

이 교수는 큰 도전을 앞두고 있다. 그가 걸어온 길이 오롯이 평탄한 길만 있지는 않았을 것이다. 그리고 앞으로 걸어갈 길은 더욱 쉽지 않을 것이다. 하지만 어떠한 난관이 있더라도 이 교수는 극복하고 이겨내리라 믿어 의심치 않는다. 그가 지금까지 보여준 모습이 그랬다. 나는 그의 꿈과 도전을 응원한다. 비록 같은 길을 걸을 수 없지만 같은 곳을 보며 작은 힘을 보탤 것이다. 앞으로 펼쳐질 그의 건승을 빈다. 그가 이제 내딛는 걸음은 훗날 대한민국을 강하게, 국민을 풍요롭게, 정치를 건강하게 하는 큰 발자국이 되리라 믿어 의심치 않는다.

국회 인연, 기초의원 최○○
믿음과 신뢰, 평생 같이 갈 인재

내가 바라본 이시성은 약자들의 아픔이 무엇인지, 세상을 위해서 무엇을 해야 하는지, 무엇이든 해낼 수 있다는 그런 자신감을 가슴속 가득 품고 있는, 이 세상에서 가장 필요한 인재상이다.

나는 2018년 6월 지방선거 구의원 후보 시절에 처음 만나게 되었다. 당시 보좌관으로 근무하면서 지방선거 지원을 위해서 지역으로 내려와 처음으로 만나게 되었다. 그런 이시성 보좌관과 함께 3개월 정도 같이 생활을 하였다. 정치 초년생인 나는 뭐라도 배워야 하고 따라야 하는 입장이었다.

그러나 한편으론 뭘 어떻게 해야 할지 난감한 입장에 있을 때 이시성 보좌관은 나의 길라잡이가 되어 주었다. 오전 7시의 아침인사를 시작으로 골목골목 주민 인사, 지하철, 상가 등 지역 구석구석을 같이 다니면서 명함 주는 방법, 눈인사 하는 방법 등 기초적인 것부터 선거 사무에 필요한 모든 것, 본선거 때 사용할 선거송, 지역 동네에 맞는 맞춤형 명함, 현수막까지 일일이 체크하면서 밤 10시 마감대까지 나와 같이 활동해 주는 모습을 보면서 너무나 미안하고 고마웠던 시절이 생각난다.

잘 알지도 못하던 구의원 후보를 본인이 가지고 있는 모든 지식과 경험으로 같이 해 주는 모습을 보면서 '세상에 이런 사람도 있구나, 일반적으로 정치를 아는 사람들은 뭔가를 이용하려 하고 본인의 경험과 지식을 쉽게 노출하지 않아 할 텐데'라며 살면서 가졌던 나의 생각을 무너뜨리는 계기가 되었다. 나도 선거에 이겨야겠지만 옆에서 도와주는 이시성 보좌관을 위해서라도 더 최선을 다해야겠다고 다짐하게 되었다.

최선을 다하면 모든 만물이 내 편이 될 수도 있다는 깨우침을 가지게 되었고 그 중심에 '이시성'이라는 사람이 큰 몫을 하였다. 나중에 내가 입장이 바뀐다고 해도 저렇게 할 수 있을까라는 생각이 들었고, 남의 일을 자기 일처럼 행동하는 그의 모습 속에서 많은 신뢰와 믿음이 생겨서 함께 평생 갈 수 있는 젊은 인재를 만났다고 생각했다.

내가 생각하는 이시성의 키워드는 매사에 자신 있고 당당한 모습과 행동, 결단력 있는 추진력, 주변 사람을 배려하는 포용력이다. 그의 장점은 두뇌가 명석하고 판을 읽는 감각이 특출나며, 추진력이 대단하다. 맡은바 책임을 다하며 약속을 철저히 지킨다.

이시성과 일하는 가운데 가장 기억에 남았던 점은 스스로 자기관리를 잘하였고, 스스로 자기한테 엄격한 모습으로 대하였다. 타인에게 피해를 주려 하지 않고 자기가 해야 할 일에 대해서는 철저히 해 나가는 모습이 참으로 인상 깊었다. 당신의 젊음과 열정, 명석한 두뇌 이 모든 것을 지역 주민을 위해서, 대한민국의 젊음을 위해서 발산해 주시기 바랍니다.

인하대 제자, 국회 비서관 하○○

남다른 교수 '이시성'

보통의 사람과 유난히 다르다고 할 때 우리는 '남다르다'라고 말한다. 필자가 만난 이시성은 '남다른 교수 이시성'이다. 그의 남다른 교수 스타일 덕에 대학생활이 완전히 변화했다. 대학 입학 전, 대학에서 학문 소양 외 다양한 진로 체험과 해당 종사자와 교류하는 시간이 많길 기대했다. 현실은 학점을 위한 수동적인 수업만 존재했다. 중등 과정에서 배웠던 교육과 별반 다르지 않았다. 그러나, '교수 이시성'을 만나며 내가 생각한 대학생활을 시작했다.

대학에서의 첫해, 필자는 제8회 전국동시지방선거 당시 모 선거캠프에서 자원봉사를 했다. 자원봉사를 통해 학문적인 정치 이외의 현실정치와 실무정치에 관심이 생겼다. 특히 선거캠프에서 만난 보좌진들을 보며 보좌진이라는 직업에 관심이 생겼다. 현장에서 실무 경험을 쌓기 위해 노력했지만 다양한 이유로 쉽지 않은 길이었다. 국회 사이트에 올라오는 입법보조원 채용 공고는 상당히 적은 수였다. 좌절을 거듭하던 중 필자의 소속 학과에서 입법보조원 선발 공고를 냈다. 감사하게도 합격하여 짧은 시간이지만 실무 경험을 쌓을 수 있었다.

프로그램이 열리는데 '교수 이시성'의 역할이 전적이었다. 또한 필자를 포함한 프로그램에 참여한 학생들을 지원하고 동기부여 했다. 특히 학생들에게 현장 경험의 중요성을 강조하며 입법보조원 프로그램 오리엔테이션 때 참여 학생들에게 이런 말을 전했다. "나는 우리 학교 학생들이 대학에 와서 다양한 경험을 했으면 좋겠다. 이 프로그램도 그 일환에서 시작한 것이다. 여기 있는 너희와 내가 열심히 하여 다른 학우들도 다음 학기에 할 수 있는 환경이 만들어졌으면 좋겠다." 처음엔 그저 교수이기에 하는 형식적인 이야기로 생각했다. 이것이 다음 학기 '교수 이시성'의 수업을 들으며 나의 오산이었음을 알았다.

그가 진행하는 수업은 어떨지 궁금해 들어 보았다. 그는 진정으로 학생을 위해 고민하고 생각해 수업을 만들고 구성한다. 학문적인 내용뿐 아니라 자신이 직접 경험한 사례를 바탕으로 이론과 실무를 결합한 설명으로 수업을 진행한다. 모두가 그의 설명에 집중한다. 보기 드문 수업 장면을 '교수 이시성'은 만든다.

그뿐만 아니다. 필자가 입학 전부터 바래 온 다양한 종사자와의 교류를 수업에서 만든다. 방송국 PD·기자와의 만남을 위해 방송국 견학을 추진하고, 국회의원 만남을 위해 국회의사당 견학을 추진한다. 보좌진·정책기획관·플랫폼 기업 대외협력관을 특강 강사로 초청한다. 이유는 항상 "학생들이 다양한 경험을 했으면 좋겠다. 그 경험을 토대로 자신의 방향성을 찾았으면 좋겠다. 내가 할 수 있는 최선을 다할 것이다"이다.

학문과 현실을 연결함과 동시에 학생들이 원하고 필요로 하는 것을 찾아내 실현한다. 누구나 생각하는 수업이지만 아무나 할 수 없다. '교수 이시성'이 가진 진심이 있기에 가능하다. 그가 세우고 싶은 교육의 이상을 실현하기 위해 노력하고 있다. 단순한 교육자, 연구자로서의 역할을 넘어서 학생들의 성장과 경험 다각화를 위해 노력하는 탁월한 교수로 평가받을 만한 이유를 쌓아가고 있다.

필자는 '교수 이시성'과 같은 인물이 정치인의 역할을 맡아야 한다고 생각한다. 자신이 맡은 역할을 이해하고, 당사자들이 원하는 것이 무엇인지 파악해 이룬다.

또한 그가 속한 집단인 학교, 의원실 등에 대한 애정도 커 보였다. 필자는 국민 중심의 접근 방식·소통을 겸비한 리더십·문제 해결 능력·사회에 대한 애정이 있는 정치인이 가장 이상적인 정치인이라 생각하는데 이것을 '교수 이시성'에게서 볼 수 있다. '남다른' 그의 접근 방식은 정치 무대에서도 새로운 시각과 변화를 불러올 수 있을 것이며, 그가 가진 열정과 애정은 국가와 사회에 봉사하는 정치인으로서 빛을 발할 것이다. '사람 이시성'의 마지막 목표가 무엇인지 모르겠지만 학교의 제자로서, 정계의 후배가 될 사람으로서 '정치인 이시성'의 모습을 꼭 보고 싶다.

국회 인연 허○○

'이시성' 이름 세 글자가 세상에 울려 퍼지길

이시성 보좌관과의 인연은 3년 정도로 함께한 시간은 길진 않지만 매번 만남이 아주 인상적이었다. 특히 자신감 넘치면서도 상대방에게 따뜻한 기분을 주는 느낌이 다른 국회 보좌진들과 달랐다. '이시성' 이름 세 글자가 세상에 울려 퍼지길 기대하면서, 내가 바라본 몇 가지를 남겨본다.

첫 번째, 끈기와 집념.

이시성 보좌관의 자신감은 국회 보좌진으로서 인턴부터 보좌관이 되기까지의 오랜 경험에서 나오는 것이었다. 국회는 그 어떤 조직보다 빠르게 변하면서도 기본과 원칙이 중요한 곳인데 그 안에서 어렵고 힘든 상황을 이겨낸 경험이 내면의 힘이 된 것이다. 남다른 그의 끈기와 집념이 미래를 준비하는 '이시성'을 만들었을 것이다.

두 번째, 배려와 친절.

국회에서 일하다 보면 자연스럽게 여러 사람을 만나게 되고 시간이 지날수록 인적 네트워킹이 중요해진다. 결국, 국회에 관련된 일을 하는 사람들은 인적 교류가 필수인데 이 과정은 사람의 성향에 따라 180도 달라진다. 내가 만나본 이시성 보좌관은 배려심이 넘치고 아주 친절한 사람이었다. 매번 만날 때마다 배려해 주는 것은 물론이었고, 더 나아가 나의 상황을 이해하고 먼저 도움을 줄 방법을 찾았다. 한 번은 국회에서 아주 곤란한 상황에 처한 적이 있는 참에 우연히 이시성 보좌관을 만난 적이 있었다. 잘 지내냐는 한마디에 간단히 상황을 얘기한 적이 있는데 그 누구보다 먼저 끈질기게 도움을 줄 방법을 찾는 모습은 아주 인상적이었다.

세 번째, 끝없는 연구와 도전.

이시성 보좌관과 식사 중에 갑작스레 새 명함을 준 적이 있었다. 혹시 자리가 바뀌었는지 물었더니 대학에서 학생들과 함께하게 되어 새 명함이 나왔다고 했다. 국회 보좌진으로서 일할 시간도 부족했을 텐데 석박사까지 도전해서 교수가 되었던 것이다. 학생들과 시간을 보내면서 더 연구를 해 보고 싶다는 말도 인상적이었던 부분이다.

사실 내가 이시성 보좌관과 함께한 3년의 인연은 짧은 시기일 것이다. 하지만 그 누구보다 강렬했던 내가 바라본 이시성은 많은 분들이 똑같이 느낄 것으로 자신한다. 많은 분들이 나와 같이 이시성 이름 세 글자가 이 세상에 크게 울려 퍼지길 응원할 것이라 믿는다. 이시성 파이팅!

국회 인연 황○○

꿈을 이룰 것이라 확신합니다.

이 글을 쓰기 전에 '이시성'이라는 분을 어떻게 호칭할까 고민이 많았습니다. 전직이지만 익숙한 호칭인 '보좌관님', 현재 당직으로 가지고 있는 '수석대변인님'(민주당 인천시당), 민간에 적을 두고 있는 '사무처장님'(온라인투자연계금융협회), 아니면 '교수님'(인하대 정치외교학과 겸임교수) 등 다양한 곳에서 많은 역할을 하신 분이기에 그 호칭도 많기 때문입니다.

하지만 오랜 기간 '보좌관님'으로 불렀고, 보좌관 재직 시절의 대표적 업적이 많기 때문에 보좌관님으로 부르는 것이 더 친근하고 익숙해서 이 글에서는 '보좌관님'으로 호칭하려 합니다. 멀지 않은 시기에 '국회의원'으로 당선되어 '의원님'이라고 부를 수 있기를 희망합니다.

지금까지 다양한 직업과 세대의 많은 사람들과 만나면서

느낀 것은 사람의 평판은 대체적으로 공통적이고, 그 사람의 커리어 과정을 보면 업무능력을 알 수 있다는 것입니다. 내가 아는 이시성 보좌관은 누구보다 빠르게 비서관부터 보좌관까지 초고속 승진을 한 분으로써 업무능력은 국회를 출입하는 모든 사람이 인정할 것입니다.

소속 의원님이 지금까지 재벌기업 저격수라는 호칭을 얻으면서 대선후보까지 오르게 된 것에는 의원님을 정책적으로 보좌한 이시성 보좌관의 역할이 가장 클 것으로 생각합니다. 기업 입장에서 이시성 보좌관이 지적하는 사안에는 대응하기 힘들었던 경우가 많았고, 결국 이 보좌관이 지적하고 방향을 제시한 대로 되는 것이 수순이었던 것 같습니다.

이시성 보좌관이 국회에서 가장 빛을 발했던 시기는 교육위에서 '유치원 3법'의 개정을 추진할 때인 것 같습니다. 저를 포함해서 대부분의 사람들은 정무위에서 스타가 된 의원과 이시성 보좌관이 교육위로 가게 되었을 때 '한동안 조용(?)하겠구나'라고 생각했을 것입니다. 교육위 자체가 대형 이슈가 많지 않은 상임위이고, 이시성 보좌관은 상대적으로 교육위 경험이 없어서 낯선 환경에 적응하기가 쉽지 않아 보였기 때문입니다.

하지만 우리가 이미 알고 있는 대로 사학비리로 카르텔되어 있던 유치원을 상대로 승리하며 유치원 3법은 멋지게 개정되었습니다. 당시 야당(자유한국당)의 반대를 극복하고 여론을 선도하면서 끝내 목표를 이룬 그 과정은 정말 종합예술에 가까운 수준이라 생각합니다.

이시성 보좌관은 본인의 위치와 역할에 안주하지 않고 항상 앞을 내다보며 예측하고, 성과를 만들고 이루어내는 분이라 생각합니다. 많은 사람들이 현재에 안주하거나 허덕이고 있을 때 자신의 꿈을 위해 보좌관직을 내려놓고 의원실을 나왔으며 본인의 목표를 이루기 위해 필요한 경력과 업무능력을 부단한 노력으로 갖추었습니다. 그 성과가 현재의 온라인투자연계금융협회 사무처장, 민주당 국민소통위원회 상임부위원장, 민주당 인천시당 수석대변인, 인하대 정치외교학과 겸임교수 등의 직책을 수행하는 것이라고 생각합니다.

이시성 보좌관이 꿈을 이루는 데까지 많은 역경이 있을 수 있습니다. 그 꿈을 이루는 것이 이번이 아니고 4년 후가 될 수도 있습니다. 하지만 지금까지 그래 왔듯이 이시성 보좌관은 본인의 역량과 노력으로 그 꿈을 이룰 것이라고 확신합니다. 또한 그 꿈(국회의원)이 되어서도 그 누구보다 의미있는 족적을 남기는 큰 정치인이 될 것으로 기대합니다.